Karin B. Holmqvist
Zwei Damen auf Männerfang

PIPER

Zu diesem Buch

»Sirile Gentlemänner gesucht. Wir sind zwei alleinstehende Damen, 81 und 79 Jahre alt, und wir suchen beide einen Freund. Kennwort: Letzter Versuch.« Was das Wort »siril« bedeutet, wissen die beiden Freundinnen Alma und Margit zwar nicht so ganz genau, aber in einer Kontaktanzeige macht es sich gut, finden sie. Während sie eifrig darauf warten, dass sich nette, attraktive Herren melden, stellen sie das Altenheim auf den Kopf, in dem sie vorübergehend einquartiert sind. Ihre Häuschen mit den liebevoll gepflegten Gärten sollen nämlich der Zufahrt zu einer Feriensiedlung weichen. Im Altenheim warten einige Herausforderungen auf sie, darunter ein Computerkurs für Senioren und die bissige Heimleiterin Ulla Ström. Als Margit und Alma diese mit dem einflussreichen Lokalpolitiker Kjell Johansson in flagranti ertappen, beginnt in Alma ein Plan zu reifen … Ein charmanter, liebevoller und witziger Roman über zwei Freundinnen in den besten Jahren, die beweisen, dass sie noch längst nicht zum alten Eisen gehören.

Karin B. Holmqvist, geboren 1944 im südschwedischen Simrishamn, wollte eigentlich Model werden, machte eine kurze Karriere in der Kommunalpolitik und entschied sich schließlich für eine Ausbildung zur Sozialarbeiterin. In ihrer Freizeit ist sie Zauberkünstlerin, Kabarettistin und Schriftstellerin und hat mehrere Romane und Gedichtsammlungen veröffentlicht. Nach den Überraschungserfolgen »Manneskraft per Postversand« und »Villa mit Herz« ist »Zwei Damen auf Männerfang« ihr drittes Buch auf Deutsch.

Karin B. Holmqvist

Zwei Damen auf Männerfang

Roman

Aus dem Schwedischen von
Annika Krummacher und Holger Wolandt

Piper München Zürich

Mehr über unsere Autoren und Bücher:
www.piper.de

Von Karin B. Holmqvist liegen im Piper Taschenbuch vor:
Manneskraft per Postversand
Villa mit Herz
Zwei Damen auf Männerfang

Deutsche Erstausgabe
Oktober 2009

Titel der schwedischen Originalausgabe:
»Sirila gentlemän sökes«, Kabusa böcker, Göteborg 2008

Umschlaggestaltung: semper smile, München
Umschlagfoto: Getty Images / Johnny Bonchier
Autorenfoto: Lars Söderbom
Satz: Filmsatz Schröter, München
Papier: Munken Print von Arctic Paper Munkedals AB, Schweden
Druck und Bindung: CPI – Clausen & Bosse, Leck
Printed in Germany ISBN 978-3-492-25474-8

Liebe Leserin, lieber Leser,

es ist wieder Zeit für ein neues Buch. Genauso verrückt wie meine anderen? Natürlich, aber das heißt noch lange nicht, dass es ihm an Ernsthaftigkeit mangelt, und vielleicht ermutigt es auch zum Nachdenken. Wieder einmal möchte ich den Beweis antreten, dass wir alten Frauen uns etwas trauen und sehr wohl noch einiges können!

In diesem Buch setzen meine alten Damen große Pläne in die Tat um, und zwar durch Ideenreichtum und Aktivität. Außerdem trauen sie sich aufzubegehren, um ihr Ziel zu erreichen. Dass das Ganze schließlich auch noch den Alltag der beiden alten Damen bereichert, dazu kann man ihnen wohl nur gratulieren.

»Zwei Damen auf Männerfang« ist wie auch meine früheren Bücher fiktiv. Das heißt, dass die Personen nicht in der Realität existieren, wobei sie für mich während des Schreibens in höchstem Grad real waren. Ich habe mich über die Fortschritte der beiden Damen gefreut und zugleich ein bisschen boshaft über diejenigen gelächelt, die mit Fug und Recht eins ausgewischt bekommen.

Gewisse Orte im Buch gibt es auch in der Wirklichkeit, während andere reine Erfindung sind. Das heißt, dass Sie, liebe Bewohner und Kenner von Tomelilla, weder Zeit noch Kraft darauf verschwenden sollten, bestimmte Orte in der Realität aufzuspüren, weil sie möglicherweise fiktiv sind.

Ich habe gründlich recherchiert, dass in Tomelilla erfreulicherweise weder der etwas suspekte Gemeinderat noch die unfreundliche Leiterin des Altenheims in Wirklichkeit existieren.

Mit diesen Worten übergebe ich das Buch an Sie, liebe Leserinnen und Leser, und hoffe, dass Sie während des Lesens ebenso viel Freude haben werden wie ich beim Schreiben.

Karin B. Holmqvist

1

Wie die Henker, dachte Alma Nord, als die beiden Motorräder in Höchstgeschwindigkeit vorbeifuhren – in dem Moment, als sie die Gartenpforte geöffnet und ihre Füße auf den kleinen Kiesweg gesetzt hatte, der sich an ihrem niedrigen, weiß verputzten Haus entlangschlängelte.

Wer nicht wusste, wohin sie gleich gehen würde, der musste nur die Straße genauer betrachten. Quer zu den Spurrinnen, die die Autos hinterlassen hatten, waren kleine Vertiefungen zu sehen. Sie bildeten einen Pfad, der die Autospuren kreuzte. Almas linkes Bein war nämlich kürzer als ihr rechtes, und jedes Mal, wenn das kürzere Bein gegen den Straßenbelag stieß, hinterließ es einen Abdruck.

Almas kleiner Pfad führte zu einem grau verputzten Haus auf der gegenüberliegenden Straßenseite. Die Frequenz der Besuche zwischen den beiden Häusern war höher als die des Busses zwischen Tomelilla und Ystad, pflegten Alma und Margit zu witzeln.

Alma folgte dem Gartenweg, der von weiß gekalkten Steinen gesäumt war. Sie hielt sich am Geländer fest, während sie die beiden Treppenstufen zur rot gestrichenen Tür hochstieg. Ein plötzlicher Windstoß versetzte die etwas zu große Fassadenfahne in Bewegung, sodass sie Alma ins Gesicht fuhr. Alma schob die Fahne beiseite, öffnete die Tür und rief: »Hallihallo, Margit. Ich bin's!«

»Bin in der Küche!«

Das war genau genommen eine unnötige Information, da Margit sich tagsüber fast immer in der Küche aufhielt.

»Unglaublich, dass die keine Gläser herstellen können, die sich öffnen lassen.« Wieder und wieder versuchte Margit Berg, das Marmeladenglas zu öffnen, und ihr blasses Gesicht wies allmählich einen leicht rötlichen Ton auf. Sie sah nicht einmal zu Alma auf, sondern setzte ihren Kampf fort.

»Darf ich mal versuchen?« Alma streckte ihre Hand aus.

»Wenn ich das nicht kann, kannst du es auch nicht«, antwortete Margit in etwas scharfem Ton.

Die beiden Nachbarinnen waren beinahe wie Schwestern nach all den Jahren, die sie einander gegenüber gewohnt hatten, und trotz ihrer tiefen Freundschaft war manchmal eine gewisse Irritation zwischen ihnen zu bemerken.

»Piks mit einem Messer ein Loch in den Deckel, damit das Vakuum weggeht. Dann wird sich das Glas schon öffnen lassen.«

Margit schnaufte und stellte das Glas beiseite.

»Dann gibt es heute eben keine Marmelade.«

Sie setzten sich einander gegenüber an den rechteckigen Küchentisch. Mitten auf der grauen Resopalplatte lag ein sorgfältig gebügeltes Deckchen mit handbestickten Blumen. Margit nutzte ihre Gebäcketagere als Brotkorb: Auf der oberen Etage befanden sich zwei Stücke Weißbrot und auf der unteren zwei Scheiben Knäckebrot. Unter dem Brot lagen leuchtend rote Kaffeeservietten.

Sie tranken stets ihren Vormittagskaffee zusammen. Immer abwechselnd bei Alma und bei Margit. Das Sortiment auf den Kuchentellern sah gleich aus, egal, bei wem gerade Kaffee getrunken wurde. Es gab sogar eine Übereinkunft zwischen ihnen, damit sie nicht anfingen, sich gegenseitig zu übertrumpfen.

»Bald muss ich mir wohl eine Kette für die Brille besorgen.« Margit stand auf und suchte erst auf der Küchenarbeitsplatte und verschwand dann ins Wohnzimmer. Alma erhob sich rasch, zog ein scharfes Messer aus einer der Küchenschubladen und pikste ein Loch in den Deckel des Marmeladenglases. Gerade als dieser ein Klicken von sich gab, kam Margit mit der Brille in der Hand in die Küche zurück. Wütend starrte sie Alma an, die bereits den Deckel abschraubte und das Marmeladenglas auf den Tisch stellte.

An der Wand hing eine runde Uhr, die hartnäckig tickte. Rechts und links davon befanden sich zwei Wandteppiche. Auf den Fensterbänken standen vier weiße Übertöpfe mit rosafarbenen Usambaraveilchen. Die weißen Tüllgardinen mit Rüschen verliehen dem Ganzen etwas von einem Mädchenzimmer. Die Kücheneinrichtung war alt, aber gut erhalten. Oben hingen die hellblau gestrichenen Oberschränke und ein Gewürzregal, unten standen schmale Unterschränke mit Schiebetüren. Am unteren Rand der Oberschränke waren mit Reißzwecken hellblau gepunktete Bordüren befestigt. Die Herdplatten hatten Abdeckungen aus Kupfer, und auf die weißen Fliesen oberhalb der Spüle hatte Margit Aufkleber mit Phantasiemustern geklebt.

Die beiden Damen saßen schweigend da, während sie ihre Butterbrote schmierten. Im Transistorradio auf dem Küchentisch liefen die Regionalnachrichten. »Damit kommen wir zum Wochenendwetter, das zu kühl für die Jahreszeit ist. An der Ostküste sind Schnee- oder Regenschauer zu erwarten.«

Margit stellte das Radio ab.

»Haben die nichts Netteres zu melden?«, meinte sie.

»Also, dass jetzt März ist, kann man kaum glauben«, seufzte Alma.

»Na, immerhin sind die Frühblüher aufgegangen.«

»Ja, das stimmt. Hast du gestern im Fernsehen die Sendung ›Plus‹ gesehen?«, fragte Alma, während sie sich ein Stückchen Knäckebrot abbrach und in den Mund steckte.

»Ja, natürlich. Ist schon ein stattlicher Mann, dieser Jerker.«

»Sverker heißt der, Sverker Olofsson«, korrigierte Alma sie. »Ja, er sieht gut aus, und er kann den Leuten so richtig die Meinung sagen.«

»Wie den Typen von der Handyfirma, die diese arme Frau übers Ohr gehauen haben. Eine Schande ist das!«

»Aber das Unternehmen musste ganz schön zu Kreuze kriechen und ihr das Geld zurückzahlen.«

»Und das Handy hat Jerker am Ende der Sendung in den Mülleimer geworfen.«

»Sverker«, korrigierte Alma wieder.

Dann kicherten sie beide. Ein Höhepunkt der Sendung war es, dass der Moderator am Ende etwas in die Mülltonne warf, und sie amüsierten sich jede Woche aufs Neue darüber.

Draußen im Garten waren in den Beeten die ersten Frühlingsblumen zu sehen. Die Fliederlaube wirkte noch etwas kahl, weil sich das Grün noch nicht auf den Zweigen ausgebreitet hatte. Margit hatte von ihrem Haus eine bezaubernde Aussicht über die südschwedische Landschaft. Die Äcker waren frisch gepflügt, und die gleichmäßigen Furchen verliefen wie parallele Saiten bis zum Horizont.

Margit Berg war einundachtzig Jahre alt, doch ihr Körper war schlank und jugendlich. Ihr Gesicht war wohlproportioniert, und die wenigen Falten waren nicht tief, sondern lediglich weiche Linien in ihrer blassen Haut. Sie lebte seit beinahe fünfzig Jahren in dem Haus. Kurz nach ihrer Heirat hatten sie und Sture es zusammen gekauft. Im darauffolgenden Jahr war Axel auf die Welt gekommen. Er war ein Einzelkind, gehegt und geliebt. Sture war gestorben, als Axel fünfzehn war, und Margit war froh gewesen, dass wenigstens ihr Sohn im Haus wohnte.

Alma Nord war schon viele Jahre Margits Nachbarin. Sie hatte das Haus zusammen mit ihrem Bruder Ove gekauft, der wie Alma nie geheiratet hatte. Seit Oves Tod trafen Alma und Margit sich täglich. Alma war kürzlich neunundsiebzig geworden, sah aber älter aus. Sie war eher kräftig, und ihr humpelnder Gang, der angeboren war, hatte ihren Körper mit den Jahren etwas schief gemacht. Doch sie hatte wunderschönes dunkles Haar mit nur ganz wenigen grauen Strähnen, und ihr Mund war so rot, dass man hätte glauben können, dass sie Lippenstift benutzte. Ja, trotz ihres etwas schwerfälligen Körpers war Alma auf ihre Weise schön und strahlte eine echte Wärme und Güte aus.

Die beiden Damen vertrieben sich die Tage damit, in ihren Gärten zu werkeln, sofern die Jahreszeit es zuließ. Sie schmückten ihre Häuschen, und abends bot der Fernseher eine beliebte Beschäftigung. Am Wochenende schauten sie manchmal zusammen fern, aber sie waren beide selbstständig und legten Wert auf ihre Freiheit. Natürlich hatten sie, seit sie beide alleinstehend waren, schon mal darüber diskutiert, ob sie nicht zusammenziehen sollten, um Geld zu sparen, aber da ihre Häuser schon längst abbezahlt waren, hielten sich die Wohnkosten in Grenzen, weshalb sie sich mit ihren täglichen Treffen begnügten.

An Gesprächsthemen mangelte es ihnen nie, sie hatten aber auch keine Angst vor längeren Gesprächspausen. Manchmal fuhren sie mit dem Bus nach Ystad, um einkaufen zu gehen. Sie waren Mitglieder in einem Seniorenklub, und wenn sie auch nicht regelmäßig an den Treffen teilnahmen, so nutzten sie doch die Gelegenheit, wenn ab und zu eine nette Veranstaltung auf dem Programm stand.

Margits Sohn Axel wohnte mit seiner Familie ebenfalls in Tomelilla. Er hatte eine kleine Klempnerfirma und konnte es immer mal einrichten, die beiden Damen zum Seniorenklub zu fahren. Seine Frau Greta arbeitete bei einem Pflegedienst, und wenn sie freihatte, übernahm sie es manchmal, sie hinzubringen. Margit schloss die Familie ihres Sohns jeden Abend in ihr Nachtgebet ein. Ohne ihre Hilfe wäre sie bestimmt nicht so gut klargekommen.

Ihr Enkel Christer hatte kürzlich den Führerschein gemacht, aber Margit hatte ganz entschieden abgelehnt, sich von ihm fahren zu lassen, ehe er mehr Erfahrung gesammelt hatte. Früher hatte Christer manchmal in den Sommerferien bei ihr gewohnt, und sie hatte es geliebt, mit ihm zu spielen und ihm vorzulesen, aber in den letzten Jahren hatten sie irgendwie den Kontakt zueinander verloren. Er war so groß und polterig geworden. Im Ohr trug er einen Ring und an den Handgelenken schwarze Lederriemen, aber natürlich nahm er sie in den Arm, wenn sie sich mal sahen. Nun ja, was vorbei ist, ist vorbei, dachte Margit manchmal, und man muss dankbar für das sein, was man erlebt hat. Ordentlich und nett war der Junge natürlich, aber keineswegs so gepflegt wie sein Vater in diesem Alter.

Margit schenkte Kaffee nach, und Alma nickte ihr freundlich zu.

»Ich verstehe gar nicht, warum die Männer immer so angeberisch sein müssen«, sagte Alma plötzlich. »Hast du gesehen, wie Anton Kvist sich neulich beim Seniorentanz wie ein Pfau vor den Damen gespreizt hat? Was hat er schon, worauf er so stolz sein könnte?«

»Es liegt wohl an diesem Glockenspiel, das den Männern zwischen den Beinen baumelt. Das scheint ihnen das Gefühl zu geben, als seien sie was Besonderes. Nun ja, wenn man nicht mehr hat, worauf man stolz sein kann … Ein Schmuckstück ist es jedenfalls nicht.«

Alma kicherte laut, griff nach der roten Serviette und hielt sie sich verlegen vor den Mund.

»Nicht dass ich irgendwelche Erfahrung hätte, was das betrifft …«, murmelte Alma, und dann ertönte das erste Lachen des Tages in Margits Küche. Alma klopfte leicht mit der Faust auf den Küchentisch, und Margit schaukelte vor und zurück, während sie sich auf die Knie schlug.

»Was wir für ein Zeug reden«, sagte Alma schließlich und wurde wieder ernst.

»Aber es stimmt doch, und hübsch ist es wirklich nicht.«

»Was für ein Glück, dass ich nie einen Mann abbekommen habe. Man hört ja so viel. Hjördis zum Beispiel.«

»Welche Hjördis?«

»Hjördis in Bengtsbo, unten am Wald. Ihr Allan scheint ein richtiger Sauertopf zu sein. Nett ist er auch nicht zu ihr.« Alma runzelte besorgt die Stirn. »Aber trotzdem hat sie ein fröhliches Gemüt. Irgendwann hat sie mir von Allan und seiner ganz besonderen Gangart erzählt. Er geht tatsächlich etwas merkwürdig, das muss man schon sagen.«

»Was hast du gehört?« Margit lehnte sich eifrig über den Tisch.

»Na ja, sein vornübergebeugter Gang ist dir doch wohl aufgefallen?«

Margit nickte und wartete auf die Fortsetzung.

»Hjördis meint, dass er aussieht wie ein Skispringer. Man hat den Eindruck, als würden seine Schuhe am Boden haften, fast so, als wären sie festgeleimt, während er selbst in einer Neigung von zwanzig Grad vornübergebeugt dasteht, ohne hinzufallen. Und in der Haltung kann er sogar gehen. Einmal hat sich Hjördis breitbeinig auf den Wohnzimmerfußboden gestellt, um auszuprobieren, wie weit sie sich vorbeugen kann, ohne hinzufallen. Plötzlich stand Allan in der Tür. ›Was in aller Welt machst du denn da?‹, hat er gefragt.«

Die beiden Damen kicherten.

»Hjördis war es peinlich«, fuhr Alma fort. »Und sie wusste nicht, was sie antworten sollte. Sie war ganz angespannt und nervös, und plötzlich begann sie zu lachen. ›Du hast sie nicht mehr alle, das ist mal klar‹, sagte Allan da. Er ist noch lange in der Türöffnung stehen geblieben. Erst als er zum Küchenausgang rausgegangen war und die Tür so laut zugeknallt hatte, dass die kleine quadratische Glasscheibe nur so schepperte, hat sich Hjördis wieder in die Küche getraut.«

»Und das hat sie selbst erzählt?«, fragte Margit erstaunt.

»Ja, und sie hat auch gesagt, dass sie manchmal das Gefühl hat, innen ganz leer zu sein, sie spürt eine widerhallende Leere oder wie sie es ausgedrückt hat. Wenn sie sich so fühlt, dann hilft es meistens, wenn sie sich die Zeigefinger in die

Ohren steckt. Sie hat das Gefühl, als würde der Körper dann ruhiger.«

»Oje.« Margit schüttelte den Kopf.

»Jedenfalls hat sich Hjördis auf einen Küchenstuhl gesetzt, die Augen geschlossen und sich die Zeigefinger in die Ohren gesteckt«, fuhr Alma fort, die richtig stolz war, dass sie etwas erzählen konnte, was Margit noch nicht wusste. »Als Hjördis einige Sekunden später die Augen wieder öffnete, stand Allan vor ihr und starrte sie an. Er schüttelte bloß den Kopf und ging dann ins Wohnzimmer.«

»Also, Sachen gibt es …«

»Du hattest die Geschichte also noch nicht gehört?«, fragte Alma, denn sie wollte bestätigt wissen, dass sie mit einer wirklichen Neuigkeit aufgewartet hatte. »Bevor man so einen bekommt wie Allan Blom, ist es doch besser, gar keinen zu haben.« Aber sie sah ein bisschen traurig aus, als sie das sagte. »Hast du eigentlich schon Blumen gesät?«, erkundigte sie sich dann.

»Dieses Jahr werde ich mir Setzlinge kaufen. Wenn die Samen keimen, entstehen bei mir nur hoch aufgeschossene Stiele, die schon bald über den Blumentopfrand hinaushängen. Nein, dieses Jahr werde ich Pflanzen kaufen, das habe ich beschlossen.«

»Du hast ganz recht, Margit, es lohnt kaum die Mühe, die Blumen selbst zu säen. Und dann muss man sie auf Fensterbrettern und Tischen im Haus unterbringen.«

Sie nickten in schweigendem Einverständnis. Alma rollte die Serviette zusammen. »Danke für den Kaffee, Margit.«

Sie stand auf und schob den Stuhl unter den Tisch.

»Deine Usambaraveilchen sind wirklich wunderschön.« Sie zog die Gardine zur Seite und beugte sich über die Blumentöpfe.

»Du kannst gerne eine haben, wenn ich sie das nächste Mal teile.«

»Danke, sehr gern.«

Alma machte sich auf den Weg in den kleinen Flur. Dort befanden sich lediglich ein Telefontischchen, ein Stuhl und eine Hutablage. Zwei Sicherheitsketten waren an die Tür montiert. Margit ließ Alma hinaus, die sich beim Gehen bückte, um nicht schon wieder die Fassadenfahne ins Gesicht zu bekommen.

Das kürzere, linke Bein stieß hart auf den Kiesweg, als sie Margits Haus verließ, und sobald sie auf der Straße war, drehte sie sich um. Margit stand wie immer hinter der Küchengardine und winkte ihr zu. Jeden Tag dasselbe Ritual, mal von Almas Haus, mal von Margits. Jeden Vormittag verabschiedeten sie sich, als würden sie auf eine große Reise gehen.

Alma hatte keine Sicherheitsketten an ihrer Tür, aber sie beeilte sich, die Tür von innen abzuschließen. Dann ging sie in die Küche und schaltete die kleine Lampe über dem Herd an. Ende März und den ganzen Tag dunkel, dachte sie mürrisch. Sie ließ sich schwer auf einen Küchenstuhl fallen und saß eine ganze Weile still da. Dann begann sie sich am Ohr zu kratzen, erst vorsichtig, dann mit immer eifrigeren Bewegungen. Sie schüttelte den Kopf, als würde das helfen, dann stand sie auf und verschwand im Badezimmer.

Dort holte sie sich aus dem kleinen Spiegelschrank ein Wattestäbchen heraus, das sie sich ins Ohr steckte. Vorsichtig drehte sie es um und hob gleichzeitig den Blick zum Spiegel. Wie siehst du bloß aus?, sagte sie im Stillen zu sich selbst. Es war jedes Mal das Gleiche, wenn sie sich die Ohren reinigte: Der Kopf lag schief, und der Mund stand weit offen. Sie konnte nicht begreifen, warum sie jedes Mal den Mund offen stehen hatte, wenn sie sich die Ohren reinigte. Aber es ließ sich nicht ändern, denn sobald sie den Mund schloss, hielt die Hand aus irgendeinem Grund in ihrer Bewegung inne. Schließlich wickelte sie das Wattestäbchen in ein Stück Toilettenpapier und warf es in die Mülltüte.

»Das Glockenspiel, das ihnen zwischen den Beinen baumelt«, sagte sie laut und kicherte verlegen. Dann drehte sie sich um, als befürchtete sie, dass jemand sie gehört haben könnte.

2

Ulla Ström saß in ihrem Büro im Altenheim von Tomelilla. Das Telefon klingelte, und sie antwortete mit barscher Stimme: »Ulla Ström, Heimleiterin.« Dann wurde ihre Stimme plötzlich weich. Sie stand auf und schloss die Tür, schob die Mappe beiseite, die vor ihr auf dem Schreibtisch lag, und stützte die Ellbogen auf die Tischplatte.

»Du darfst nicht hier anrufen, das habe ich dir doch gesagt.« Sie lächelte verführerisch. »Nein, heute Abend kann ich nicht. Unsere Enkel sind zu Besuch. Nein, das geht nicht. Aber morgen haben wir ein Meeting, dann können wir uns hinterher kurz sehen. Ja, prima.« Sie lächelte vor sich hin. »Es ist abends schon länger hell, am besten sammelst du mich draußen am Wald auf. Auf dem Parkplatz am Friedhof. Wir müssen vorsichtig sein. Bussi, bussi!«

Es klopfte an der Tür, und Ulla zuckte zusammen.

»Herein!« Ihre Stimme hatte wieder die gewohnte Barschheit zurückgewonnen.

»Wir müssen mehr Personal für die Spätschicht organisieren.« Die Pflegehelferin sah irritiert aus.

»Unser Personalbudget ist schon ausgeschöpft. Wir müssen versuchen, mit den vorhandenen Kräften auszukommen.« Ulla Ströms Stimme klang nicht so, als gäbe es noch Spielraum für Verhandlungen.

»Aber Siv und Kerstin sind beide krank ...«

»Wir müssen versuchen, es so hinzubekommen, Carina. Es hat schon prekärere Situationen gegeben. Noch was?«

Carina knallte die Tür mit voller Kraft hinter sich zu.

»Carina!«

Die Tür öffnete sich wieder vorsichtig, und Carina sah herein, ohne etwas zu sagen.

»Das ist ein Altenheim, Carina. Hier knallen wir nicht mit den Türen. Die Senioren brauchen ihre Ruhe.«

»Ruhe!« Carina schnaufte. »Heute Nacht wird es kaum Ruhe geben. Die alten Leute werden ständig nach uns klingeln.«

Sie schloss die Tür und stürmte den Flur entlang davon.

Ulla seufzte irritiert und zog wieder die Mappe auf dem Schreibtisch heran. Sie lehnte sich in ihrem Bürostuhl zurück und schloss die Augen.

Alma machte ein Mittagsschläfchen auf dem Wohnzimmersofa. Auf dem Couchtisch lagen ihre Brille und die Tageszeitung »Ystads Allehanda«. Sie hatte sich über die Beine eine Decke gelegt, an deren unterem Ende ihre hellblauen, etwas fusseligen Hausschuhe hervorschauten.

Das Haus war nicht groß. Es gab eine Küche, ein kleines Wohnzimmer, ihr Schlafzimmer und natürlich die gute Stube, die sie fast nie benutzte. Dort standen der alte Esstisch mit sechs Stühlen, ein Bücherregal und drüben an den Fenstern, die zum Garten hinausgingen, ein Blumentischchen. Es hatte drei dünne Beine aus Teakholz und einen kastenförmigen Aufsatz, in dem drei Grünpflanzen standen. Den Esstisch schmückte ein gehäkeltes Deckchen, auf dem eine Vase mit Trockenblumen stand.

Da Alma keine Verwandten mehr hatte, nutzte sie das Zimmer äußerst selten. An den Weihnachtsfeiertagen lud sie natürlich Margit und ihren Sohn Axel mit Familie ein – als Dankeschön für die vielen Male, die er sie im Lauf des Jahres mit dem Auto irgendwo hingebracht hatte. Sie fand, dass einem Zimmer, das nicht benutzt wurde, irgendwie die Seele fehlte. Die gute Stube gab es nur, weil es sie immer dort gegeben hatte. Im Wohnzimmer hingegen war es richtig gemütlich. Unter dem niedrigen Couchtisch aus Teakholz lag ein roter Wiltonteppich. Auf dem Tisch standen eine Obstschale und eine kleine Bonbonniere, die saure Drops enthielt. Die beiden kleinen Sprossenfenster gingen zur Rückseite des Hauses hinaus. Dort befand sich der Garten, und dahinter war der Wald zu sehen, ein beliebtes Spaziergebiet mit Trimm-dich-Pfad.

Der Garten war hübsch und gepflegt. Alma hatte schon die Büsche beschnitten und das letzte Laub weggeharkt. An der Hauswand blühten bereits die Osterglocken. Im hinteren Teil gab es einen etwas erhöhten Steingarten. Ganz oben standen ein farbenprächtiger Gartenzwerg und eine Gans, die aus Beton gegossen waren. Alma war meist etwas unangenehm berührt, wenn sie die beiden Figuren betrachtete. Sie hatte sie sich kurz nach dem Tod ihres Bruders Ove gekauft. Immer schon hatte sie sich einen Gartenzwerg gewünscht, aber Ove hatte sich geweigert, so etwas Kitschiges für den Garten zu kaufen. Seit dem Kauf des Gartenzwergs hatte sie das Gefühl, Ove eins ausgewischt zu haben, doch irgendwie war sie auch der Meinung, dass sie jetzt, nach seinem Tod, den Garten nach ihrem eigenen Geschmack schmücken durfte.

Als sie den Gartenzwerg auf seinen Platz gestellt hatte, war es ihr schwergefallen, sich vom Fenster loszureißen. Sie fand, es sah richtig hübsch und dekorativ aus. Doch dann kam der Herbst, und draußen war es so kalt und ungemütlich. Der Gartenzwerg sah außerdem so allein aus, wo doch die ganzen Pflanzen Winterschlaf hielten. Da hatte sie ihm eine Gans als Gesellschaft gekauft. Als die Abende kalt zu werden begannen, taten ihr die Figuren leid, und sie stellte sich vor, dass sie froren. Da legte sie ihnen eine Decke über. Ein bisschen albern fand sie es schon, aber sie schlich trotzdem jeden Abend hinaus und brachte ihnen die Decke. Und um die Wahrheit zu sagen, gab sie ihnen auch noch einen kleinen freundschaftlichen Klaps. Sie waren für sie beinahe wie Familienmitglieder.

Eines Morgens hatte sie vergessen, die Decke wieder wegzunehmen, und als Margit zum Vormittagskaffee gekommen war, hatte sie erstaunt gefragt, warum draußen auf den Figuren eine Mohairdecke liege. Alma hatte rasch geantwortet, dass die Decke vor Vermoosung schützen solle. Doch Margit schien ihr nicht so recht zu glauben und warf noch mehrmals erstaunte Blicke auf das seltsame Arrangement.

Alma erhob sich vom Sofa und faltete sorgfältig die Decke zusammen, die sie sich über die Beine gelegt hatte. Sie setzte ihre Brille auf und ging zum Fenster. Eine Weile sah sie in den Garten hinaus. Zwar wurden ihre Kräfte mit den Jahren weniger, aber auf den Garten wollte sie auf keinen Fall verzichten. Das Haus und der Garten waren ihre einzigen Fixpunkte im Leben ... und natürlich Margit, die in so praktischer Entfernung wohnte.

Alma ging in die Küche und setzte sich fröstelnd an den Küchentisch. Nach ihrem Mittagsschlaf war ihr immer ein wenig kühl. Das Küchenfenster, von dem aus sie zu Margit hinüberschauen konnte, war mit zarten geblümten Gardinen versehen. Sie hatte sie vor einigen Jahren auf dem Markt in Sjöbo gekauft. Früher waren Margit und sie mit dem Bus hingefahren, inzwischen aber begnügten sie sich mit einer kleinen Runde auf dem Markt in Tomelilla. Dort wurden dieselben Dinge wie auf dem Markt in Sjöbo angeboten. Zwar gab es weniger Karusselle, aber das war ja mittlerweile auch nicht mehr so wichtig.

Der Markt von Sjöbo war in Almas Kindheit und Jugend der Höhepunkt des Jahres gewesen. Die besondere Magie, die Spannung, die Düfte und all das Schöne, was es dort zu kaufen gab. Sie hatte immer ein bisschen Marktgeld von ihren Eltern bekommen, das für Zuckerwatte, ein Glückslos und eine Runde auf einem der Karusselle gereicht hatte. Sie hatte ihre Eltern fest an der Hand gehalten und mit großen Augen all das betrachtet, was es auf dem Markt gab. Die lärmende Musik aus den Lautsprechern, die Durchsagen, mit denen irgendwelche Leute gesucht wurden, und die Ausrufer der Varietés – all das war so fremd gewesen und hatte sich ein bisschen verrucht angefühlt.

Die besoffenen Männer vor den Bierzelten hatten sie erschreckt, und sie hatte ihre Eltern noch fester an der Hand gepackt. Niemals würde sie vergessen, wie sie das erste Mal hatte Kettenkarussell fahren dürfen. Der dunkelhaarige Mann, der sie an der Schaukel angeschnallt hatte, sein alkoholgeschwängerter Atem und wie er ihr etwas aufdringlich über die nackten Beine gestrichen hatte. Sie hatte ihr geblümtes Kleid zurechtgezupft, weil sich die Schaukel aus Plastik kalt und unangenehm angefühlt hatte. Als das Fahrgeschäft startete, hatte sie zu ihren Eltern hinuntergeschaut. Sie lächelten und winkten ihr zu, aber sie traute sich nicht, ihren krampfhaften Griff um die Ketten der Schaukel zu lockern. Dann hob sie ab – höher und höher, ein schwindelerregendes Gefühl. Sie hatte eine unglaubliche Aussicht über den Marktplatz, das Gewimmel, die blinkenden Lichter von den anderen Karussellen, sie hörte die Rufe und das Gelächter. Alma konnte dieses Gefühl jederzeit wieder in sich wachrufen.

Sie erinnerte sich auch an das kleine Kinderkarussell und die Tombola, die zum Markt dazugehörten. Die Bevölkerung unterstützte den örtlichen Betreiber der Tombola, und die Lose gingen weg wie warme Semmeln. Damals gab es noch keine so genauen Kontrollen, was die Tombola betraf, und man erzählte sich, wie in einem Jahr einem konkurrierenden Losverkäufer am Nachbarstand aufgefallen war, dass der örtliche Tombolabetreiber zwar unglaublich viele Lose verkaufte, dass es jedoch den ganzen Tag über keine Gewinne zu vermelden gab. Kurz bevor sie ihre Sachen zusammenpackten, ging der Mann zu seinem Konkurrenten und befragte ihn wegen der ausbleibenden Gewinne.

»Oje«, sagte der örtliche Tombolabetreiber ein bisschen verlegen. »Ich habe ja ganz vergessen, die Lose mit den Gewinnen unterzumischen!« Die Erklärung war, dass er auf je tausend Lose auch eine kleine Tüte mit Gewinnlosen hätte mischen sollen. Aber der konkurrierende Losverkäufer war ein freundlicher Mann und machte kein Aufhebens um die Sache, sondern sagte einfach: »Na ja, leben tut man ja vom Verdienst.«

Manchmal, wenn Alma an den Markt dachte, musste sie die Augen fest zusammenkneifen, als würde sie Schmerz empfinden. Im ganzen Körper verspürte sie eine Art Schmerz, wenn sie an den Pferdemarkt dachte, den es früher auf dem Markt in Sjöbo gegeben hatte. Er hatte frühmorgens stattgefunden, und die Pferdehändler waren von nah und fern gekommen. Der Pferdemarkt hatte ein Stück entfernt vom normalen Markt gelegen. Ein einziges Mal war Alma mit ihrem Vater dort gewesen, ein einziges Mal und nie wieder, das hatte sie nach dem Besuch beschlossen. Die schönen Pferde mit ihren großen, dunklen Augen, ihr Wiehern und ihr ungeduldiges Scharren mit den Hufen, die Peitschenhiebe, die durch die Luft pfiffen, die besoffenen Kerle und die ganzen Schaulustigen, die das Elend auch noch guthießen. Ja, das Ganze war eine eher traurige Veranstaltung gewesen. Alma versuchte, die Erinnerungen nicht aufsteigen zu lassen, aber manchmal tauchten sie trotzdem auf.

Die Geschäfte wurden auf traditionelle Weise per Handschlag geschlossen und mit einem Schnaps besiegelt. Die Pferdehändler wischten den Flaschenhals ab, und dann bekam auch der Käufer einen Schluck Hochprozentiges. Alma erinnerte sich an die großen Brieftaschen der Pferdehändler. Sie waren dick und unförmig, und wenn die Besitzer mit ihren groben, schmutzigen Fingern die kleine Metallspange drückten, glichen die Brieftaschen langen Ziehharmonikas mit ihren vielen Fächern. Die Fächer waren mit Geldscheinen vollgestopft gewesen, was Alma fasziniert und sie für eine kurze Weile die Pferde hatte vergessen lassen.

Aber die fragenden Augen der Tiere, als wollten sie wissen, was mit ihnen geschehen würde, diese Blicke würden sie für immer begleiten, und sie empfand großes Mitleid für die schlecht behandelten Pferde. Daher hatte Alma mit Freude vor einigen Jahren in der Zeitung gelesen, dass der Gemeinderat von Sjöbo beschlossen hatte, den Pferdemarkt zu verbieten.

Alma zog die Gardine beiseite. Im selben Moment entdeckte sie Margit im gegenüberliegenden Fenster, und sie winkten einander zu. Eine warme Welle stieg in Alma auf. Danke, lieber Gott, für Margit, dachte sie und blickte dann weiter hinunter die Straße entlang. Dort stand eines der gemeindeeigenen Autos, und ein paar Männer waren damit beschäftigt, am Straßengraben Messstäbe in den Boden zu stecken. Es ist ja auch an der Zeit, dass sie endlich den Weg erneuern, dachte Alma zufrieden.

Kjell Johansson bog in den Friedhofsparkplatz ein. Es hatte zu dämmern begonnen, und er beobachtete unruhig die Hundebesitzer, die mit ihren Kötern auf dem Weg in den Wald waren. Er war aufgekratzt und irritiert zugleich. Das Wissen, dass Ulla bald mit ihrem Auto auf den Parkplatz kommen würde, erfüllte ihn natürlich mit freudiger Erwartung, aber er war gleichzeitig genervt, dass sie sich immer nur im Geheimen treffen konnten. Als Politiker und zudem noch Mitglied der Opposition im Gemeinderat war er in Tomelilla durchaus bekannt, und wenn seine und Ullas heimliche Treffen aufgedeckt würden, dann wäre seine politische Karriere in Gefahr.

Kjell sah auf die Uhr in seinem Auto. Ulla hatte angerufen und gesagt, dass sie sich vermutlich gegen sechs von der Arbeit freimachen konnte. Pünktlich wie immer hatte er sein kleines rotes Auto um exakt sechs Uhr geparkt. Er nutzte die Wartezeit, um alle SMS in seinem Handy zu löschen. Ullas löschte er immer sofort, aber die anderen pflegte er eine Weile aufzuheben. Manchmal hatte er die Befürchtung, dass seine Ehefrau Eva-Britt Verdacht schöpfte, wenn er relativ kurzfristig wegfuhr. Sollte sie eine der Nachrichten von Ulla lesen, käme es zur Katastrophe. Er würde auf die Straße gesetzt werden, da Eva-Britt über weitaus mehr Vermögen verfügte als er und zudem alleinige Eigentümerin des Hauses war.

In diesem Moment rollte Ullas Wagen heran, und sie winkte ihm fröhlich zu. Daraufhin drehte sie sich um, vergewisserte sich, dass niemand in der Nähe war, und stieg schnell in Kjells Auto. Er startete den Motor, noch ehe sie die Beifahrertür geschlossen hatte, und legte einen Kavaliersstart hin. Gerade als sie um die Ecke bogen, kam ein Paar vorbeispaziert. Ulla duckte sich. Ehe sie sich wieder aufrichtete, streichelte sie Kjell über die Oberschenkel, und er legte seine Hand auf ihre Haare.

»Hallo«, sagte sie.

»Hallo, meine Kleine. Endlich allein.«

»Allein?« Ulla machte eine Geste in Richtung Spazierweg. »Wo fahren wir hin?«

»Zu dir oder zu mir?«, meinte Ulla lachend.

»Na, dann schlage ich den Parkplatz am Svampakreisel vor, wo sich morgens immer die Fahrgemeinschaften treffen. Da ist nach fünf Uhr selten jemand.«

»Ach, dass wir uns nie in einer ganz normalen Umgebung treffen können!« Ullas Stimme klang irritiert.

»Schlag doch einen besseren Platz vor, wenn du einen weißt.«

»Als Kommunalpolitiker müsstest du doch wohl eine Wochenendkonferenz organisieren können, an der sowohl der Gemeinderat als auch wir Heimleiter und die Abgeordneten des Sozialausschusses teilnehmen.«

»Gar nicht so leicht, wenn die Kassen leer sind. Für den Rest des Jahres herrscht Konferenzstopp. Stattdessen sind Tagesmeetings in der Gemeindeverwaltung angesagt.«

»Wo ein Wille ist, ist auch ein Weg«, fuhr Ulla beleidigt fort.

Kjell fuhr routiniert durch den Svampakreisel und bog

dann auf den Parkplatz ein. Ein einziges Auto parkte dort, das allerdings schon länger dastand, und zwar Tag und Nacht. Sobald Kjell den Motor ausgestellt hatte, löste er den Gurt und drehte sich zu Ulla um.

»Bekomme ich ein Bussi?«

»Kein Bussi, aber dafür einen richtigen Kuss.« Ulla umarmte ihn und gab ihm einen langen, verruchten Kuss. »Aua! Musst du die Handbremse anziehen? Ist nicht gerade bequem.« Ihre Stimme klang wieder genervt.

Kjell löste die Handbremse, drehte sich zu Ulla zurück und fuhr mit dem Küssen fort.

»Das Auto rollt!«, schrie Ulla im selben Moment, als das Auto einen Satz machte.

»Verdammt!« Kjell zog die Handbremse schnell an, öffnete die Tür und sah hinaus. »Hast du noch mehr gute Ideen?«, fragte er, während er konstatierte, dass die hinteren Räder über die Kante eines mit Wasser gefüllten Grabens gerollt waren. Er schloss die Autotür wieder, startete den Motor, legte den Gang ein und gab Gas, nur um festzustellen, dass sich die Räder im Leerlauf drehten.

»Was machen wir jetzt?« Plötzlich klang Ullas Stimme kläglich.

»Keine Ahnung.« Kjell stieg aus und sah nach. Die beiden hinteren Räder hingen hilflos über dem Graben. Er setzte sich wieder ins Auto und gab Gas, ohne jedoch von der Stelle zu kommen. »Da kommen wir ohne fremde Hilfe nicht raus«, sagte er düster.

»Meinst du, wir müssen den Abschleppdienst rufen?«

»Ich meine gar nichts. Ich versuche nachzudenken.«

Ulla saß still da und spielte an den Knöpfen ihres Mantels herum.

»Am besten gehst du zu Fuß nach Hause, dann hole ich Hilfe.«

»Zu Fuß nach Hause! Du hast sie ja nicht mehr alle! Das sind drei Kilometer bis zum Ort. Meinst du allen Ernstes, ich soll wie ein Idiot die Landstraße entlangspazieren? In hochhackigen Schuhen?«, fügte sie hinzu.

»Ich kann dir ein Taxi rufen.«

»Du bist wirklich von allen guten Geistern verlassen. Aber klar, wenn du es nicht anders willst, dann von mir aus gern. Ein Taxi! Was glaubst du eigentlich? Dann hätten die wirklich was zu tratschen in der Taxizentrale! *Ich gehe zu Fuß!*«

»So, jetzt reg dich bitte nicht auf. *Du* hast mich gebeten, die Handbremse zu lösen.«

Ulla raffte die Handtasche an sich, öffnete die Beifahrertür und ging Richtung Landstraße.

»Ulla, ich verspreche dir, dass ich für unser nächstes Treffen einen netteren Ort organisiere!« Kjell lief ihr ein paar Schritte hinterher, blieb dann aber stehen und kehrte zum Auto zurück.

Im Licht der Straßenbeleuchtung wanderte Ulla Ström, Leiterin des Altenheims, auf der Landstraße Richtung Tomelilla. Ihre hochhackigen Pumps schlugen gegen den Asphalt, und in ihrem Inneren war die warme Erregung der Liebe durch eine eisige Kälte ersetzt worden.

3

Alma stand an der Spüle in der Küche und wusch ihre Strümpfe, als das Telefon im Wohnzimmer klingelte.

»Alma Nord? Aha, klar.« Alma sah fragend aus. »Liegt etwas Besonderes an? Ja, ich komme.« Sie trocknete die Hände am blau-weiß karierten Küchenhandtuch, das sie sich über die Schulter gelegt hatte, und zog den Mantel über.

An der Gartenpforte blieb sie stehen und sah in beide Richtungen. Sie stellte fest, dass Margits Sohn Axel sein Auto am Straßenrand geparkt hatte, und ihr Erstaunen wuchs. Ihr linker Fuß schlug besonders hart auf den Straßenbelag, während sie zu Margits Haus hinüberging. Die Frühlingswinde waren abgeflaut, und die Fassadenfahne hing wie ein schlaffes Segel herab.

Margit öffnete die Tür, noch ehe Alma überhaupt angeklopft hatte.

»Komm herein.«

Alma sah gleich, dass Margit einen nervösen Zug im Gesicht und diese kleinen Zuckungen in den Mundwinkeln hatte, die sie immer bekam, wenn sie unruhig war. In der Küche kam Axel auf sie zu.

»Guten Tag, Alma. Nimm Platz.«

Nie zuvor hatte Alma darüber nachgedacht, wie viele Gedanken binnen weniger Sekunden in den Gehirnwindungen kreisen konnten. Ihr war klar, dass es kein gewöhnliches Kaffeekränzchen war, zu dem sie eingeladen worden war.

»War schon jemand von der Gemeindeverwaltung bei dir, Alma?«, fragte Axel mit erregter Stimme.

»Von der Gemeindeverwaltung?« Alma war verunsichert. »Na ja, die waren im Herbst da, um den Wasserverbrauch abzulesen, aber seitdem nicht mehr.«

»Die Gemeindeverwaltung will die Straße ausbauen und

außerdem eine neue Einfahrt zur geplanten Feriensiedlung neben dem Freizeitpark anlegen.«

»Nun, der Weg ist ja auch ein Elend …«, setzte Alma an.

»Die Häuser sollen weg, Alma«, sagte Margit mit schwacher Stimme.

»Welche Häuser?«

»Na, unsere«, fuhr Margit fort, und ihre Stimme war so leise, dass Alma ihre Ohren aufsperren musste, um mitzubekommen, was sie sagte.

»Ich habe von der Gemeindeverwaltung erfahren, dass das Gelände hier …«, Axel machte eine vage Handbewegung in der Luft, »… an eine deutsche Firma verkauft werden soll, die eine Feriensiedlung direkt neben dem Freizeitpark bauen will. Sie planen einen neuen Weg, der in das Gelände führt, und der soll genau hier verlaufen.«

»Das wird sicher nicht angenehm mit dem ganzen Verkehrslärm vor dem Haus«, sagte Alma.

»Unsere Häuser sollen abgerissen werden, Alma!« Margits Augen schienen ihren Glanz verloren zu haben.

»Abgerissen?« Alma setzte sich auf ihren üblichen Platz gegenüber von Margit.

»Unterschreib nichts, das rate ich dir«, sagte Axel mit fester Stimme. »Wenn jemand zu dir kommt und eine Unterschrift von dir will, dann verweise ihn an mich.«

»Ich ziehe aber nicht weg«, sagte Alma, und ihre Stimme klang entschlossen und unsicher zugleich. »Dann müssen sie eben den Weg durch mein Wohnzimmer bauen, ich ziehe jedenfalls nicht weg.« Dann fuhr sie in einem unruhigen Tonfall fort: »Das können die doch nicht machen, oder?« Sie suchte Axels Blick, und erst als sie seine Erschöpfung sah, wurde ihr der Ernst der Lage klar.

»Doch, sie können die Hausbesitzer notfalls zwangsenteignen, aber sie versuchen es sicher erst mal auf dem normalen Weg mit freiwilligem Verkauf. Unterschreib also auf gar keinen Fall …«

Am nächsten Tag saßen die beiden Damen bei Alma und tranken Kaffee. Sie waren ernst und wortkarg. Alma kratzte an einem alten Farbfleck herum, der sich schon seit vielen Jahren auf dem Tisch befand. Margit spürte, wie die Irritation in ihr wuchs. Ihr Blick blieb an Almas Finger hängen, der so intensiv kratzte, dass der Nagel durch den Druck ganz lila wurde.

»Wo ziehen wir hin, wenn sie unsere Häuser abreißen?«

»Sie organisieren uns wohl irgendeine Wohnung«, antwortete Margit resigniert.

»Eine Wohnung? Nie im Leben. Ich habe noch nie in einer Wohnung gewohnt.« Und im Stillen dachte sie: Was mache ich mit dem Gartenzwerg und der Gans? Dabei war ihr klar, dass dies nicht ihr erster Gedanke sein sollte, wenn die Gefahr bestand, dass ihr Haus abgerissen würde.

»Oder sie verfrachten uns in eines der Häuser im Karnickelviertel.«

»Im Karnickelviertel? O nein, dann zelte ich lieber.« Alma lachte laut und hysterisch.

Das Viertel mit den großen kastenförmigen Häusern hatte seinen Namen von den kinderreichen Familien erhalten, die früher dort gewohnt hatten. Mittlerweile lebten alle möglichen Leute dort, und viele hatten die Gebäude mit gläsernen Veranden und Fensterläden verschönert. Die Häuser waren kaum wiederzuerkennen, aber die Gegend würde im Volksmund wohl trotzdem bis in alle Ewigkeit Karnickelviertel heißen.

»Aber es ist noch keiner hier gewesen und hat irgendwelche Unterschriften von mir verlangt. Vielleicht wird ja gar nichts daraus …«

Alma begann den Tisch abzuräumen, sobald Margit den letzten Bissen ihres Brots geschluckt hatte. Margit stand auf und trug ihre Kaffeetasse zur Spüle.

»Ich habe das Gefühl, als wäre ich hier drinnen ganz traurig«, sagte sie und schlug sich ganz leicht auf die Brust.

»Ich fühle mich auch so, aber wir werden zusammenhalten, wohin sie uns auch verfrachten, ja sogar wenn sie uns ins Karnickelviertel verpflanzen.« Und dann lachten sie wehmütig und etwas verkrampft.

Alma brachte Margit zur Tür. Dann ging sie zum Küchenfenster, zog die Gardine beiseite und winkte Margit zu. Die Freundin winkte lahm zurück und verschwand in ihrem Garten.

In den nächsten Tagen verfolgten sie ganz besonders aufmerksam die Berichterstattung in der Tageszeitung. Eines Tages war eine Skizze von der geplanten Feriensiedlung abgedruckt, auf der zu sehen war, wo die Straße verlaufen sollte. Es hieß, dass noch keine Beschlüsse gefasst seien und dass es gewisse Probleme gebe, die vorher gelöst werden müssten. Trotzdem war die Ruhe der beiden Damen erschüttert. Ihr Gelächter erklang nicht mehr so oft wie sonst, auch wenn ihr Tagesablauf sich im Übrigen nicht verändert hatte.

Der Frühling kam, und sie hatten viel im Garten zu tun, was ihre düsteren Gedanken etwas erhellte. Am ersten richtigen Frühlingsabend lud Alma ihre Nachbarin zum Kaffee in ihrem Garten ein. Sie mussten zwar auf Kissen sitzen und Jacken überziehen, aber sie genossen es, dass die Natur erwachte und die Felder grün wurden.

»Soll ich eine Decke holen, die du dir über die Beine legen kannst?«, fragte Alma freundlich.

»Danke, nicht nötig, ich habe dicke Strümpfe und meine Winterschuhe an. Wie lieb, dass du die Kissen herausgelegt hast. Eine Blasenentzündung will man sich ja nicht unbedingt holen.«

»Nein, bloß nicht.«

»Hast du die Zimtschnecken selbst gebacken, Alma?«

»Na, es gibt ja sonst niemanden, der bei mir backen würde«, sagte Alma stolz.

»Lecker sind sie jedenfalls.«

Plötzlich wurde die Stille von einer Lautsprecherdurchsage unterbrochen: »Vierzehn. Eins vier. Sechsundzwanzig. Zwei sechs.«

»Fängt es dieses Jahr nicht ein bisschen früh an?«

»Ach, es ist wohl dieselbe Zeit wie immer.«

»Elf. Eins eins.« Ein Auto hupte laut.

»Mir ist bloß nicht klar, was an Autobingo Besonderes sein soll.«

Auf dem Feld vor dem Freizeitpark wurde jeden Sommer Autobingo veranstaltet. Die Lautsprecheranlage war weit zu hören, und auch wenn die beiden Damen sich vom Geräusch nicht stören ließen, konnten sie nicht verstehen, was man an diesem Spiel finden konnte.

»In warmen Autos sitzen, mit Kaffee herumkleckern und mit Kuchen herumkrümeln. Manche Leute rauchen sogar in ihren Autos, habe ich gehört«, berichtete Margit.

»Stell dir mal vor, draußen vor dem Autofenster ist Frühling mit Vogelgezwitscher, und diese Leute sitzen lieber drinnen und spielen Bingo ...«

»... und hupen, sobald sie eine Reihe voll haben. Und als Preis bekommen sie dann ein Päckchen Kaffee.«

»Dreiundvierzig. Vier drei.« Ein mehrfaches Hupen war zu hören. Die beiden Damen lachten zum ersten Mal seit mehreren Tagen richtig herzhaft.

Als es draußen allmählich klamm wurde, trugen Margit und Alma gemeinsam das Kaffeegeschirr und die Kissen ins Haus.

»Bleib doch noch ein bisschen, Margit. Wir können fernsehen, wenn du magst. Gleich fängt dieses Tanzprogramm an.«

Wenig später saßen die beiden Damen auf dem Sofa. Ein Logo auf dem Bildschirm verkündete, dass in Kürze »Let's dance« beginnen würde.

»Schaust du dir das immer an, Alma?«

»Manchmal ... Nimm dir doch einen von den sauren

Drops.« Alma hob den Deckel vom Konfektschälchen und reichte es Margit. Die steckte sich ein Bonbon in den Mund, lutschte lautstark daran und nickte Alma freundlich zu.

»Schau mal, die Kleider, die die Tänzerinnen tragen, sind wirklich wunderschön.«

»Und die Männer – flott ... und leichtfüßig.«

»Das ist schon was anderes als beim Seniorentanz.« Alma kicherte.

»Hier hätte der Hilleshöger noch was lernen können.«

»Wer ist das?« Alma hörte auf, an ihrem Bonbon zu lutschen, und sah zu Margit hinüber.

»Erik Kvist. Aber sie nennen ihn den Hilleshöger – du weißt, wie die Zuckerrübenfirma, weil er sich fortbewegt wie ein Rübenvollernter. Hast du noch nie von ihm gehört?«

»Nein.« Alma musste wieder kichern.

»Man hat fast das Gefühl, als hätte er vergessen, den Schlepper abzubauen, wenn er tanzt – so schwer und steif bewegt er sich.«

Jetzt kicherte Alma so laut, dass ihr das Bonbon aus dem Mund fiel, und sie steckte es peinlich berührt wieder hinein. Jetzt ähnelten die beiden Damen zwei albernen Schulmädchen.

»Ruhe! Jetzt kommt die Wertung!«, meinte Alma.

»Nur siebzehn Punkte? Ich finde, sie haben gut getanzt.«

»Manchmal fragt man sich, was die sich eigentlich denken.«

»Am Mittwochnachmittag ist Seniorentanz im Volkspark. Vielleicht sollten wir hingehen? Axel kann uns sicher hinbringen«, schlug Margit vor.

»Ist ja eine Weile her, dass wir zuletzt da waren. Wir könnten schon eine kleine Aufmunterung gebrauchen.«

Es wurde ein gemütlicher Abend, in dessen Verlauf noch einmal Kaffee aufgebrüht wurde. Es war dunkel, als Margit beschloss, heimzugehen.

»Soll ich dich nach Hause begleiten?«, fragte Alma freundlich.

»Quatsch«, erwiderte Margit lachend. »Wer soll dich denn dann nach Hause bringen? Sollen wir etwa zwischen den Häusern hin und her laufen und uns immer wieder gegenseitig begleiten?«

»Ich bleibe am Fenster stehen, bis ich sehe, dass du in deinem Garten angekommen bist.«

»Das ist gut, da fühle ich mich sicher«, sagte Margit, obwohl sie das jedes Mal so machten, wenn eine von ihnen das Haus der anderen verließ.

Als Margit um die Hausecke bog, frischte es auf, und die Samenkapseln einer Blume stoben durch die Luft wie kleine Rasierbürsten. Margit pustete ein paar Samen weg, die auf ihrem Mantelärmel gelandet waren.

Sobald sie bei sich zu Hause war, zog sie die Rollos herunter. Erst in der Küche, dann im Wohnzimmer und zuletzt im Schlafraum. Sie zog immer die Rollos herunter, bevor sie das Licht anschaltete. Es musste ja niemand sehen, dass eine alleinstehende ältere Dame im Haus wohnte, fand sie. Es gab so viele komische Leute, und Axel und Greta hatten beide gesagt, dass sie vorsichtig sein solle.

Margit räumte die kuschelige, grün melierte Tagesdecke vom Bett und begann sich auszuziehen. Dazu setzte sie sich wie immer auf den Holzstuhl am Fenster. Erst zog sie sich den Pullover aus, und wie immer schüttelte sie ihn ein paarmal aus, ehe sie ihn auf einen Hocker legte. Dann rollte sie vorsichtig die Strumpfhose hinunter, ehe sie sie mit einem Ruck über die Ferse zog. Dann stellte sie sich hin, knöpfte den Rock auf und ließ ihn zu Boden fallen. Schließlich zog sie das Unterhemd und den Schlüpfer aus.

Dann stand Margit Berg da, wie Gott sie geschaffen hatte. Ihr Körper wirkte noch jugendlich, nur ihre schmalen Oberarme wurden allmählich etwas schlaff. Sie beugte sich über das Bett, hob das Kopfkissen hoch und holte ihr knöchellanges rot geblümtes Nachthemd hervor, das sie sich rasch über den Kopf zog. Dann öffnete sie die Tür und verschwand im Bad.

Wenig später wurde die Stille durch Gurgelgeräusche unterbrochen, und als sie wieder aus dem Bad kam, sah sie aus wie eine kleine Elfe. Ihr dünnes Haar war frisch gebürstet und umgab ihren Kopf auf dem Kissen wie ein Heiligenschein. Richtig friedlich sah sie aus, wie sie da lag, mit einem milden Lächeln auf dem Gesicht.

4

Axel ließ die Damen auf dem Parkplatz aussteigen, der schon voller Autos war. Die Stimmung unter den Menschen, die sich auf den Eingang des Tanzlokals zu bewegten, war entspannt. Margit und Alma gingen dicht nebeneinander und grüßten höflich alle Bekannten, die sie trafen. Hinter der Eingangstür stand ein kleiner wackliger Holztisch, an dem der Kassenwart des Seniorenvereins saß und das Eintrittsgeld in Empfang nahm. Auf den Boden hatte er seine Aktentasche gestellt, und seine gerade Haltung, seine klare Stimme und seine etwas arrogante Art deuteten darauf hin, dass er seinen Posten für mindestens ebenso wichtig hielt wie den des schwedischen Finanzministers.

»Sie haben es hoffentlich passend? Dass man das jedes Mal von Neuem sagen muss!« Alma und Margit legten je einen Fünfzigkronenschein auf den Tisch. Der Kassenwart nickte ihnen dankbar zu und steckte die Scheine in die Kasse.

Im Lokal waren die Tische hübsch gedeckt.

»Stell dir vor, dass es einigen so unglaublich wichtig ist, jedes Mal auf demselben Platz zu sitzen«, schnaubte Margit. »Schau mal, ein paar Leute sind vorher schon da gewesen und haben Plastiktüten über die Rückenlehnen gehängt, um ihre Plätze zu reservieren.«

Sie gingen zu einem Tisch, an dem es noch freie Plätze gab. Drei Damen, die sie von früher kannten, saßen schon dort und grüßten freundlich. Als sie sich hingesetzt hatten, beugte Margit sich zu Alma vor und bemerkte: »Es mag schon stimmen, wie es gemeinhin heißt, dass die Kerle zuerst sterben. Sieh nur, wie viele Frauen hier sind.«

»Wie immer. Was für ein Glück, dass man auch mit anderen Frauen tanzen kann, sonst müssten wir wohl den ganzen

Abend hier sitzen bleiben. Ich bin ja ohnehin zufrieden, wenn ich nur Kaffee und Kuchen bekomme ... und mir ein bisschen die Leute anschauen kann. Das ist immer nett. Ich kann ja auch nicht so gut tanzen mit meinem Fuß.«

Nach einer Weile bahnte sich Alma einen Weg übers Parkett zum Eingang, wo auch die Toiletten lagen. Sie wartete immer einen Zeitpunkt ab, wenn die anderen gerade tanzten. Sie mochte nämlich nicht quer über die Tanzfläche humpeln, wenn alle zusahen.

Alma hängte ihre Handtasche an einen Wandhaken in der Toilettenkabine. Ein Wunderbaum füllte mit seinem Tannenduft den Raum. Die Toilettenpapierrolle war merkwürdig platziert, irgendwie hinter ihr, sodass sie halb aufstehen musste, um dorthin zu gelangen. Sie drückte etwas Seife aus dem Behälter und wusch sich sorgfältig die Finger.

Die Papierhandtücher waren zu Ende, und sie streckte sich nach ihrer Handtasche, zog ein kleines Baumwolltaschentuch heraus und trocknete sich damit die Hände ab. Ehe sie hinausging, warf sie einen Blick in den Spiegel und lachte sich fröhlich zu.

Das Musikstück war gerade vorbei, weshalb sie sich an die Garderobe stellte und so tat, als würde sie etwas in ihrer Handtasche suchen, bis der nächste Tanz begann. Dann überquerte sie wieder die Tanzfläche und ging zu ihrem Tisch.

Margit lächelte ihr zu und zog ihren Stuhl vor. In diesem Moment kam der Kassenwart zu ihnen und wedelte mit ein paar Losen herum.

»Zwei Kronen das Stück«, sagte er eifrig.

»Was gibt es denn zu gewinnen?«, fragte Margit.

»Rubbellose und Kaffee ... natürlich nur, wenn man Glück hat«, fügte er mit einem breiten Lächeln hinzu, das seine weißen dritten Zähne entblößte. Echt konnten sie ja nicht sein, diese Frage hatten Margit und Alma schon oft diskutiert.

Sie kauften jede fünf Lose und zahlten zur Freude des Kassenwarts passend. Das Orchester spielte zu einem ruhigen Foxtrott auf. Nun ja, was hieß schon Orchester. Es war ein einzelner Mann, der da vorn saß und spielte, aber es klang wie ein ganzes Orchester.

»Willst du tanzen, Alma? Das ist ein ruhiges Stück.«

Alma zögerte, dann lächelte sie Margit zu und nickte. Sie hängten sich die Handtaschen in die Armbeuge und nahmen vorsichtig die Tanzhaltung ein. Es gab mehrere andere Damen, die zu zweit tanzten. Manchmal fanden Alma und Margit es etwas ungerecht, dass die wenigen Herren, die da waren, nur mit den Damen an ihrem eigenen Tisch tanzten. Natürlich gab es ein paar Frauen, die besonders attraktiv waren und ständig aufgefordert wurden, aber die waren auch irgendwie anders. Sie hatten Schuhe mit hohen, schmalen Absätzen und trugen auffällige Ohrringe. Ja, sie wirkten beinahe ein bisschen vulgär, fanden Alma und Margit, aber aufgefordert wurden sie, auch wenn die Ehefrauen der Männer nicht so glücklich darüber zu sein schienen.

Alma wurde von Margit geführt. Erstaunlicherweise war ihr humpelnder Gang beim Tanzen gar nicht störend. »Es ist fast so wie bei Stotterern«, hatte Alma einmal zu Margit gesagt. »Wenn sie singen, dann merkt man das Stottern gar nicht.«

Als sie zu ihren Plätzen zurückkehrten, wurden gerade die Kuchenplatten aufgedeckt. Mit Kaffee bediente man sich selbst aus den Thermoskannen auf den Tischen. Beim Seniorentanz gab es stets ein Stück Hefekranz, einen Keks und ein Stück Torte. Das Gebäck schmeckte lecker, und sie hatten eine nette Gesprächsrunde an ihrem Tisch. Margit fiel es leichter, mit anderen ins Gespräch zu kommen, als Alma.

Nach dem Kaffee war es Zeit für die Ziehung der Lotteriegewinne. Der Kassenwart ging zur Anlage und griff nach dem Mikrofon. Es war ihm anzumerken, dass er es genoss, seine Stimme zu hören.

»Wir beginnen mit den blauen Losen. Serie F. Blaue Lose, Serie F.«

Alle rollten ihre Lose auf. Der Kassenwart hatte die Lose in eine große Schüssel gelegt, die er einer Dame am nächsten Tisch entgegenstreckte. Sie zog ein Los, das sie ihm reichte. Vorsichtig öffnete er es und führte das Mikrofon wieder näher an seinen Mund.

»Blaue Lose, Serie F. Nummer sechsunddreißig. Blaue Lose, sechsunddreißig.«

Eine große, kräftige Frau stand auf und wedelte mit ihrem Los. Sie drängte sich an den Tischen vorbei und marschierte mit großen Schritten über die Tanzfläche.

»Zwei Rubbellose, bitte sehr. Hoffentlich haben Sie bei denen auch so ein Glück!«

Die Dame bedankte sich und wollte gerade an ihren Platz zurückkehren, als der Mann sie am Arm zurückhielt. »Halt! Sie müssen noch den nächsten Gewinner ziehen!« Er wühlte in der Schüssel herum und hielt diese dann so hoch, dass die Frau kaum herankam.

»Wir sind noch immer bei den blauen Losen, Serie F. Und jetzt haben wir die Nummer vierzehn.«

Alma zuckte zusammen und sah noch einmal auf ihr Los. Dann stand sie verlegen auf und begann über die leere Tanzfläche zu gehen. Ihr linker Fuß schlug so fest gegen den Boden, dass sie das Gefühl hatte, gleich das Parkett zu durchstoßen. Als sie in der Schulzeit an die Tafel gehen musste, hatte es sich genauso unangenehm angefühlt, und außerdem hatten die Klassenkameraden sie ausgelacht. Hier reagierte niemand auf ihr Humpeln, aber ein Gefühl von Unbehagen verspürte sie noch immer in ihrem Inneren.

»Herzlichen Glückwunsch. Ein Paket Kaffee. Vielleicht laden Sie mich ja mal nachmittags zu einer Tasse ein?« Im Gebiss des Kassenwarts blitzte ein Lächeln auf, so hell wie eine Tausendwattbirne.

Alma war sogar richtig froh zumute, als sie mit dem Kaffeepaket wieder an den Tisch zurückkam. Applaus hatte sie auch bekommen. Als das nächste Musikstück begann, spürte sie, wie jemand sie an der Schulter berührte.

»Darf ich bitten?«

Alma stand auf und lächelte den Mann an, der sie aufgefordert hatte. Sie war ziemlich nervös, aber es war ein ruhiger Walzer, und da musste man ab und zu in die Knie gehen, auch wenn man nicht humpelte.

Der Mann war gut angezogen und gepflegt, und Almas Unruhe legte sich bald. Sie sprachen beim Tanzen über alltägliche Dinge, und Alma fand sogar, dass das Stück viel zu schnell vorbei war. Margit warf ihr einen aufmunternden Blick zu, als sie wieder an ihrem Platz angekommen war.

»Axel kommt in einer halben Stunde, aber du willst vielleicht länger bleiben, wo du heute so ein Glück hast. Ein Päckchen Kaffee und eine Aufforderung zum Tanzen!« Margit lachte. Das war das Beste an ihr: Sie war niemals neidisch, sondern freute sich stattdessen, wenn es jemand anders gut erging.

Sie tranken noch ein Tässchen Kaffee und gingen dann hinaus, um ihre Mäntel anzuziehen. Schon bald fuhr Axel vor, stieg höflich aus seinem Wagen und öffnete ihnen die Türen.

»Ich habe ein bisschen Kram aus dem Auto geräumt, könnte ja sein, dass ihr beide einen Kavalier mitbringt.«

Die beiden Damen lachten und stiegen ein. Axel erkundigte sich, wie es ihnen ergangen war, und Margit erzählte, dass Alma mit einem sympathischen Mann getanzt hatte. Er zwinkerte Alma im Rückspiegel zu.

Als sie zu Hause waren, hielt Axel mitten auf der Straße.

»So ist es gerecht. Jetzt habt ihr es beide gleich weit.«

Als Axel Alma die Tür öffnete, reichte sie ihm das Kaffeepaket. »Als Dankeschön fürs Heimbringen.«

»Ach, du sollst doch nicht deinen Gewinn verschenken.«

»Nimm schon, bevor ich es mir anders überlege«, sagte Alma scherzhaft.

»Vielen Dank, Alma. Kaffee kann man immer gut gebrauchen.«

Alma und Margit winkten Axel zu, und dann gingen beide in ihr Haus.

Alma war aufgekratzt, und es fiel ihr schwer einzuschlafen. Es war ein schöner Tag gewesen, mit dem Kaffeegewinn, dem Tanzen und natürlich in Gesellschaft von Margit.

Kjell Johansson lag nackt auf dem Rücken und hatte sich nur eine Decke über die Füße gelegt. Sein Atem ging schwer. Ulla Ström war ebenfalls unbekleidet. Sie lag neben ihm, und ihre Finger kraulten in seiner Brustbehaarung herum.

»Das war schön«, sagte sie und reckte den Hals, um Kjell in die Augen zu sehen.

Er antwortete nicht, sondern grunzte nur etwas Unverständliches. Der nachfolgende Seufzer zeugte jedoch davon, dass er ihre Meinung teilte. Ulla drehte sich auf den Rücken und starrte an die Decke. Kjell kniff seine Augen so fest zusammen, dass die buschigen Augenbrauen sich senkten. Er atmete durch die Nase tief aus und ein. Ulla lächelte ihm zu. Plötzlich hörte er auf, durch die Nase Luft zu holen, sondern atmete stattdessen durch den Mund, mit ruhigen, schweren Atemzügen. Ulla beugte sich zu ihm hinab und zog die Decke über sich. Bald waren die beiden in einen entspannten und angenehmen Schlaf gefallen.

Ulla hatte einer Freundin, die für längere Zeit verreisen wollte, versprochen, sich um ihr Kleingartenhäuschen zu kümmern. Sie hatte die Chance genutzt, ein Schäferstündchen mit Kjell dort zu verbringen. Die kleinen Sprossenfenster gähnten dunkel. Das Häuschen war nach der Winterpause noch nicht wieder hergerichtet, die Gardinen hatte die Besitzerin abgenommen, und es standen noch keine Blumen auf den Fensterbrettern.

Ulla hatte ihrem Mann gegenüber behauptet, sie hätte heute Nachtdienst, weil das Altenheim nicht ausreichend besetzt sei. Kjell hingegen hatte gesagt, dass er zu einem Meeting müsse, aber nicht so spät heimkommen werde.

Erst als der erste Sonnenstrahl durchs Fenster fiel, sprang Kjell erschrocken vom Sofa auf.

»Wie viel Uhr ist es? Meine Güte, Ulla!«

»Ach, komm, leg dich noch ein bisschen hin«, sagte sie mit einschmeichelnder Stimme.

Kjell sah auf die Uhr, die er auf den Tisch gelegt hatte.

»Es ist bald sechs!« Er fuhr wie ein Irrwisch durch das kleine Zimmer.

»Ja, und?«

»Du hast gut reden. Schließlich hast du erzählt, dass du heute Nacht nicht nach Hause kommst. Aber ich?« Kjell dachte an das neue Auto, das Eva-Britt zu kaufen versprochen hatte. Er fühlte sich richtig unruhig.

»Wir sind doch wohl erwachsene Menschen, und jeder ist für sich selbst verantwortlich.« Ullas Stimme war plötzlich barsch. Sie war zwar bekannt für ihre Launenhaftigkeit, doch Kjell bekam sie nur selten zu spüren.

»Das Auto habe ich bei der Gemeindeverwaltung abgestellt, verdammt, und es ist draußen hell.« Er raffte die Kleider zusammen und begann sich schnell anzuziehen.

»Ich ruhe mich noch ein bisschen aus.« Mit einem behaglichen Seufzer kuschelte sich Ulla wieder in die Decke.

Kjell sah aus dem Fenster.

»Diese verdammten Schrebergärtner sind schon in ihren Gärten unterwegs.« Er klang hilflos. »Wir können uns nicht mehr so treffen wie bisher, Ulla. Das geht nicht. Ich will meine Ehe mit Eva-Britt nicht aufs Spiel setzen.«

»Aha, so ist das also. Ich bin nur ein Zeitvertreib, eine kleine Bettgeschichte. Na, dann ist das eben so. Geh nach Hause zu deiner Eva-Britt, das ist kein Problem für mich.«

»Ulla«, sagte Kjell flehend. »Lass uns später noch mal darüber reden.« Dann schlug er den Kragen hoch und schlich hinaus auf den Kiesweg.

Ulla richtete sich auf und sah aus dem Fenster. Sie konnte sich ein Lachen nicht verkneifen: Kjell rannte die kleinen von Hecken umsäumten Wege entlang – mit seinem hochgeschlagenen Kragen sah er aus wie ein Dieb. Ulla schnaufte. Manchmal fand sie ihn richtig albern. Sie blieb eine Weile sitzen, nachdem er in Richtung Gemeindeverwaltung verschwunden war. Dann legte sie sich auf den Rücken.

»Wir können uns nicht mehr so treffen wie bisher, Ulla. Das geht nicht.« Sie lächelte. Sie konnte Kjell um den kleinen Finger wickeln, und sie wusste, dass er bei dem leisesten Wink angekrochen kam.

Der Frühling ging vorüber wie jedes Jahr. Margit und Alma buddelten in ihren Gärten, tranken zusammen Kaffee und machten Busausflüge nach Ystad, um einzukaufen. Sie waren in der Gärtnerei gewesen und hatten dort blühende Pflanzen gekauft, die sie in Blumenkästen und Töpfe gepflanzt hatten. Alma hatte wie immer ein hübsches Arrangement oben auf dem Hügelchen angepflanzt, wo die Gans und der Gartenzwerg standen. Vom Straßenausbau oder der geplanten Feriensiedlung hatten sie weder gehört noch gelesen, und sie hatten den Gedanken verdrängt, dass sie ihre Häuser würden verkaufen müssen.

Doch als der Frühling in den Sommer überging, schrieb Alma in ihren Kalender: *Heute, am 14. Juni, fand eine Sonnenfinsternis statt. Jemand von der Gemeindeverwaltung war da und hat erzählt, dass die Häuser zwangsenteignet werden. Margit und ich haben beide Tränen vergossen, aber wir haben uns gegenseitig versprochen, zusammenzuhalten, egal, was geschieht.*

Keine der beiden konnte den Sommer genießen. Axel erzählte, dass er mehrmals mit der Gemeindeverwaltung verhandelt habe, aber nichts habe unternehmen können, um das Ganze zu stoppen. Er hatte sich nach Wohnungen umgehört, aber nirgends gab es zwei freie Wohnungen nebeneinander. Da Alma das Gehen so schwerfiel, konnten sie sich nicht vorstellen, weit voneinander entfernt zu wohnen. Auf ihre gemeinsamen Kaffeestündchen wollten beide nicht verzichten.

Axel hatte jedoch in Erfahrung gebracht, dass drüben am Byaplan neue Seniorenwohnungen gebaut werden sollten, allerdings würde es noch eine Weile dauern, bis diese fertig wären. Dabei handelte es sich um Erdgeschosswohnungen mit einem kleinen Gartenanteil – eine Möglichkeit, die sie sich vorstellen konnten, wenn sie nun bedauerlicherweise nicht ihre Häuser würden behalten können.

Die Nächte wurden unendlich lang. Die beiden Damen drehten und wendeten sich in ihren Betten, und die Kaffeestunden wurden immer länger. Vor ihren Fenstern veranstalteten die Grillen Konzerte, doch ihre Akkorde waren disharmonisch. Die Düfte der Nacht irrten endlos durchs All wie verwirrte Schmetterlinge.

Axel und Greta versuchten sie aufzumuntern, und Margits Enkel Christer war sogar einen Tag bei ihnen gewesen und hatte ihnen angeboten, beim Umzug zu helfen.

»Ja, im Grunde seines Herzens hat er etwas Gutes in sich«, sagte Margit beim Vormittagskaffee zu Alma.

»Das haben wir doch wohl alle.«

»Das ist wahr, aber ich finde, er sieht so merkwürdig aus. Hast du seinen Ohrring gesehen?«

»So was tragen nicht nur Jugendliche«, tröstete Alma sie. »Neulich war sogar ein Professor im Fernsehen, der einen Ring im Ohr hatte. Aber warum die jungen Leute diese komischen Kabel in den Ohren haben, kann ich beim besten Willen nicht verstehen. Telefonkabel direkt ins Ohr ... Was für ein Unsinn! Und es sieht so seltsam aus, wenn sie durch die Gegend laufen und dabei reden, ohne dass ein Telefon zu sehen ist.« Sie schüttelte den Kopf. »Aber das liegt wohl daran, dass wir langsam alt werden.«

»Nimm dir noch ein Marzipangebäck, Alma.« Seitdem es beschlossene Sache war, dass sie ihre Häuser würden verlassen müssen, hatten Margit und Alma das Sortiment auf dem Brotteller um leckere Gebäckstücke ausgeweitet. Sie waren sich einig, dass sie zum Trost etwas Süßes brauchten.

Am Samstag kam Axel und erzählte, dass sie die Zusage für zwei Seniorenwohnungen in dem geplanten Neubau erhalten hätten, die direkt nebeneinander lagen.

»Aber die Häuser werden erst nächstes Frühjahr fertig sein«, sagte Axel, »und ihr müsst ja währenddessen irgendwo wohnen. Ich habe mit Ulla Ström gesprochen, die direkt neben meiner Firma wohnt. Sie ist die Leiterin des Altenheims und meint, dass ihr vorübergehend in dessen Gästeapartment wohnen könntet.«

»Aha, wir sollen also im Armenhaus landen?«, meinte Margit empört.

Alma dachte dasselbe, aber sie wollte natürlich nichts sagen, weil doch Axel so lieb gewesen war und sich so viel Mühe gab, ihr Wohnungsproblem zu lösen.

»Das ist kein Armenhaus«, sagte Axel und lachte. »Ich bin selbst dort gewesen und habe Klempnerarbeiten durchgeführt. Die Mitarbeiter sind wirklich nett. Nun ja, Ulla Ström ist zwar ein bisschen streng und barsch, aber sie ist ja die Leiterin, und mit ihr haben die Heimbewohner kaum zu tun.«

Die Stille legte sich wie ein Druckverband über die Küche. Axel suchte die Blicke von Margit und Alma, um eine Reaktion auf das Gesagte zu bekommen. Als sie schwiegen, meinte er: »Ich kann euch mal hinfahren, wenn ihr wollt. Man kann es sich ja wenigstens mal anschauen, oder etwa nicht? Ihr müsst jetzt nichts entscheiden. Denkt noch mal drüber nach.« Er stand auf und ging zur Tür.

Als Axel weg war, saßen sie schweigend da. Die erste Fliege des Sommers war hereingekommen und surrte hartnäckig am Küchenfenster. Auf der Spüle lag ein Päckchen Hackfleisch, das Margit zum Auftauen aus der Tiefkühltruhe geholt hatte. Die bunten Flickenteppiche auf dem Küchenfußboden schienen plötzlich ihre Farbe verloren zu haben. Alles war von einem grauen Nebel umschlossen, und sie befürchteten, sich nie wieder daraus befreien zu können.

Gegen Abend frischte es auf. Alma stand im Garten und sah über die Äcker hinweg. Die Felder erinnerten mit ihren verschiedenen Bepflanzungen in unterschiedlichen Farbnuancen an Flickenteppiche. Vor zwei Jahren hatte einer der Landwirte begonnen, Flachs anzubauen, und die blaue Farbe erinnerte an ein wogendes Meer. Alma war so fasziniert davon gewesen, dass sie in die Bibliothek gegangen war und sich ein Buch ausgeliehen hatte, um mehr über die Leinpflanze zu erfahren. Es ist so schön hier, dachte Alma seufzend. Österlen, die Gegend um Ystad, war so etwas wie die Provence Schwedens geworden. Jeder wollte dort wohnen, weshalb sich die Grenzen von Österlen immer weiter ausdehnten und man sich darüber stritt, was eigentlich noch dazugehörte und was nicht.

Alma ging zum Gartenzwerg und entfernte eine Schnecke, die sich an seiner Nase festgesetzt hatte. Dann zog sie ihre Strickjacke enger um sich und verschwand nach drinnen.

Margit saß in ihrem Fernsehzimmer und sah sich eine Sendung an, ohne eigentlich hinzuschauen. Ihre Gedanken waren so durcheinander, dass es ihr schwerfiel, sich zu konzentrieren. In der Küche war es dunkel. Noch immer lag die Hackfleischpackung auf der Spüle. Sie hatte sich nichts gekocht, sondern ihren Hunger gestillt, indem sie eines der Marzipanteilchen gegessen hatte, die sich noch in der

Packung befanden. Dann hatte sie etwas Eis aus der Tiefkühltruhe genommen und in ein Schälchen gefüllt. Sie hatte es sogar mit Schokoladensoße garniert, aber genießen konnte sie es nicht.

5

Axel holte sie mit dem Auto ab. Greta war auch mitgekommen, was Alma und Margit ein Gefühl von Sicherheit gab. Frauen sahen die Dinge ja etwas anders. Außerdem arbeitete Greta bei einem Pflegedienst, weshalb sie alles etwas kritischer sehen würde, nicht nur das Gästeapartment, sondern auch das Drumherum. Sobald Axels Wagen hielt, stieg Greta aus, um Margit auf dem Beifahrersitz Platz zu machen.

»Nein, um Himmels willen, bleib sitzen«, meinte Margit. »Ich setze mich mit Alma auf die Rückbank.«

»Übrigens habe ich gestern mit einem Herrn vom Bauausschuss gesprochen«, berichtete Axel. »Er hat versprochen, dass ihr in euren Häuschen so viel von euren Sachen lassen könnt, wie ihr wollt, weil sie mit dem Abriss erst im Lauf des Sommers beginnen.«

Beim Wort »Abriss« kullerte eine kleine Träne über Margits Wange. Alma reichte ihr ein frisches Baumwolltaschentuch, während sie ihr sachte über das Bein strich.

»Wie nett, dass wir unsere Sachen dalassen dürfen«, sagte Margit. »Meinst du, wir können auch hinfahren und im Garten Kaffee trinken?«

»Na ja, da bin ich mir nicht so sicher. Die beginnen ja schon mit der Projektierung des Baulandes und stellen Baracken auf, das wird vielleicht nicht so gemütlich. Aber wir werden sehen. Ins Altenheim könnt ihr nicht so viel mitnehmen, und es wäre ja schade, wenn ihr Sachen verkaufen oder wegwerfen müsstet, die ihr später braucht, wenn ihr in eure neuen Wohnungen zieht«, fuhr Axel fort.

»Eins nach dem anderen«, sagte Greta beruhigend und strich Axel über den Arm. »Heute sehen wir uns das Seniorenheim an. Und hinterher könnt ihr entscheiden, wie ihr es gern hättet.«

Liebe und nette Menschen sind das, dachte Alma. Wie hätte sie ohne Margit und deren Familie dieses Problem lösen sollen?

Schwarzbunte Kühe weideten auf den üppigen Wiesen. Am Wegesrand wuchsen Hahnenfuß, Ackerbeeren und Beifuß. Die großen gelblich-braunen Getreidefelder leuchteten wie Gold gegen den Himmel, wo sich im Westen dunkelgraue Regenwolken aufzutürmen begannen. Die Vögel folgten den Traktoren auf den Feldern wie schwarze Leichenzüge.

Axel begrüßte den Fahrer eines entgegenkommenden Wagens. Margit lächelte. Das hatte Sture auch getan, wenn er einem Auto vom selben Modell wie sein eigenes begegnete. Sobald sie einen Saab sahen, hatte er gewinkt, ohne den Fahrer zu kennen. Margit erinnerte sich, dass sie damals genervt gewesen war und es albern gefunden hatte. Jetzt lächelte sie darüber.

Axel stellte das Auto auf dem Parkplatz vor dem Altenheim ab und hielt den Damen die Türen auf. Margit hakte sich bei Alma unter, während sie schweigend zum Eingang gingen. Drinnen war es schön und gepflegt. Auf einem gestreiften Sofa direkt an der Eingangstür saßen zwei Männer und unterhielten sich. Der eine hatte zwischen den Beinen einen Gehstock stehen. Sie grüßten höflich und setzten dann ihr Gespräch fort.

Da kam ihnen Ulla Ström entgegen. »Ulla Ström, Heimleiterin«, stellte sie sich mit barscher Stimme vor.

Alma zuckte innerlich zusammen und stellte fest, dass sie die Frau nicht mochte. Ulla Ström hatte kalte blaue Augen, und ihr zusammengekniffener Mund ähnelte einem schmalen Strich. Eine Dame mit Rollator blieb neugierig stehen.

»Gibt es heute ein Unterhaltungsprogramm?« Sie fixierte Ulla Ström mit dem Blick.

»Nein, Bojan. Heute gibt es kein Unterhaltungsprogramm. Gehen Sie bitte auf Ihr Zimmer.«

»Und warum sind dann heute so viele Leute hier?«

»Wir sind nur zu Besuch.« Alma lächelte.

»Wen wollt ihr denn besuchen?«

In dem Moment kam eine fröhlich aussehende Altenpflegerin vorbei.

»Inga, bitte bringen Sie Bojan auf ihr Zimmer«, schnaubte Ulla Ström.

»Noch kann ich allein gehen«, zischte Bojan und machte sich schnell auf den Weg über den Korridor.

»Manchmal ist es ein bisschen chaotisch hier«, entschuldigte sich Ulla Ström.

»Chaotisch?«, meinte Greta. »Aber sie hat doch nur gefragt, ob es heute ein Unterhaltungsprogramm gibt.«

Margit lächelte in sich hinein. Es war ein Glück, dass sie Greta dabeihatten, denn sie war patent und kannte sich aus. Ihr konnte niemand was vormachen. Axel hat wirklich eine gescheite Frau erwischt, dachte sie zufrieden.

»Hier ist der Speisesaal.« Ulla Ström zeigte ihnen einen hübschen großen Raum mit kleinen, runden Tischen, auf denen Blumenvasen und Serviettenhalter standen. Blumenspaliere trennten die verschiedenen Teile des Speisesaals voneinander ab. Hinter einem Tresen stand eine freundliche Dame mittleren Alters, die Greta zu kennen schien und freundlich grüßte.

»Es ist schön hier«, flüsterte Alma Margit zu.

»Ja, schon.«

»Und hier ist der Therapieraum.« In dem großen Zimmer herrschte rege Betriebsamkeit. Einige Heimbewohner webten, andere nähten, und in der einen Ecke gab es einen Billardtisch, an dem ein paar Herren eifrig spielten.

»Hallo, Margit. Lang ist's her!« Margit hielt inne und sah hinüber zur Frau, die eben ihren Namen gerufen hatte. Sie saß an einem Webstuhl und sah zufrieden aus.

»Hallo Ester, wohnst du hier?«

»Seit drei Jahren. Wenn ich gewusst hätte, wie gut es hier ist, wäre ich schon viel früher hergezogen.«

»Ach, sieh an.« Margit sah erstaunt aus.

»Wir werden richtig verwöhnt hier ... Leckeres Essen, nette Mitarbeiter, Unterhaltung, alles, was das Herz begehrt. Ziehst du auch hier ein?«

»Es ist noch nichts fest vereinbart ...«

»*Und dann haben wir hier das Zimmer, an dem Sie interessiert waren*«, sagte Ulla Ström mit lauter und schriller Stimme, als wollte sie Margit klarmachen, dass sie nicht den ganzen Tag für sie Zeit hätte.

Margit nickte Ester freundlich zum Abschied zu und schloss sich den anderen an. In diesem Moment klingelte Ulla Ströms Handy. Sie antwortete gewohnt barsch, doch dann wurde ihre Stimme plötzlich weicher. Sie wandte sich an eine der Angestellten, die gerade vorbeikam.

»Carina, könnten Sie den Damen das Gästeapartment zeigen? Bitte entschuldigen Sie mich«, meinte sie dann und verschwand in ihrem Zimmer.

»Folgen Sie mir bitte«, sagte Carina und lotste sie in ein ziemlich großes Zimmer, das lediglich mit zwei Betten möbliert war. Alma und Margit sahen sich um.

»Sieht ein bisschen trist und langweilig aus. Das Zimmer wird nur selten genutzt«, sagte Carina. Alma ging zum Fenster und schaute hinaus. Von hier aus war der Park zu sehen, wo sie schon oft gewesen war, um die Vögel am Teich zu füttern. Direkt vor dem Fenster gab es eine kleine Terrasse.

»Falls Sie tatsächlich herziehen, können Sie natürlich ein paar eigene Möbelstücke mitbringen. Einen gemütlichen Sessel, eine Kommode – ja, und einen Fernseher natürlich, wenn Sie wollen. Ja, vielleicht nicht jede einen eigenen«, meinte Carina lachend. »Aber Sie können sich bestimmt einigen, welche Sendung Sie sehen möchten, ohne sich zu streiten. Oder?«

»Wir mögen sowieso dieselben Sendungen«, sagte Alma. »Wir sehen oft zusammen fern.«

»Wie nett.«

Carina war wirklich lieb, da waren sich Alma und Margit einig. Greta fragte, wie hoch die Kosten seien und was im Preis inbegriffen sei. Sie wollte wissen, wann Alma und Margit denn einziehen könnten ... falls sie sich dafür entscheiden würden. Dabei sah sie Margit und Alma an. Sie erkundigte sich auch nach der Kündigungsfrist für das Apartment und stellte viele andere kluge Fragen, auf die sie selbst nie gekommen wären. Axel hielt sich eher zurück, aber er begrüßte mehrere der Heimbewohner, und ihm war anzumerken, dass er mit einem Ohr dem Gespräch folgte.

Als sie durch den Flur zurückgingen, sahen sich Margit und Alma neugierig um. Überall auf den Sofas und Sitzgruppen saßen Heimbewohner. Manch einer saß im Rollstuhl, einige wirkten völlig abwesend. Eine Frau räusperte sich auf unangenehme Weise, aber es gab auch Bewohner, die jugendlich und rüstig wirkten, die sie höflich grüßten oder mit Carina scherzten, die schlagfertig konterte. Überall wuchsen hübsche Grünpflanzen, außerdem gab es ein Aquarium, und an den Wänden hingen Wandteppiche, Gemälde und alte Gebrauchsgegenstände aus Kupfer. In einer Ecke stand ein altes Spinnrad.

»Ich hoffe, es gefällt Ihnen und Sie wollen hier einziehen«, sagte Carina freundlich, als sie sich von ihnen verabschiedete.

»Wir werden darüber nachdenken«, antwortete Margit, schämte sich aber im selben Moment. Sie hatte gehört, dass viele alte Leute nichts lieber wollten, als in der Geborgenheit eines Seniorenheims zu leben, und da erbat sie sich noch Bedenkzeit.

Die Schritte auf dem Rückweg zum Auto waren bedeutend leichter als vorher beim Betreten des Altenheims.

»Und, was meinen die Damen zum Thema Armenhaus?«, fragte Axel, sobald sie im Auto saßen.

»Ach, red doch nicht so einen Quatsch«, meinte Greta und puffte ihren Mann scherzhaft in die Seite.

»Es sah ganz und gar nicht arm aus«, sagte Alma – teils weil sie freundlich sein wollte, teils weil sie es so meinte.

»Und stell dir vor, Ester wohnt auch da ... Sie scheint sich richtig wohl zu fühlen.«

»Es ist ein schönes Heim«, meinte Greta. »Gepflegt und freundlich. Es soll auch gutes Essen geben, habe ich gehört.«

Als sie zu Hause angekommen waren, wollte Alma Axel und Greta zum Kaffee einladen, aber Axel musste noch in seine Firma, und wenig später standen Alma und Margit allein auf der Straße.

»Magst du vielleicht später noch vorbeikommen?«, schlug Alma vor. »Ich kann ein paar leckere Schnittchen machen.«

»Sehr gern. Wir müssen ja auch alles durchdiskutieren.«

»Passt es dir um sechs?«

»Das ist ganz wunderbar.«

Dann drehten sie sich beide um und spazierten zu ihren Häusern.

Alma wurde wehmütig, als sie ihren Garten mit den Figuren auf dem Hügelchen betrachtete. Vielleicht sollte sie im Heim nachfragen, ob sie den Gartenzwerg und die Gans auf die Terrasse vor ihr Zimmer stellen dürfte, falls sie nun vorübergehend dort einziehen sollten.

Um Punkt sechs stand Alma hinter der Küchengardine, und eine Minute nach sechs sah sie Margit von ihrem Haus herüberkommen. Alma schob die Gardine zur Seite und winkte. Margit winkte zurück, aber nicht so fröhlich wie sonst. Alma öffnete die Haustür, noch ehe ihre Freundin die Vortreppe hochgestiegen war.

»Komm herein!«

Margit ging wie immer Richtung Küche.

»Nein, nein, heute sitzen wir in der guten Stube«, sagte Alma. »Dort sitze ich ja fast nie, und da hab ich mir gedacht, man sollte sie noch mal nutzen, ehe das Haus abgerissen wird.«

»Sag doch nicht so was.« Margits Stimme klang fast ein bisschen wütend.

Alma machte eine einladende Geste.

»Aber Alma …!« Margit schlug vor Begeisterung die Hände zusammen.

Alma hatte eine hübsche Decke mit Hohlsaum auf den Esstisch gelegt und ihre guten Tassen aufgedeckt, die von Rosenthal waren und einen kleinen Fuß hatten. In die Henkel hatte sie dünne, fast durchsichtige Kaffeeservietten geschoben.

»Wenn man sich schon mal etwas gönnt, dann richtig …«

»Eigentlich haben wir doch nichts zu feiern«, meinte Margit, obwohl sie nun etwas fröhlicher wirkte.

»Nein, natürlich nicht, aber man kann schließlich nicht die ganze Zeit den Kopf hängen lassen. Dann lass uns unsere Freundschaft feiern, wenn du findest, dass das besser klingt.«

»Ja, das ist wirklich ein Anlass zur Freude.« Margit ging auf Alma zu und nahm sie unbeholfen in den Arm. Lange standen sie dann mitten im Zimmer und umarmten sich.

Als Margit sich gesetzt hatte, ging Alma in die Küche und holte ein Tablett mit Schnittchen. Margit schlug die Hände zusammen, als sie den Teller erblickte.

»Aber Alma, was für ein Fest! So viel Mühe hättest du dir wirklich nicht zu machen brauchen.«

»Es hat mir aber Spaß gemacht. Und es ist schon so lange her, dass ich zuletzt welche gemacht habe.« Alma schenkte ihnen Kaffee ein. Genau genommen genoss auch sie den Anblick. Sie hatte für jeden vier Schnittchen gemacht: eines mit Leberwurst und Gurke, eines mit geräucherter Salami und einer Garnitur aus Roten Beten und Mayonnaise, eines mit Käse und Tomate und eines mit Ei und eingelegtem Hering.

»Bitte.« Alma reichte Margit die Platte.

»Nein, nein. Lass sie auf dem Tisch stehen. Ich komme schon dran. Das sind ja richtige kleine Kunstwerke.« Margit überkam bei dem unverhofften Festmahl ein Gefühl der Ergriffenheit.

»Meine Güte, jetzt habe ich doch tatsächlich das Besteck vergessen.«

»Es geht sicher auch so«, wandte Margit ein, hatte jedoch leichte Schwierigkeiten mit dem Heringsbrot.

»Du siehst, ich bin es nicht mehr gewohnt, Gäste zu bewirten.« Alma verschwand in der Küche und kam wenig später mit dem Besteck zurück.

»Wirklich lecker, die Brote.« Margit wischte sich die Hand an der Serviette ab. »Sie schmecken hervorragend.« Sie sah sich um. »Wie schön du das Zimmer eingerichtet hast.«

»Man muss halt aus dem wenigen, das man hat, das Beste machen.«

Auf den Tisch hatte Alma einen kleinen Blumenstrauß gestellt und das Lämpchen mit dem lila gefältelten Seidenschirm angeknipst, das in der Schrankwand stand. Auf dem Tisch brannten zwei Kerzen in gläsernen Kerzenhaltern.

»Ich habe über etwas nachgedacht«, meinte Alma und wurde plötzlich ernst.

Margit legte das Besteck beiseite. »Worüber denn?«

»Ich habe ja keine Kinder und frage mich, wer sich um meine Beerdigung kümmern soll.«

»Das kann ich tun«, erwiderte Margit rasch und geriet dann über ihre Antwort in Verlegenheit. Schließlich war es gar nicht gesagt, dass Alma zuerst sterben würde. Zwar hatte sie ihre Probleme mit dem Fuß, war aber im Übrigen rüstig und gesund. Jedenfalls, soweit Margit wusste. Sie schämte sich für ihre unbedachten Worte.

»Du bist doch wohl nicht krank, Alma?«

»Natürlich nicht, aber man wünscht sich schließlich ein anständiges Begräbnis, wenn es so weit ist. Wenn man bedenkt, was heutzutage so alles passiert …«

»Das kriegen wir auch noch hin. Sterbe ich vor dir, dann wird sich das Sozialamt um deine Beerdigung kümmern.«

»Das ist es ja – dann kann man nämlich nichts selbst entscheiden. Ich weiß, dass es Särge gibt, die mit dieser furchtbaren Kunstseide ausgeschlagen sind ... So einen will ich nicht, Margit.«

»Warum denn nicht?«, fragte Margit erstaunt und legte das Besteck beiseite.

»Es schaudert mich bei der Vorstellung, ich könnte mich mit den Fingernägeln oder meinen trockenen Händen in der Seide verfangen.« Alma schüttelte sich.

Margit versuchte, Almas Gedankengang nachzuvollziehen. Doch es fiel ihr nicht leicht. Tot war schließlich tot. Alma jedoch schien zu glauben, sie könne im Sarg liegen und mit den Armen fuchteln.

»Dann musst du wohl in deinem Testament vermerken, dass du keine Kunstseide in deinem Sarg wünschst.« Es war wirklich eine seltsame Unterhaltung, die in Alma Nords guter Stube geführt wurde.

»Es wird natürlich niemand zu dieser Beerdigung kommen, aber falls doch, dann würde ich beim anschließenden Kaffeetrinken gerne solche Schnittchen wie diese hier servieren. Natürlich nicht ich selbst, das sollen die Leute im Gemeindehaus tun.«

»Ich komme jedenfalls«, sagte Margit und hatte anschließend schon wieder das Gefühl, in ein Fettnäpfchen getreten zu sein.

Dann erhob sich Alma, ging zur Schrankwand und öffnete eine kleine Tür. Sie nahm eine Flasche und zwei Schnapsgläser heraus.

»Ein Glas Punschlikör gefällig? Hoffentlich schmeckt er nicht alt. Die Flasche steht schon ein paar Jahre.«

»Spirituosen werden nicht alt. Danke, ich trinke gerne ein Gläschen. Ich nehme zwar Tabletten gegen zu hohen Blutdruck, aber das dürfte doch nichts machen, oder?«

Alma antwortete nicht, sondern goss ganz einfach die beiden Gläser voll. Sie nickten sich zu und nippten vorsichtig an dem süßlichen Getränk.

»Schmeckt gut und brennt ordentlich in der Kehle«, meinte Margit. »Stell dir vor, als ich heute Ester im Heim gesehen habe, ist mir ihr Name nicht eingefallen. Das passiert mir immer öfter, dass die Namen einfach verschwinden.«

»Die Namen«, erwiderte Alma und lachte. »Bei mir verschwinden nicht nur die Namen! Manchmal wird es richtig peinlich. Wenn ich wegfahre zum Beispiel, bin ich mir auf einmal so unsicher ... Dann kehre ich um und schaue nach, ob ich den Herd und das Bügeleisen ausgeschaltet habe, obwohl ich weiß, dass ich sie den ganzen Tag noch nicht benutzt habe. Manchmal komme ich mir vor wie meine Cousine Svea. Du weißt, die vor drei Jahren gestorben ist. Svea ging immer mehrmals durch die ganze Wohnung, um alle Lichtschalter, das Bügeleisen und die Herdplatten zu kontrollieren, ehe sie das Haus verließ. Manchmal musste ihr Mann Ola sogar wieder umkehren, weil Svea sich plötzlich nicht mehr sicher war, ob sie die Tür abgeschlossen und die Fenster zugemacht hatte. Ich weiß noch, dass sie mir einmal etwas verlegen erzählt hat, dass sie manchmal die Nachttischlampe ausknipsen und dann wieder anschalten würde, um zu kontrollieren, ob sie wirklich aus sei.« Die beiden Damen lachten.

»So weit ist es bei mir natürlich noch nicht«, meinte Margit. »Aber es ist schon schlimm genug, Namen zu vergessen.«

»Noch ein Glas Likör?«

»Ich weiß nicht ...«

»Natürlich, Margit. Es ist nicht mehr viel in der Flasche. Wir trinken den Rest auch noch, dann muss ich den nicht auch noch umziehen.« Als Alma den Rest des Likörs auf die beiden Gläser verteilt hatte, meinte sie: »Also, das mit dem Tod ...«

»Was?«

»Können wir uns nicht darauf einigen, dass irgendwas nicht stimmt, wenn bei uns das Küchenrollo um acht Uhr immer noch unten ist?«

»Das ist eine gute Idee. Es ist beruhigend, wenn man weiß, dass man nicht einfach dazuliegen braucht, ohne dass jemand etwas merkt.«

»Skål!«, sagte Alma und wirkte sehr erleichtert.

»Hast du den Mann im Eingangsbereich des Altenheims gesehen?«

»Er sah richtig gut aus«, erwiderte Alma. »Glaubst du, dass ihm auch ein Glockenspiel zwischen den Beinen baumelt?« Dann lachten sie erneut. Jetzt waren sie bei dem Thema angekommen, das sie eigentlich besprechen wollten. Nicht das Glockenspiel natürlich, sondern die Frage, ob sie ins Altenheim ziehen würden oder nicht. Eigentlich hatten sie keine Wahl, darin waren sie sich einig.

Als ihre Gläser leer waren, hatten sie sich entschieden: Sie würden vorübergehend ins Altenheim ziehen. Sie hatten sich auch über die ebenerdigen Seniorenwohnungen unterhalten, die man ihnen versprochen hatte. Sie würden nebeneinanderliegen und einen kleinen Gartenanteil haben. Mühelos im Unterhalt und modern. Ausgelassen waren die beiden nicht gerade, aber immerhin waren sie ganz positiv eingestellt.

Als es für Margit Zeit wurde, nach Hause zu gehen, öffnete ihr Alma die Tür. Draußen hatte es geregnet, und es tropfte aus der Dachrinne in die Regentonne. Als Alma im Bett lag, hörte sie immer noch das Tropfen. Es erinnerte sie an gleichmäßige Herztöne. Sonst war alles still. Bis auf die Pendeluhr in der guten Stube natürlich, aber die tickte in einem anderen Takt. Ja, ihr Dasein war wirklich etwas aus dem Takt geraten.

6

Bis Ende Mai mussten sie ihre Häuser geräumt haben, aber sie hatten die Erlaubnis erhalten, auch weiterhin ein paar Sachen dort unterzustellen. Die Schlüssel durften sie allerdings nicht behalten, sondern mussten sie bei der Gemeindeverwaltung abholen, wenn sie ihre letzten Habseligkeiten in die neuen Seniorenwohnungen transportieren wollten. Es betrübte Alma und Margit, dass sie nicht mehr in ihre Häuser konnten, um sich einen Kaffee zu kochen, und dass sie im Sommer nicht wenigstens einen Nachmittag lang in ihren Gärten würden sitzen können.

An einem sonnigen Sonntag fuhr ein Lieferwagen mit der Aufschrift »Installationsbetrieb Berg« langsam die Straße entlang und hielt vor Margits Haustür. Axel war schon ein paar Tage zuvor dort gewesen und hatte Umzugskartons angeliefert, in die sie ihre Habseligkeiten packen konnten. Sie hatten beschlossen, Almas Fernseher mitzunehmen, weil er der neuere war, sowie Margits Sofa, das so bequem war. Auf einen Teppich, eine Kommode und einige Bilder hatten sie sich ebenfalls geeinigt. Außerdem wollten sie ein paar Zimmerpflanzen mitnehmen und Greta die restlichen als Dankeschön für ihre Hilfe schenken.

»Die Möbelpacker sind da«, rief Axel unnatürlich munter. Margit war klar, dass es auch ihm leidtat, dass das Haus, in dem er seine Kindheit verbracht hatte, aufgegeben werden musste.

»Ach, du bist auch da, Christer! Das ist aber nett«, sagte Margit und nickte ihrem Enkel freundlich zu. Heute hatte er keinen Kopfhörer auf. Das leuchtete Margit ein: Beim Tragen hätte er sich sonst leicht mit den Kabeln irgendwo verfangen können. Schweigend trat Christer ins Zimmer und sah sich um. Er setzte sich aufs Sofa.

»Hier haben wir gesessen, als du mir die Geschichten von Moritz Stummel vorgelesen hast.«

Margit zuckte regelrecht zusammen. Das kam völlig unerwartet. Der Junge strich mit seiner Hand liebevoll über das Sofa. Margit drehte sich um, weil sie spürte, wie ihr die Tränen in die Augen traten. Sie wischte sie mit dem Handrücken ab und setzte sich dann neben Christer aufs Sofa.

»Das Sofa nehme ich ins Heim mit. Du kannst mich da gerne besuchen, aber für Moritz Stummel bist du jetzt wohl zu groß.«

»Das ist wirklich scheiße ...«

»Das sagt man nicht, Christer.«

»Es ist trotzdem scheiße, dass sie Alma und dich aus dem Haus vertreiben wollen, in dem ihr fast euer ganzes Leben gewohnt habt.«

»Gegen die Gemeindeverwaltung kann niemand etwas ausrichten. Die machen, was sie wollen.«

»Ich habe alles versucht«, sagte Axel plötzlich von der Tür.

»Ich dachte immer, dass ich eines Tages das Haus von dir erben würde, Oma. Hier hat es mir immer gefallen.«

Christers Reaktion und seine letzte Bemerkung verschlugen Margit die Sprache. Ihr war dieser Gedanke auch gelegentlich gekommen, aber sie hatte nie geglaubt, dass ihr Enkel sich für ein so abgelegenes altes Haus interessieren könnte.

»Ich habe noch vor, lange zu leben, und wenn du mal alt bist, kannst du die Seniorenwohnung erben.«

»Wo sollen wir anfangen?«, meinte Christer lachend und erhob sich.

Alma stand hinter der Gardine und sah mit an, wie alles zum Lieferwagen getragen wurde. Sie hatte auch drei große Kartons gepackt, die Axel mitnehmen wollte. Während sie darauf wartete, dass Axel und Christer bei Margit fertig würden, begann sie in den Beeten Unkraut zu jäten.

»Aber Alma, die Beete können dir doch jetzt egal sein«, meinte Axel. »Ihr zieht doch morgen aus.«

»Ich will aber alles ordentlich zurücklassen.« Sie stand vorsichtig auf, weil Rücken und Knie schmerzten. »Also, Axel ...«

»Ja?«

»Könntest du bitte die Gans und den Gartenzwerg ins Haus tragen? Ich will sie in die neue Wohnung mitnehmen. Es wäre schade, wenn sie kaputtgingen oder wenn sie jemand klauen würde.«

»Natürlich«, sagte Axel und trug den Gartenzwerg ins Haus. Alma folgte ihm, weil sie befürchtete, er könne ihn fallen lassen. Sie trat mit dem linken Bein fest auf dem frisch geharkten Kiesweg auf. So war es immer: Wenn sie unruhig oder nervös war, trat sie fester auf als sonst.

»Wo soll ich die Sachen hinstellen?«

»Stell sie einfach in die Diele.«

Axel nahm einen der großen Kartons und trug ihn zum Lieferwagen. Hier stehen wir, die ganze Familie, dachte Alma wehmütig und betrachtete ihre Betonfiguren.

Es war für Margit und Alma der letzte Abend in ihren Häusern. Sie hatten entschieden, dass sie ihn jede bei sich verbringen würden. Sie wollten dasitzen und in ihren Erinnerungen schwelgen. Um neun Uhr am nächsten Tag würde Axel sie abholen und ins Altenheim bringen. Er hatte versprochen, anschließend zur Gemeindeverwaltung zu fahren und dort ihre Schlüssel abzugeben.

Als es allmählich dunkler wurde, hatte Alma das Gefühl zu ersticken. Die Trauer saß ihr wie ein Kloß im Hals. Sie war nicht müde, nein, sie hatte das Gefühl, nie mehr schlafen zu können. Das Haus hatte seine Lebendigkeit eingebüßt, fand Alma. Sie hatte die Topfpflanzen weggestellt und die Wandteppiche abgehängt, und damit war die Gemütlichkeit verschwunden. Sie dachte an früher. An die Zeit, als ihr Bruder noch gelebt hatte und das Haus voller Leben und

Geschäftigkeit gewesen war. Sie hätte nie geglaubt, dass ihr Leben einmal so enden würde. Aber Margit und sie hatten auch die positiven Seiten des Umzugs besprochen und versucht, sich gegenseitig Mut zu machen.

Als die Pendeluhr im Wohnzimmer elf schlug, saß Alma immer noch auf dem Sofa. Sie machte alle Lampen aus – bis auf das kleine Lämpchen, das auf dem Fernseher gestanden hatte. Als es zwei schlug, zuckte sie zusammen. Offenbar bin ich eingeschlafen, dachte sie, ging auf leisen Sohlen in die Küche und wollte gerade das Rollo herunterziehen, als sie sah, dass bei Margit ebenfalls noch Licht brannte. Als sie zur Schnur des Rollos griff, sah sie Margit am Küchenfenster stehen. Sie winkten sich zu und zogen dann gleichzeitig ihre Rollos herunter.

Der erste Tag im Altenheim brachte viel Neues mit sich, aber seltsamerweise waren sie beide immer noch munter, als es Zeit war, zu Bett zu gehen. Als Alma das Rollo herablassen wollte, beugte sie sich so weit vor, dass sie sich den Kopf an der Fensterscheibe stieß.

»Margit, schau mal!«, sagte sie atemlos. Margit erhob sich und stellte sich neugierig neben Alma.

»Was ist denn?«

»Schau doch!«

»Ich gucke ja, aber ich sehe nur Dunkelheit.«

»Da!« Alma hätte mit ihrem Zeigefinger beinahe die Scheibe durchstoßen. »Da hinten bei der Warenannahme.«

»Wo?«

»Bei den Büschen. Siehst du die beiden?«

»Die beiden?«, sagte Margit, und ihre Stimme klang plötzlich interessierter. »Kennst du sie?«

»Sie sieht so aus wie diese Heimleiterin.«

Jetzt standen die beiden Frauen so dicht an der Scheibe, dass sie beschlug. Alma nahm ein Taschentuch aus ihrer Handtasche und wischte das Fenster ab.

»Beweg dich nicht, sonst bemerken sie uns. Aber das ist nicht ihr Mann, das sehe ich ganz deutlich. Ulla Ström wohnt bei Axels Firma nebenan, und ich habe ihren Mann schon gesehen, mehrmals sogar«, meinte Alma aufgeregt. »Er ist groß und kräftig, der hier wirkt eher schwächlich.«

»Was treiben die da wohl in der Dunkelheit?«

»Tja, jedenfalls tragen sie keine Waren ins Haus.«

»Nein, aber wirklich ... sie küssen sich, Alma! Unglaublich.« Margit hätte vor lauter Eifer beinahe einen Blumentopf von der Fensterbank gestoßen. »Was für ein Flittchen! Und das, wo sie einen so gut aussehenden Mann zu Hause hat.«

Alma nahm das Taschentuch und wischte sich über die Stirn. Ihre Pendeluhr schlug zehn, und die beiden Damen rangen entsetzt nach Luft.

»Jetzt fasst er ihr an die Brust.«

»Ach was. Das muss ihr Mann sein.«

»Hörst du nicht, was ich sage? Das ist nicht ihr Mann.« Almas Stimme klang verärgert.

Der Unbekannte ging rasch Richtung Parkplatz, und Alma zog das Rollo herunter.

»Hier braucht man wirklich keinen Fernseher.«

Sie kicherten. Obwohl sie an diesem Tag ihre vier Wände nicht verlassen hatten, fühlten sie sich aufgekratzt wie selten zuvor. Ihre Tränen waren schon lange versiegt. Beide hatten in ihrer Einsamkeit Sturzbäche geweint, hatten aber mittlerweile eingesehen, dass ihnen nichts anderes übrig blieb, als die Tatsachen zu akzeptieren.

Als sie später begannen, sich auszukleiden, genierte Alma sich ein bisschen.

»Ich habe keine so gute Figur wie du, Margit.«

»Ach was. An deiner Figur ist doch nichts auszusetzen ... und mit dem Mann neulich konntest du ja trotz deines Fußes ganz gut tanzen.« Margits freundliche Worte machten Alma Mut, und sie begann, ein Kleidungsstück nach dem anderen auszuziehen und auf den Stuhl zu legen. Bald standen die beiden alten Damen in ihren knöchellangen Nachthemden da.

»Du kannst zuerst auf die Toilette gehen, wenn du willst«, meinte Alma.

»Was ich am Fenster gesehen habe, hat mich ganz nervös gemacht. Ich gehe gerne zuerst.«

Ihre eigenen Betten hatten sie nicht mitnehmen können. Die Angestellten des Altenheims hatten nicht gewusst, wo sie die Betten, die bereits in dem Zimmer standen, hätten unterbringen sollen, während die Damen dort wohnten.

Die Betten im Altenheim waren hoch und besaßen an der Längsseite ein Aluminiumrohr, auf das man den einen Fuß stellen konnte, während man ins Bett kletterte.

»Wirklich bequem, diese Betten«, meinte Margit zufrieden, nachdem sie ins Bett gekrabbelt war.

»Hier hängt ein Kabel«, stellte Alma erstaunt fest, »mit einem Kästchen am anderen Ende.«

»Pass auf. Das ist sicher so eine Klingel, mit der man die Schwestern ruft.«

Alma wollte das Kästchen gerade entsetzt weglegen, als sie versehentlich an einen Knopf stieß. Ein Brummen ertönte, und sie zuckte zusammen.

»Margit, das Bett bewegt sich.«

»Bewegt es sich? Was redest du da wieder.« Margit hob ihre Matratze und fand darunter ein identisches Kästchen. Als sie auf den Knopf drückte, begann sich das Kopfteil des Bettes zu bewegen.

»Meines bewegt sich auch, Alma.« Sie lachten erleichtert. Dann drückten sie erneut und entdeckten weitere Funktionen.

Als sie schließlich einschliefen, hatte Alma ihr Kopfende immer noch hochgeklappt. Ihr Kopf war nach vorn gekippt, und ihr Kinn ruhte auf der Brust. Margit lag ausgestreckt da, ihr Fußende war jedoch etwas erhöht, und die Decke war ihr von den Füßen gerutscht, die weiß und mager in die Dunkelheit ragten.

Das Pendel der Uhr schwang beharrlich hin und her. Aus verschiedenen Zimmern ertönte die Klingel, und rasche Schritte waren im Korridor zu vernehmen. Doch davon hörten die beiden Damen nichts mehr, da sie der Schlaf bereits in andere Sphären entrückt hatte.

Die erste Woche war von ständig neuen Entdeckungen erfüllt. Sie lernten rasch, welche Sitten und Bräuche im Speisesaal herrschten. Am ersten Tag hatten sie sich versehentlich auf die Plätze von zwei anderen Damen gesetzt. Es war deswegen zwar kein dritter Weltkrieg ausgebrochen, aber der Vorfall war durchaus ernst. Zum Glück hatte Carina die Lage entschärft, und Margit und Alma hatten zwei schöne Plätze neben einem hübschen bepflanzten Raumteiler erhalten.

Sie hatten sich auch den Therapieraum genauer angesehen und sich entschlossen, Topflappen zu häkeln. Man konnte auch an einem Computerkurs für Senioren teilnehmen. »Gott bewahre«, meinte Alma. »Ich traue mich ja nicht mal, mich einem Computer auch nur zu nähern.« Carina ermutigte sie jedoch und meinte, sie seien doch noch so klar im Kopf, und wenn damit jemand klarkäme, dann sie beide.

Nach und nach fühlten sie sich richtig zu Hause. Zwar fehlten ihnen ihre Häuser und Gärten, sie hatten sich aber vorgenommen, keine Verbitterung aufkommen zu lassen. Verbitterte alte Frauen gebe es schon genug, hatten sie festgestellt.

Sie blieben jeden Abend einen Augenblick am Fenster stehen, ehe sie das Rollo herabließen. Es war, als warteten sie darauf, dass sich die Liebesszene vor ihrem Fenster noch einmal abspielte. Sie hatten den Vorfall immer wieder besprochen und waren sich einig, wirklich Ulla Ström gesehen zu haben. Wer der Mann war, wussten sie nicht.

Alma und Margit saßen gerne mit den anderen auf dem Flur und sahen sich die Leute an. Sie hatten noch nicht so viele von den anderen Bewohnern kennengelernt. Schließlich hatten sie ja einander. Margit hatte sich allerdings einige Male mit Ester unterhalten und diese auch auf ihr Zimmer begleitet. Alma hatte fast so etwas wie Eifersucht verspürt oder vielleicht eher Angst, dass Margit weniger Zeit mit ihr verbringen würde, wenn sie neue Bekanntschaften schloss.

Manchmal unterhielten sie sich auch mit ihren Tischnachbarn im Speisesaal, einem eleganten grauhaarigen Mann und zwei winzigen Damen, die bald wieder so viel wogen wie bei ihrer Geburt, so klein und dünn waren sie. Aber sie waren alle drei sehr nett. Die Mahlzeiten waren ein regelrechtes Fest: Nicht kochen und abspülen zu müssen! Und außerdem schmeckte alles sehr lecker.

Heute würde es besonders festlich zugehen: Eine Heimbewohnerin war neunzig geworden und lud alle zu Kaffee und Kuchen ein. Margit und Alma saßen auf der Bank vor dem Speisesaal und warteten mit zwei anderen Damen, als sich Schwester Siv einer der Damen näherte.

»Zeit für unseren Einlauf, Nora!« Siv war zwar eigentlich freundlich und nett, aber manchmal etwas barsch. Als sie mit Nora verschwunden war, fragte Alma: »Glaubst du, dass Siv auch an Verstopfung leidet? Sie hat schließlich von *unserem* Einlauf gesprochen.«

»So drücken sie sich immer aus«, meinte die Dame, die neben Alma saß. »Mich hat es anfänglich auch gestört. ›Jetzt legen wir uns hin‹, hieß es am ersten Abend, als ich zu Bett gehen sollte. ›Soweit ich sehe, steht hier nur ein Bett‹, erwiderte ich, und da ist die Schwester ganz verlegen geworden.«

»Es muss ja auch nicht sein, dass ausgerechnet dann ein Einlauf gemacht wird, wenn es Kaffee und Kuchen geben soll.« Es war nicht zu übersehen, dass die Dame Margit leidtat.

»Sie müssen ihr halt ein Stück aufheben«, meinte die andere Dame, die mit ihnen zusammen wartete.

»Das ist aber nicht dasselbe, wenn man nicht mit den anderen zusammen essen kann.« Margit hatte sich den Vorfall zu Herzen genommen.

Als der Gong aus dem Speisesaal ertönte und es Zeit zum Kaffeetrinken war, drängten sich die Heimbewohner zur Tür, als begänne dort drinnen der Schlussverkauf. Stühle quietschten, und Rollatoren klapperten, ehe alle ihre Plätze eingenommen hatten. Erst als der Kuchen verteilt war, machte sich eine allgemeine Stille breit.

7

Ulla Ström hatte das rote Bitte-nicht-stören-Lämpchen vor ihrem Büro eingeschaltet und die Jalousie schräg gestellt. Auf dem Besucherstuhl saß Kjell Johansson mit einem Stoß Akten in der Hand. Am Mittwoch würde der Gemeinderat zusammentreten. Man wollte die Frage neuer Seniorenwohnungen am Byaplan diskutieren. Er war ein gewissenhafter Politiker und wollte gut unterrichtet sein. Und er wusste, dass Ulla sich mit Neubauten von Altenheimen auskannte, da sie früher schon einmal einem entsprechenden Ausschuss angehört hatte. Kjell hatte natürlich vor, Angenehmes mit Nützlichem zu verbinden. Seit ihrem Treffen im Kleingartenhäuschen hatten sie sich kaum gesehen.

»Du hast vielleicht eine Laune, meine kleine Ulla-Pulla«, meinte er. Mit dieser Anrede ließ sie sich meist erweichen, aber heute war sie mürrischer als sonst. »Komm schon, Ulla ... du willst dir doch nicht etwa eine gute Neuigkeit entgehen lassen?«

»Ich pfeife auf deine Neuigkeiten und Überraschungen.« Ulla sah misstrauisch aus. Beim letzten Mal, als er ihr eine Überraschung angekündigt hatte, hatte es sich um eine Tafel Vollmilchschokolade gehandelt.

»Jetzt bist du ungerecht, ich versuche wirklich ... Du kennst doch die Pläne, eine Feriensiedlung direkt beim Freizeitpark zu bauen. Ich kann mir ab und zu einen Schlüssel für eines der Ferienhäuschen besorgen. Du weißt schon, als Politiker genießt man gewisse Privilegien.« Er reckte sich. »Im Winterhalbjahr wohnt dort kaum jemand, und dann können wir ...«

Ullas Miene wurde bedeutend milder. Sie erhob sich und ging auf Kjell zu.

»Das klingt nett, aber es dauert sicher mehrere Jahre, bis

sie fertig sind. Meinst du etwa, wir sollten bis dahin warten?« Ihre Stimme war weich.

»Ulla, du weißt doch, dass ich es nicht so lange ohne dich aushalte.« Er umarmte sie, und sie drückte sich an ihn. In dem Moment ging die Tür auf, und Bojan schob ihren Rollator ins Zimmer.

»Ist hier irgendwo eine Toilette? Wer ist denn der Mann?«, fragte sie und deutete mit dem Finger auf Kjell.

»Raus hier, Bojan! Sehen Sie nicht, dass die rote Lampe leuchtet? Ich möchte nicht gestört werden.« Bedrohlich näherte sich Ulla der Heimbewohnerin. Kjell musste sie zurückhalten.

»Wir planen ein neues Seniorenheim«, sagte Kjell freundlich zu Bojan.

»Ach so ... ich wollte eigentlich nur auf die Toilette.«

»Sie haben doch eine eigene Toilette auf dem Zimmer.« Ulla half ihr, den Rollator zu wenden.

»Ich finde es nicht. Mein Zimmer hat keine Tür mehr. Gestern war da noch eine.«

Ulla schob Bojan zur Tür hinaus und schloss diese dann rasch hinter ihr.

»Das war nicht gut«, meinte Kjell.

»Gut? Es gibt ohnehin niemanden, der Bojan noch ein Wort glaubt. Außerdem hat sie alles wieder vergessen, wenn sie um die nächste Ecke biegt.«

Wie auch immer, Bojan hatte die Stimmung gestört, und sie saßen wieder korrekt auf gegenüberliegenden Seiten des Schreibtisches. Ullas Stimme klang geschäftsmäßig. Sie begann in einem Papierstapel auf dem Schreibtisch zu blättern.

»Wann findet das nächste Treffen statt?«

»Wegen des Altenheims ... oder meinst du unsere Treffen?«, fragte Kjell.

»Darüber kannst du dir den Kopf zerbrechen, ich habe keine Zeit mehr.«

Kjell sah enttäuscht aus, erhob sich und ging auf die Tür zu. »Ich melde mich.«

»Von mir aus kannst du dir damit Zeit lassen«, erwiderte Ulla säuerlich.

Mit schweren Schritten ging Kjell Johansson zum Ausgang. Den alten Leuten, denen er begegnete, nickte er freundlich zu. Auf der Bank an der Tür saßen Alma und Margit mit einer anderen Dame. Auch sie grüßte er höflich.

»Wer war das?« Alma runzelte nachdenklich die Stirn.

»Das zweithöchste Tier«, antwortete die Dame.

»Tier?« Margit wirkte ratlos.

»Irgendeiner von den Gemeindeoberen ... einer von denen, die über unseren Kopf hinweg entscheiden.«

Alma zog Margit am Arm. »Wir müssen auf unser Zimmer, wir haben noch etwas zu erledigen.«

»Ja, wir haben alle unser Päckchen zu tragen«, meinte die Dame mit einem Seufzer.

Widerwillig ging Margit mit. Als sie auf ihrem Zimmer waren, drückte Alma sie förmlich aufs Sofa.

»Das war er!« Sie zischte die Worte durch die Zähne.

»Wer, er?«

»Der Mann, der die Heimleiterin vor der Warenannahme geküsst hat.«

»Glaubst du? Na ja, jetzt, wo du's sagst. Er hatte immerhin dieselbe Statur.«

»Was für eine Weibsperson! Nett zu den Alten ist sie auch nicht. Wir lassen uns von ihr nicht unterbuttern, so wahr ich Alma Nord heiße. Wir haben jetzt einen Trumpf in der Hand ... und zwar bei der Gemeinde. Dass er sich nicht schämt. Ich glaube, wir können ...« Sie beendete den Satz nicht, sah aber durchtrieben aus.

»Mach keine Dummheiten, Alma.« Margit wirkte besorgt. »Du verrätst es doch niemandem, oder?«

»Noch nicht, aber vielleicht im richtigen Augenblick. Erst wollen wir noch unseren Spaß haben.«

»Spaß?«

»Nimm dir noch einen sauren Drops, meine Liebe.« Alma reichte ihr die Bonbonniere, die sie beim Umzug mitgenommen hatte.

Es war spürbar, dass Almas Worte Margit Sorgen bereiteten. Genau genommen jene Worte, die sie nicht ausgesprochen hatte. Margit wusste, dass Alma gelegentlich etwas zu tatkräftig war. Sie bewunderte sie zwar dafür, das schon, aber dieses Mal war sie sich unsicher, ob es ihnen dienlich sein würde. Margit begann mit einem rissigen Fingernagel an ihrem Rock zu kratzen. Sie machte immer weiter, während sie geradeaus ins Zimmer starrte.

»Könntest du bitte mit dem Geräusch aufhören?«, fragte Alma, und ein Schauer lief ihr über den Rücken. »Siehst du nicht, dass ich davon eine Gänsehaut bekomme?« Sie zog den Ärmel ihrer Bluse hoch, um sie vorzuführen. Margit verschwand murrend auf der Toilette. Als sie wieder ins Zimmer kam, blätterte Alma gerade in einer Zeitung.

»Schau mal, eine Reportage über die Apfelblüte in Kivik.«

»Wirklich schön«, erwiderte Margit uninteressiert.

Alma sah versonnen aus. Als ihr Bruder noch am Leben gewesen war, waren sie immer zur Apfelblüte nach Kivik gefahren. Sie fand es seltsam, dass andere von fernen Reisezielen auf der anderen Seite des Globus träumten, während sich ihre eigenen Wünsche darauf beschränkten, noch einmal die Obstbäume in Kivik, vierzig Kilometer von ihrem Heimatort entfernt, blühen zu sehen. Sie erinnerte sich noch gut an die hügelige Landschaft, das Meer mit seinen Wellen, die auf den weißen Strand prallten, und dazu die unendlichen Reihen von Apfelbäumen, deren Kronen mit weißrosa Blüten übersät waren, und das Ganze vor dem Himmel von Österlen. Wenn dann die Äpfel reif wurden, erinnerten die Äste fast an Angeln, an denen ein großer Fisch angebissen hat – so sehr wurden die Äste nach unten gebogen.

Sie legte die Zeitung beiseite. »Sollen wir in die Küche

gehen und nach etwas altem Brot fragen? Dann können wir in den Park gehen und die Vögel füttern. Es ist so schönes Wetter, Margit.«

Gerd in der Küche war freundlich wie immer und reichte ihnen sofort eine Tüte mit altem Brot. In dem Moment kam Ulla Ström herein.

»Die Küche darf nur von den Angestellten betreten werden«, sagte sie scharf. »Wenn alle Alten dauernd hier herumrennen würden, hätten wir bald die Gesundheitsaufsicht am Hals.«

Alma drückte die Tüte an die Brust und warf Ulla einen wütenden Blick zu. Sie überlegte, ob sie sagen sollte: Und wenn alle Heimleiterinnen mit irgendwelchen Gemeindepolitikern in den Büschen herumschmusen würden ... Doch das konnte sie sich zum Glück verkneifen. Ein böser Blick musste einstweilen reichen.

Alma hängte sich die Tüte über den Arm und trat mit Margit in das sonnige Frühsommerwetter hinaus. Sie hakte sich bei Margit unter, was sich angenehm und geborgen anfühlte. Nachdem sie die Enten gefüttert hatten, setzten sie sich auf eine Bank.

»Wie sieht es wohl in unseren Gärten aus?«

»Die Rosen blühen sicher schon«, antwortete Margit. »Ich frage mal Axel, ob er uns nicht hinfahren kann.«

»Er hat uns schon genug geholfen. Den Weg zum Bahnhof schaffen wir auch zu Fuß. Dann nehmen wir den Bus 571 und steigen am Freizeitpark aus ... Allerdings fahren die Busse nicht so oft, und es könnte sein, dass die Zeit etwas lang wird ohne Toilette und ohne Kaffee.«

Die Unterhaltung verstummte, und sie genossen einfach das junge Grün, das sie umgab.

Nach dem Abendessen ruhten sie sich eine Weile aus. Vor dem Abendkaffee machten sie immer noch einen Spaziergang durch die Korridore und unterhielten sich mit den anderen Alten. Als sie an dem Zimmer vorbeikamen, in dem die drei Computer standen, sahen sie dort Carina und ihre Kollegin Hanna kichernd vor einem Bildschirm sitzen. Als Carina die beiden Damen sah, rief sie sie herein.

»Haben Sie sich schon für den Computerkurs angemeldet?«

»Das ist nichts für alte Weiber«, meinte Margit resigniert.

»Aber gerade Rentner haben doch jede Menge Zeit.«

Alma und Margit beobachteten Carinas Finger, die wie pickende Hühner über die Tasten tanzten, und die Bilder, die sich auf dem Bildschirm ablösten.

»Der da!«, rief Hanna plötzlich.

»Gar nicht übel«, meinte Carina kichernd. »Wir suchen nämlich beide einen Mann, müssen Sie wissen. Das kann man heutzutage im Internet tun.«

»Kaum zu glauben«, erwiderte Alma und lächelte verlegen. Sie beugte sich vor und betrachtete das Foto eines gut aussehenden Mannes mit nacktem Oberkörper.

»Schauen Sie: ›Treffpunkt‹ heißt die Seite. Hier trägt man ein, wie alt man ist, wo man wohnt, ob man Kinder hat, wie viel man wiegt und so. Natürlich nur, wenn man eine Anzeige aufgibt. Sonst kann man einfach nur nach einem hübschen Mann Ausschau halten, der eine Frau sucht.« Carina schaute auf die Uhr. »Bald ist die Pause vorbei. Wir müssen morgen weitersuchen, Hanna.«

»Ist das nur für junge Leute?«, fragte Alma neugierig.

»Ganz und gar nicht.« Carina setzte sich wieder. »Hier. Der sieht doch gut aus. ›Fünfundachtzigjähriger alleinstehender Mann sucht Frau in passendem Alter. Interessen: Reisen, Waldspaziergänge und Gesellschaftstanz.‹«

Margit und Alma beugten sich über den Bildschirm. Sie sahen nicht, dass Ulla plötzlich in der Tür auftauchte.

»Was machen Sie denn hier?«

»Wir haben Pause«, erwiderte Carina mürrisch.

»Ich meinte nicht Sie«, sagte Ulla und sah Margit und Alma finster an.

»Zahlen wir nicht auch Miete, um sämtliche Gemeinschaftsräume nutzen zu können?«, meinte Alma unwirsch.

»Sie wollen am Computerkurs für Senioren teilnehmen«, erklärte Carina. Die Damen zuckten zusammen, doch noch ehe sie protestieren konnten, war Ulla in ihren Gesundheitsschuhen bereits um die Ecke verschwunden.

Ulla war plötzlich verunsichert. In den letzten beiden Tagen hatte sich die Hinkende aufgeblasen und war frech geworden. Das war merkwürdig, denn in der ersten Zeit im Heim war sie so ängstlich gewesen. Jetzt hatte sie sie mehrmals merkwürdig angesehen, und Ulla war in ihrer Gegenwart unbehaglich zumute. Daran ist Kjell schuld, dachte sie. Die Gemeindeverwaltung hat die Frauen aus ihren Häusern vertrieben, und ich war mehr oder minder gezwungen, sie vorübergehend aufzunehmen. Wenn die Bewohner zu gesund und fit waren, gab es immer nur Ärger, das wusste Ulla aus jahrelanger Erfahrung.

»Wir haben aber gar nicht gesagt, dass wir uns anmelden wollen.« Margits Stimme war unsicher.

»Ich wollte sie nur ein wenig ärgern. Das ist gar nicht so schwer, weil sie ständig genervt ist«, sagte Carina.

»Das ist bei ihr chronisch«, meinte Hanna, und den beiden Damen war klar, dass auch die Angestellten die Heimleiterin nicht sonderlich schätzten.

»Glauben Sie denn, dass wir mit dem Kurs klarkommen würden?« Alma klang interessiert.

»Natürlich. Das habe ich doch schon gesagt. Der Kursleiter ist selbst Rentner, und er stellt sich auf das Tempo und die Fähigkeiten der Teilnehmer ein.« Carina lächelte sie an. »Und dann finden Sie beide einen Mann, mit dem Sie in Ihre neuen Wohnungen einziehen können.«

»Ach was.« Margit wippte verlegen mit dem Fuß.

»Jetzt müssen wir weiter. Denken Sie bis morgen mal darüber nach.« Carina machte den Computer aus und kehrte mit Hanna an ihre Arbeit zurück.

Nach dem Abendkaffee sahen sich Alma und Margit im Fernsehen ein Quiz an.

»Bei den meisten Fragen geht es um Sport und andere Dinge, von denen man nichts versteht.« Alma legte ihre Lesebrille auf den Couchtisch, und sie unterhielten sich, während das Programm lief.

»Glaubst du, dass dieser Fünfundachtzigjährige schon eine Frau gefunden hat?«, fragte Alma und flüsterte beinahe.

»Gut aussehend war er wirklich, und wenn er noch keine hat, dann findet er sicher bald eine.«

»Ich habe über diesen Kurs nachgedacht. Es wäre vielleicht wirklich nett, im Herbst eine Beschäftigung zu haben.«

»Dann melde du dich doch an, Alma. Ich will aber nicht, glaube ich.«

»Du hast doch gehört, was Carina gesagt hat: Wenn jemand das schafft, dann wir.«

Margit wirkte nervös und kratzte mit ihrem rissigen Fingernagel an ihrem Rock herum, hörte aber unvermittelt auf, als ihr einfiel, dass Alma das nicht mochte.

»Glaubst du, dass man den Kurs einfach abbrechen kann, wenn man nicht mitkommt?«

»Natürlich«, erwiderte Alma munter. »Wir leben doch in einem freien Land, oder?«

»Dann sagen wir Carina morgen Bescheid. Ich will aber wirklich keine Kontaktanzeige aufgeben.«

»Nein, nein«, erwiderte Alma heftig, »aber wir können uns doch die Anzeigen der Herren ansehen.«

»Hast du eigentlich mal einen Mann gehabt, Alma?«

»Gehabt ist zu viel gesagt. Natürlich habe ich in meiner Jugend etwas herumgeschmust, aber nie so, dass wir uns die Kleider ausgezogen hätten.« Alma schaute nach unten und zupfte einen Faden aus ihrem Rock.

»Ich schon«, meinte Margit, allerdings zögernd.

»Das weiß ich doch. Du warst schließlich mit Sture verheiratet, und ihr hattet sogar ein Kind.«

»Ich meine aber nicht Sture. Natürlich, Sture und ich hatten Axel«, fuhr sie dann rasch fort.

»Das habe ich doch gesagt.«

Margit rutschte verlegen auf dem Sofa hin und her.

»Ich hatte auch noch einen anderen.« Das sagte sie so leise, dass Alma es kaum hören konnte. »Das war noch vor Sture.«

»Irgendwelche Männer haben wir in unserer Jugend schließlich alle mal geküsst«, tröstete Alma sie.

»Wir hatten aber keine Kleider an«, beeilte sich Margit zu sagen, als wolle sie das Bekenntnis so schnell wie möglich hinter sich bringen.

Alma sah sie mit großen Augen an.

»Ich wollte dir das eigentlich schon früher erzählen, aber irgendwie ist es nie dazu gekommen«, fuhr Margit fort.

»Passiert ist passiert. Dann ist mir auch klar, warum du dich so gut mit diesen Glockenspielen auskennst, die den Kerlen zwischen den Beinen baumeln«, versuchte Alma zu scherzen, merkte jedoch sofort, dass das ungeschickt war. »War nur ein Witz, Margit …«

»Jetzt ist es jedenfalls raus.« Margits Stimme klang erleichtert.

Es wurde dunkler, aber sie hatten immer noch kein Licht gemacht. Die beiden Freundinnen saßen wie zwei Schatten dicht nebeneinander auf dem Sofa. Da nahm Alma Margits Hand.

»Wollen wir eine Runde ums Haus gehen, bevor wir uns hinlegen?«

»Gute Idee.« Margit fasste sich an die Wangen. »Ich glaube, ich bin ganz rot geworden.«

Sie lächelten sich an, zogen ihre Popelinemäntel an und gingen aus dem Zimmer. Beide hatten ihre Handtasche dabei. Die Zimmer ließen sich nicht abschließen, aber Wertsachen waren in einem Schrank weggeschlossen. Ihre Handtaschen wollten sie jedoch nicht zurücklassen.

Draußen vor dem Eingang standen ein paar Pflegerinnen und rauchten. Sie grüßten freundlich.

»Die Damen möchten heute Abend wohl noch etwas frische Luft schnappen«, meinte die eine.

»Wir auch – Mentholluft«, witzelte Schwester Siv und schwenkte ihre Zigarette.

»Die Angestellten im Heim sind wirklich nett, da hat Greta vollkommen recht. Gutes Essen gibt es auch«, sagte Margit, sobald sie außer Hörweite waren. Sie war stolz auf ihre Schwiegertochter, das war nicht zu verkennen.

Als sie den Park auf der Rückseite des Hauses erreicht hatten, hörten sie plötzlich Stimmen.

»Sei leise, da ist jemand.« Margit zog Alma hinter einen Busch. Als ihre Augen sich an die Dunkelheit gewöhnt hatten, sahen sie plötzlich eine Wiederholung dessen, was sie am ersten Abend beobachtet hatten. Ulla stand in einiger Entfernung in inniger Umarmung mit einem Mann. Die beiden Damen spitzten die Ohren.

»Verstehst du, was sie sagen, Margit?«

»Pst!«

»Ich habe mich nach dir gesehnt, Ulla.«

Alma stieß Margit in die Seite, sodass diese beinahe in die Büsche fiel.

»Hörst du das? Was habe ich gesagt! Das ist er«, wisperte Alma triumphierend.

»Das ist ja unglaublich …«

»Da siehst du's! Ich hatte doch richtig gesehen.« Margit zog den Kopf ein, und Alma sah sie fragend an. »Was ist los, Margit?«

»Ich hätte fast geniest.«

»Wie weit seid ihr mit der Feriensiedlung?«, fragte Ulla Ström gerade.

»Wir gehen es an, aber es handelt sich um ein großes Projekt.«

»Hat sie bei der Feriensiedlung etwa auch ihre Finger im Spiel?«, zischte Alma.

»Ich muss los. Eva-Britt fragt sich bestimmt schon, wo ich bleibe.« Der Mann klang bedrückt.

»Immer nur Eva-Britt. Ich bin doch hier. Genügt das nicht?«

»Aber Ulla ...« Er fasste der Heimleiterin resolut an die Brust, und Alma beugte sich so weit vor, dass sie vornüber auf den Parkweg fiel.

Ulla Ström und ihr Begleiter zuckten zusammen. Alma versuchte aufzustehen, und Margit half ihr, indem sie sie am Arm zog.

»Aua, mein Arm«, jammerte Alma. »Es ist mir egal, ob sie mich sehen«, sagte sie plötzlich selbstbewusst, nachdem sie wieder auf die Füße gekommen war. »Man wird doch wohl noch spazieren gehen dürfen.« Sie humpelte den Weg entlang.

»Sie können uns sehen«, flüsterte Margit erschrocken.

»Und wenn schon. *Wir* haben jedenfalls keinen Grund, uns zu schämen.« Sie hob ihre Handtasche auf, die zu Boden gefallen war. »Jetzt gehen wir zurück und legen uns ins Bett«, sagte sie laut und deutlich.

Der fremde Mann verabschiedete sich rasch von Ulla Ström, während diese starr stehen blieb. Alma und Margit war klar, dass die Heimleiterin sie gesehen haben musste, und Margit sagte freundlich im Vorübergehen: »Ach! Wir sind also nicht die Einzigen, die bei dem schönen Wetter spazieren gehen.«

Erst hatte es den Anschein, als wolle Ulla Ström ihrem Begleiter nachlaufen, doch dann überlegte sie es sich anders und eilte zum Personaleingang.

Alma klopfte sich den Mantel ab.

»Hast du dir wehgetan?«, erkundigte sich Margit.

»Ich spüre mein Handgelenk, aber zum Glück ist nichts gebrochen.«

»Hast du dir auch nichts verstaucht?«, fragte Margit mitfühlend, als sie wieder in ihr Zimmer kamen.

»Ach was, es könnte schlimmer sein.«

Alma zog das Rollo herunter und begann sich auszuziehen. Nachdem sie ihre Abendtoilette erledigt hatten und in ihren Betten lagen, fragte Alma plötzlich: »Der Mann, mit dem du mal was hattest, Margit, ist das jemand, den ich kenne?«

»Das glaube ich nicht. Er war nicht von hier. Ein Saisonarbeiter in der Zuckerraffinerie von Köpingebro.«

»Was du nicht sagst. Wusste Sture davon?«

»Nein. Dieses Geheimnis werde ich mit ins Grab nehmen.«

»Aber ich weiß es doch ...«

»Das ist ein Unterschied, Alma. Seinen Freundinnen kann man alles erzählen.«

Alma war plötzlich von einem ganz erhebenden Gefühl erfüllt. Die Freundschaft mit Margit war so schön, dass es fast keine Worte gab, mit denen sie sich hätte beschreiben lassen.

»Schrecklich, wie weh mein Arm tut.«

»Die Schwester soll ihn sich morgen mal ansehen.«

»Vielleicht bekomme ich dann ein Klistier ...« Darüber lachten beide lange und herzhaft. Beide erwähnten nicht, was sie am Abend gesehen hatten, sondern machten sich ihre eigenen Gedanken dazu.

»Na, dann gute Nacht.«

»Dir auch.«

»Also, Alma, ich habe mir Folgendes überlegt: Wir verstehen uns doch so gut, dass vielleicht *eine* Wohnung genügen würde.«

»Das geht doch nicht, wenn wir noch mehr werden.«

»Mehr?«

»Ich dachte, wenn wir bei diesem Computerkurs beide noch einen Mann finden«, meinte Alma fröhlich.

»Du bist doch nicht mehr ganz bei Trost, Alma. Aber morgen melden wir uns an.« Als sie keine Antwort erhielt, wusste sie, dass Alma bereits schlief.

Margit war so zufrieden mit dem Abend, dass sie den Schlaf erst einmal noch aufschieben wollte. Ihre kleine Eskapade in der Jugend, wegen der sie ihr ganzes Leben lang ein schlechtes Gewissen gehabt hatte – wie einfach es doch gewesen war, Alma davon zu erzählen. »Passiert ist passiert«, war ihr einziger Kommentar gewesen, ganz einfach und natürlich. Sie bereute es fast, dass sie Sture nie etwas erzählt hatte … Aber passiert ist passiert, dachte sie, holte tief Luft und schlief ein.

8

Auf den Grundstücken von Alma und Margit war einiges los. Wegen der dröhnenden Maschinen war das Vogelgezwitscher kaum zu hören. Der mit den Stäben markierte neue Straßenverlauf sah aus wie eine Slalompiste. Die Häuser standen noch, aber der Rand von Almas Garten war bereits planiert worden. Der kleine Hügel, auf dem der Gartenzwerg und die Gans gestanden hatten, war weg, aber die Rosen an der Fassade blühten noch. Auf einer Schnur zwischen dem Geländer der Treppe, die zur Küchentür führte, und dem Fenster hing noch ein Spüllappen zum Trocknen.

Margits Garten war bislang unversehrt, und in der Laube saßen die Arbeiter und tranken ihren Vormittagskaffee. So viele Flüche und Zoten waren in diesem Garten noch nie zu hören gewesen. Ein Straßenhobel hatte den Weg geglättet, sodass Almas kleiner Pfad zu Margits Haus verschwunden war.

Als Gemeinderat der Opposition besaß Kjell Johansson ein eigenes Büro in der Gemeindeverwaltung. Auf einem großen Tisch stand ein Modell der geplanten Feriensiedlung. Kjell sah zufrieden aus. Wie immer hatte er einen Blazer und eine farblich nicht gerade dazu passende Hose an. Das Hemd trug er offen, und sein magerer Hals schien Mühe zu haben, den Kopf aufrecht zu halten. Er vollführte unentwegt kleine nickende Bewegungen, als sei der Kopf nicht richtig am Hals befestigt. Sein Gesicht war pockennarbig, aber daran hatte er sich schon lange gewöhnt.

Er hatte Glück bei den Frauen: Er hatte seine Eva-Britt und Ulla – und ehrlich gesagt war sie nicht sein erster Seitensprung gewesen. Im Großen und Ganzen war er mit seinem Dasein recht zufrieden. Er fand Ulla jedoch in letzter

Zeit ungewöhnlich aufsässig, aber dem maß er keine besondere Bedeutung bei, da er wusste, dass alles wieder gut werden würde, sobald die Ferienhäuser erst einmal gebaut waren. Dankbar betrachtete er das Modell auf dem Tisch. Da klingelte sein Handy.

»Hallo, Ulla. Ich habe gerade an dich gedacht. Was sagst du? Ach was, die wissen ohnehin nicht, wer ich bin. Was? Das bildest du dir nur ein. Nein, nein, leg nicht auf …«

Kjell saß einen Augenblick mit dem stummen Handy in der Hand da. Dann klickte er im Menü auf die Liste der eingegangenen Gespräche und löschte die letzte Nummer. Es war eine andere als sonst, da Ulla von einer Nebenstelle aus angerufen hatte, aber Kjell ließ Vorsicht walten. Er wollte nichts aufs Spiel setzen.

An dem Tag, an dem der Computerkurs beginnen sollte, bat Margit Alma, ihr mit den Lockenwicklern zu helfen, denn ihre Arme ermüdeten so rasch, wenn sie es selbst tat.

Sie holte einen kleinen geblümten Stoffbeutel aus dem Schrank und leerte den Inhalt, stachelige Lockenwickler in verschiedensten Farben und unterschiedlichen Größen, auf den Couchtisch. Die kurzen beigefarbenen Plastiknadeln dienten zum Feststecken der Lockenwickler. Margit holte einen kleinen Spiegel aus dem Badezimmer und lehnte ihn gegen die Vase auf dem Tisch, da sie mitverfolgen wollte, was Alma mit ihr anstellte, um notfalls eingreifen zu können, wenn es gar zu schlimm aussah.

Alma breitete ein Frotteehandtuch über Margits Schultern und zog mit einem roten Plastikkamm einen Scheitel. Das Haar war dünn, und die Kopfhaut schimmerte durch.

»Wenn ich doch nur so dickes und schönes Haar hätte wie du, Alma.«

»Mein Haar wird auch dünner.«

»Aber es hat irgendwie doch mehr Spannkraft.«

Alma streckte die Hand nach einem der größten Lockenwickler aus, rollte vorsichtig eine Strähne auf und steckte das Ganze dann mit einer Plastiknadel fest, die ihr Margit reichte. Die kleinsten Wickler verwendete Alma zum Eindrehen der kürzesten Haare an den Ohren.

»Eigentlich müsste ich mir beim Friseur eine Dauerwelle machen lassen, aber jetzt war so viel los mit dem Umzug und so«, meinte Margit nachdenklich.

Alma hatte sich eine Plastiknadel zwischen die Lippen gesteckt und konnte nicht antworten.

Normalerweise ließ sich Margit im März, wenn sie ihre Wintermütze in den Schrank legte, eine Dauerwelle machen, aber in diesem Jahr war sie noch nicht dazu gekommen.

Alma nahm eine kleine Flasche Haarfestiger in einer hübschen lila Farbe und verteilte ihn auf das aufgerollte Haar. Dann hob sie das Handtuch an und tupfte die Lockenwickler ab.

»Danke, Alma.«

»Keine Ursache. Jetzt bist du jedenfalls hübsch für den Kurs, obwohl ich nicht glaube, dass dich die Männer durch die Scheibe des Computers sehen können.«

»Ach was. Ich bin wirklich ein wenig nervös. Und du? Stell dir vor, wir drücken auf den falschen Knopf und machen den Computer kaputt …«

»Unsinn. Carina hat gesagt, dass nichts passieren kann, auch wenn man auf den falschen Knopf drückt. Aber natürlich bin ich auch ein bisschen nervös. Andererseits kann es aber auch recht lustig werden.«

Eine Stunde ehe der Kurs beginnen sollte, saßen die beiden Damen bereits auf der Bank im Korridor. Sie hatten geduscht und ihre besten Kleider angezogen. Beide schwiegen. Sie saßen einfach da und warteten.

Margit trug ihr Haar gestuft, und man konnte genau sehen, wo die Lockenwickler gesessen hatten. Sie kämmte ihr Haar nie, nachdem sie die Wickler entfernt hatte. Es war so dünn, dass sie glaubte, alle Locken würden verschwinden, sobald sie sich kämmte. Alma dagegen brauchte keine Lockenwickler. Es reichte, ihr dickes Haar mit dem Kamm zu formen, solange es noch feucht war.

Ungeduldig schauten sie immer wieder auf die Uhr. Alma stand auf und zupfte ein paar vertrocknete Blätter aus einer Topfpflanze auf dem Fensterbrett und setzte sich dann wieder neben Margit auf die Bank. Um zehn vor vier standen sie auf und gingen auf die Tür zu.

In diesem Moment kam Ulla Ström vorbei. Alma fand, dass sie in letzter Zeit etwas kleinlaut wirkte. Das geschah ihr nur recht.

»Willkommen! Willkommen, meine Damen! Treten Sie ein ins Reich der Technik.«

Bei diesen Worten hätte Margit beinahe auf dem Absatz kehrtgemacht. Das Wort Technik klang gefährlich. Der Mann deutete auf zwei freie Stühle. Gedränge herrschte natürlich keines, da es nur vier Computer gab. George, der elegante Herr, der an ihrem Tisch im Speisesaal saß, war erschienen und außerdem eine kleine, grauhaarige Dame mit munteren, fröhlichen Augen.

»Ach, Sie verfolgen mich wohl«, meinte George und lächelte Alma und Margit freundlich an.

Nachdem sie Platz genommen hatten, stellte sich der Kursleiter vor: »Ich heiße Åke, Åke Karlsson. Ich bin ebenfalls Rentner, wohne aber nicht hier im Heim – zumindest noch nicht. Ich beschäftige mich in meiner Freizeit sehr viel mit Computern und habe entdeckt, wie nützlich sie sein können und wie viel Freude man damit haben kann. Ein netter Zeitvertreib ist es auch. Hat jemand von Ihnen schon mal mit Computern zu tun gehabt?«

»Nein«, antworteten alle vier gleichzeitig.

»Sehr gut. Ich meine natürlich nicht, dass Sie noch nie einen Computer benutzt haben, sondern weil Sie sich alle auf demselben Niveau befinden.«

»Ganz unten«, scherzte George, und die Damen lächelten etwas gezwungen.

Dieser George war wirklich nett und gut aussehend, darüber hatten sie auf dem Zimmer gesprochen. Alma fand es aber eher unangenehm, dass auch er an dem Kurs teilnahm. Männer kannten sich schließlich immer besser mit Technik und Maschinen aus.

Åke teilte für jeden ein Heft mit Übungen und einen Kugelschreiber aus. Dann bat er sie, sich kurz vorzustellen, wo sie herkämen, was für einer Arbeit sie nachgegangen seien und was sie von dem Kurs erwarteten.

Alma war es nicht gewohnt, vor Fremden zu sprechen, war dann aber trotzdem mit ihrer Präsentation recht zufrieden. Die anderen nickten ihr freundlich zu, während sie sprach, und das machte ihr Mut. Alma fand zwar nicht, dass sie so viel zu erzählen habe, erzählte dann aber doch, dass sie in ihrer Jugend Haushälterin auf einem großen Gut bei Tomelilla gewesen sei. Sie sei unverheiratet und habe mit ihrem inzwischen verstorbenen Bruder zusammengewohnt. George war Setzer in einer Druckerei gewesen. Margit und die andere Dame, die Betty hieß, waren, abgesehen von ein paar Gelegenheitsarbeiten in ihrer Jugend, ihr ganzes Leben lang Hausfrau gewesen.

»Heute möchte ich Ihnen vorführen, welche Möglichkeiten ein Computer bietet.« Åke setzte sich an eines der Geräte. »Rücken Sie doch bitte näher heran, zwei auf jeder Seite, damit alle etwas sehen können. Sie dürfen gerne mitschreiben, falls Ihnen etwas besonders wichtig erscheint. In den Heften gibt es hinten ein paar leere Seiten für eigene Notizen.«

Alle vier blätterten in ihren Heften.

Nach einer Stunde war Margit ganz wirr im Kopf. Alles war neu, und Åke wechselte die Themen so schnell, dass sie kaum mitkamen.

»Sie sehen, es ist alles ganz einfach«, sagte er plötzlich und lächelte. »Aber jetzt brauchen wir eine Pause.« Er öffnete die

Tür zum Korridor, wo jemand einen Servierwagen mit Kaffee und Zimtschnecken hingestellt hatte.

Sie tranken Kaffee und unterhielten sich, was Alma und Margit in vollen Zügen genossen. Betty war nett. In der Vorstellungsrunde hatte sie erzählt, dass sie keine Angehörigen habe, und Alma fragte sie, ob sie nicht an ihren Abendspaziergängen teilnehmen wolle. Betty willigte dankend ein und lächelte sie an.

Nach der Pause zeigte ihnen Åke noch, wie man am Computer eine Patience legen konnte. Alle fanden das nett, und George wagte sogar, es selbst einmal auszuprobieren. Seine Bewegungen waren zwar langsam, aber alle bewunderten ihn trotzdem für seinen Mut. Am Ende der Stunde bat Åke sie noch, vor dem nächsten Mal etwas in ihren Heften zu lesen.

»Nächsten Mittwoch dürfen Sie es alle einmal selbst ausprobieren«, meinte er fröhlich, und Alma hatte das Gefühl, sie träfe der Schlag. Doch sie und Margit waren hochzufrieden, als sie in ihr Zimmer zurückkehrten. Sie setzten sich aufs Sofa und blätterten in ihren Heften.

»Die Maus, das war das, wo Åke draufgedrückt hat«, sagte Alma.

»Seltsamer Name. Und auf der Tastatur befinden sich die ganzen Buchstaben«, ergänzte Margit.

»Ich fand das ja schon etwas komisch. Ist dir das auch aufgefallen, Margit?«

»Was?«

»Dass die Buchstaben nicht in alphabetischer Reihenfolge auf der Tastatur stehen.«

»Das ist mir nicht aufgefallen«, erwiderte Margit erstaunt. »Eigentlich dumm, denn dann könnte man sie leichter finden.«

Alma gähnte. Ihre Gedanken kreuzten sich wie Mikadostäbchen. Genauso chaotisch und unstrukturiert und mit der Tendenz, jederzeit zu verrutschen.

»Das mit der Patience sah aber nett aus, fandest du nicht auch, Margit?«

»Ich wünschte mir, dass ich das auch könnte.«

Sie waren ein wenig stolz, als sie sich auszogen, an der Querstrebe abstützten und ins Bett stiegen.

»Betest du eigentlich abends vorm Einschlafen, Alma?«

»Solange ich gesund bin, nehme ich es damit nicht so genau. Wenn ich krank bin, bete ich immer zu Gott, dass ich wieder gesund werde. Als Ove noch am Leben war, habe ich jeden Abend auch für ihn gebetet, aber er ist ja jetzt tot. Es lohnt sich also nicht mehr. Und du?«

»Ich bete jeden Abend für Axel, Greta und Christer ... und dann danke ich für alles Gute, was passiert ist.«

»Das sollte man vielleicht wirklich tun und nicht nur beten, wenn man Angst hat. Ich habe manchmal Angst.«

»Wovor?«

»Du weißt schon, das mit der Kunstseide im Sarg. Aber wenn du mich überlebst, wirst du dich ja wie versprochen darum kümmern.«

»Das weißt du doch, Alma. Und jetzt müssen wir wirklich schlafen.«

Alma hatte gerade erst die Hände gefaltet, da war sie schon eingeschlafen.

Alma und Margit wurden mit den anderen Heimbewohnern immer vertrauter. Alma schaute sich täglich die Nachrichten im Fernsehen an und wusste recht gut über alles Bescheid, was sich in Schweden und im Ausland ereignete. Sie fand einige der Heimbewohner recht beschränkt. Sie lebten gewissermaßen in ihrer eigenen kleinen Welt. Sie klagten über alles und jedes und entsetzten sich über das, was sie in der Zeitung lasen. Insbesondere die Einwanderer waren ein beliebtes Thema, und eines Tages hatte eine Dame, die immer alles besser zu wissen glaubte, gesagt: »Es sollte mal darüber abgestimmt werden, wen wir hier in die Gemeinde holen.«

»Holen? Wir holen doch wohl niemanden hierher. Sie kommen von allein ... und das finde ich gut«, hatte Alma etwas vorsichtig gesagt.

»Ja. Die Einwanderer und die Göteborger«, hatte ein blasser, magerer Alter gemeint, und Alma hatte fast lachen müssen.

»Die Göteborger sind ja wohl keine Einwanderer«, hatte die Dame, die immer alles besser wusste, erwidert.

»Sind sie doch. Sind sie etwa hier geboren?«, wandte der Alte ein und stieß seinen Stock fest auf den Boden.

»Man kann doch wohl nicht aus Göteborg einwandern.« Die Dame fingerte an ihrem Haarnetz, als kämen ihr allmählich Zweifel.

»Ihre Häuser sind aber sehr ordentlich im Unterschied zu vielen anderen in Tomelilla«, meinte Alma dann noch, um das letzte Wort zu haben.

Sie fand manchmal, dass sie, obwohl sie hinkte, im Geiste jünger geblieben war als viele der anderen, wozu sicher jetzt auch der Computerkurs beitrug. Die Hefte hatten sie inzwischen mit Notizen gefüllt und begonnen, vorsichtig an den Geräten zu arbeiten. Das ging zwar langsam, und sie bekamen es gelegentlich mit der Angst zu tun, wenn unerwartete Dinge geschahen. Das erste Mal, als der Text »Zugriff verweigert« auftauchte, wäre Alma fast vom Stuhl gefallen. Åke war jedoch ein guter Lehrer und ermutigte sie ständig.

Margit und Alma gewöhnten es sich an, abends in den Computerraum zu gehen, wenn Carina und Hanna dort waren. Sie fanden es nett, ihnen zuzuhören und zuzusehen, wie sie nach Männern suchten.

»Haben Sie mittlerweile einen gefunden?«, fragte Margit.

»Wir sind ziemlich wählerisch, wir nehmen nicht den ersten Besten.« Carina lachte. »Sollen wir Ihnen helfen, auch jemanden zu finden?«

»Um Gottes willen, nein«, erwiderte Margit.

An diesem Abend waren sie in ihrem Zimmer besonders

schweigsam. Sie sahen sich etwas vorsichtig und fragend an. Alma ging im Zimmer hin und her.

»Du nutzt den Fußboden ab«, meinte Margit etwas irritiert.

»Es wäre doch eigentlich ganz nett, wenn wir beide einen Kavalier hätten«, meinte Alma plötzlich, während sie Margit den Rücken zuwandte. Als sie keine Antwort erhielt, fuhr sie fort: »Wenn wir schon eigene Wohnungen bekommen, wäre es doch nett, noch jemanden zu haben, mit dem man reden kann.«

»Da hast du recht. Hier haben wir inzwischen so viele Bekannte, dass wir uns geradezu einsam fühlen werden, wenn wir wieder ausziehen.«

»Sollen wir, Margit?« Alma drehte sich abrupt um.

»Was?«

»Du weißt schon, was ich meine.«

»Du meinst, eine Anzeige aufgeben?«

»Genau. Wir könnten zumindest eine Anzeige aufgeben. Falls wir es uns anders überlegen, brauchen wir ja nicht auf die eventuellen Antworten zu reagieren.«

Damit war es ausgesprochen, und ohne dass es ihnen bewusst war, hatte eine neue Epoche in ihrem Leben begonnen. Als es zehn schlug, saßen sie immer noch auf dem Sofa. Margit hatte einen Block vor sich liegen, und sie hatten begonnen, die Anzeige aufzusetzen. Sie schrieben, radierten, schrieben neu und gerieten darüber fast in Streit. Schließlich waren sie sich einig.

Sirile Gentlemänner gesucht. Wir sind zwei alleinstehende Damen, 81 und 79 Jahre alt, wovon die eine mit einer leichten Gehbehinderung. Und wir suchen beide einen Freund. Es wäre uns recht, wenn er in Tomelilla oder Umgebung wohnen würde und ein Auto hätte, damit er uns zur Obstblüte nach Kivik fahren kann. Kennwort: Letzter Versuch.

Alma hatte sich die einleitende Zeile ausgedacht. Und als Margit sie fragte, was »siril« eigentlich bedeute, antwortete Alma, das habe etwas mit fit und fröhlich zu tun. Ganz sicher schien sie sich jedoch nicht zu sein. Die »leichte Gehbehinderung« hatte ebenfalls zu lebhaften Diskussionen geführt. Margit hatte gefunden, dass dieser Umstand nicht in die Anzeige gehöre. »Das merken sie schon, wenn wir sie treffen«, hatte sie gesagt. Alma war jedoch absolute Ehrlichkeit wichtig gewesen.

Sie beschlossen, den Entwurf eine Weile auf dem Couchtisch liegen zu lassen. Sie wollten nichts überstürzen, sondern ihn noch einige Male anschauen, bevor sie sich entschieden.

Als es schließlich an der Zeit war, zu Bett zu gehen, kamen ihnen die Betten noch höher vor als sonst. Sonst führten sie immer noch ein vertrauliches Gespräch, nachdem sie sich hingelegt hatten, aber an diesem Abend herrschte komplette Stille.

Am nächsten Morgen kamen Axel, Greta und Christer zu Besuch. Greta hatte eine Thermoskanne mit Kaffee dabei. Christer hatte schulfrei, und seine Eltern hatten einen Tag freigenommen, um die Gelegenheit zu nutzen, nach Malmö zum Einkaufen zu fahren. Christer stand neben dem Tisch, als Margit plötzlich die Entwürfe für die Anzeige einfielen. Mit raschen Schritten ging sie zum Tisch und raffte sie zusammen.

»Machst du einen Computerkurs, Oma?« Christer wirkte verblüfft.

»Das ist nur Werbung, die sie hier im Heim auslegen.«

Christer lachte und umarmte seine Großmutter. »Voll krass!«

»Wie du dich ausdrückst, Christer …«

Nachdem der Besuch wieder gegangen war, diskutierten die Damen den Vorfall und mussten sich eingestehen, dass es nachlässig gewesen war, die Entwürfe einfach herumliegen zu lassen.

»Ein Glück, dass sie die Anzeige nicht gesehen haben«, seufzte Margit.

Familie Berg saß währenddessen im Auto und fuhr nach Malmö.

»Ich bin mir fast ganz sicher, dass die beiden einen Computerkurs besuchen«, sagte Christer beeindruckt.

»Ist doch toll, dass sie so unternehmungslustig sind. Sie sind richtiggehend aufgeblüht, seit sie im Seniorenheim wohnen«, meinte Greta.

»Das muss man wirklich sagen«, pflichtete ihr Axel bei.

Christer wusste nicht so recht, ob er erzählen sollte, was er außerdem noch gesehen hatte, konnte sich dann aber nicht beherrschen.

»Da lag auch noch der Entwurf für eine Kontaktanzeige«, sagte er plötzlich.

»Eine Kontaktanzeige?« Axel zuckte so heftig zusammen, dass er fast das Lenkrad herumgerissen hätte.

»Hätte ich sie nicht mit eigenen Augen gesehen, hätte ich es auch nicht geglaubt. Sie suchen beide einen Gentleman, so viel habe ich entziffern können. Ich finde, die beiden sind voll gut drauf ...«

Axel und Greta waren sprachlos. Draußen vor den Autofenstern rauschte der südschwedische Sommer vorbei, ohne dass sie ihn wahrgenommen hätten.

In der nächsten Nacht schlief Alma schlecht. Unruhig wie eine Wetterfahne warf sie sich hin und her. Schließlich bekam sie solche Rückenschmerzen, dass sie aufstehen und sich bewegen musste. Sie wollte Margit nicht beunruhigen, sondern schlich auf leisen Sohlen zu ihrem Bademantel, zog ihn an und trat auf den Korridor hinaus. Dort ging sie auf und ab und drückte ihre Hand gelegentlich in ihr schmerzendes Kreuz. Nur die Nachtbeleuchtung brannte, und ihr Zimmer schien im Gebäudeflügel der gesündesten Heimbewohner zu liegen, denn es wurde nirgendwo geklingelt, und Pflegerinnen waren auch keine zu sehen.

Als Alma ans Ende des Korridors kam, blickte sie zum anderen Flügel hinüber, wo einiges los zu sein schien. Die Nachtschwestern erinnerten an weiße Engel, die über dem polierten Linoleumfußboden schwebten. Türen wurden geöffnet und wieder geschlossen.

Auf dem Rückweg in ihr Zimmer kam sie an einer Tür mit der Aufschrift »Lager« vorbei, hinter der das Verbandsmaterial verwahrt wurde. Plötzlich hielt sie inne. Waren von dort drinnen nicht seltsame Geräusche zu hören? Als würde jemand jammern. Alma hielt den Atem an. Hatte sich einer der Heimbewohner vielleicht versehentlich dort eingeschlossen oder war gestürzt?

Gerade als sie die Hand auf die Klinke legen wollte, um zu prüfen, ob die Tür verschlossen war, hörte sie Stimmen. Sie hielt ihr Ohr an die Tür, aber ihr Herzschlag war so laut, dass sie die einzelnen Worte nicht verstehen konnte. Dann war der klagende Laut erneut zu hören, und plötzlich wusste Alma, was das war. Es war dasselbe Geräusch, das aus dem Schlafzimmer in einigen Filmen, die sie gesehen hatte, zu hören gewesen war. Beispielsweise wenn Sue Ellen in Dallas einen Seitensprung beging und mit jemandem im Bett gelandet war. Alma stand da und dachte darüber nach, was sie tun sollte, als sie plötzlich Ulla Ströms Stimme hörte:

»Nicht so fest, Kjell, das tut weh.«

Dann hörte Alma ein Keuchen, als hätte jemand gerade einen Marathonlauf bewältigt. Sie dachte noch ein paar Sekunden lang nach und ging dann rasch in ihr Zimmer. Dabei vergaß sie vollkommen, dass Margit schlief. Sie zog die unterste Schublade ihrer Kommode heraus und tastete mit der Hand darin.

»Was tust du, Alma?« Margit setzte sich halb im Bett auf.

Ein schwacher Lichtschein aus dem Korridor fiel ins Zimmer. »Warst du draußen?«

»Ulla Ström ist im Lagerraum.«

»Und?«

»Sie ist dort mit jemandem zugange.«

»Zugange?« Jetzt setzte sich Margit ganz im Bett auf.

»Mit einem Mann. Ich habe es ganz deutlich gehört. Wie Sue Ellen.«

»Sue Ellen?« Margits Erstaunen nahm zu, und sie krabbelte aus dem Bett.

»Auf diesen Augenblick habe ich gewartet, seit ich sie vor der Warenannahme gesehen habe. Sie ist bösartig und aufsässig, aber so etwas rächt sich ...«

Margit wirkte verängstigt. »Was hast du vor?«

Alma hielt ihren alten Fotoapparat in der Hand.

»Normalerweise bin ich nicht so, das weißt du, aber jetzt haben wir unsere Chance«, sagte sie eifrig.

»Wir?«

»Es ist doch nur in unserem Interesse, Margit, sonst nichts.«

»Sei vorsichtig.«

Mit der Kamera in der Hand schlich Alma wieder auf den Korridor. Margit blieb verschreckt in der Tür stehen. In der schwachen Nachtbeleuchtung sah ihr Gesicht ganz grau aus.

Alma setzte sich auf einen Stuhl vor dem Lagerraum. Ihre Wangen waren hochrot. Eigentlich wollte sie nicht hören, was dort drinnen vorging, aber dann erklang die kichernde Stimme der Heimleiterin, und die Tür wurde geöffnet. Alma hob den Fotoapparat, als das Paar das Kabuff verließ, aber sie bemerkten sie nicht. Kjell Johansson knöpfte sich breit grinsend die Hose zu. Da blitzte es, und der Korridor war für den Bruchteil einer Sekunde in gleißendes Licht getaucht.

»Inventur im Lager zu so später Stunde?«, fragte Alma mit einem leichten Zittern in der Stimme.

»Her mit der Kamera!«, schrie Ulla Ström.

»Ich mache Fotos von allen hier im Heim. Wir hätten so gern ein Andenken, wenn wir mal hier ausziehen.«

»Her mit dem Fotoapparat! Das ist doch unerhört!«

Kjell Johansson ging auf Alma zu. »Was für einen schönen Fotoapparat Sie da haben.« Er streckte die Hand aus.

»Der macht auch gute Bilder.« Alma drückte die Kamera an sich, drehte sich um und ging auf ihr Zimmer zu.

Als Ulla ihr folgen wollte, hinderte Kjell sie daran.

»Das kriegen wir schon hin, Ulla.«

Ulla schien nicht zu wissen, in welche Richtung sie verschwinden sollte. Dann machte sie auf dem Absatz kehrt und strebte auf Almas und Margits Zimmer zu. Kjell hielt sie erneut zurück.

»Tu nichts, was du später bereust.«

»Ist schon geschehen, nämlich als ich dich getroffen habe«, schnauzte ihn Ulla an.

Von Ulla Ströms normalerweise so aufrechter Haltung war nichts übrig geblieben. Ihre Schritte waren aber ebenso rasch wie sonst. Sie hatte eine gute Figur und legte Wert darauf, sich vorteilhaft zu kleiden. Ihr enger Pullover brachte ihren üppigen Busen zur Geltung, und der Schlitz in ihrem Kleid war länger als üblich. Ihr Pagenschnitt war meistens ordentlich gekämmt, aber jetzt sah sie aus, als hätte man sie durch eine Regenrinne gezerrt.

Zwei traurige Gestalten bewegten sich den Korridor entlang, Ulla ein paar Schritte vor Kjell, der ihr flehende Blicke zuwarf und sich gleichzeitig sein Hemd zuknöpfte. Ulla verschwand in ihrem Büro, knipste das rote Lämpchen an und schloss rasch ab. Vor der Tür stand der mächtige Lokalpolitiker Kjell Johansson und bettelte um Einlass. Welch ein Glück, dachte er, dass keiner der Angestellten etwas bemerkt hat. Und diese Gewissheit vermittelte ihm dann trotz allem ein Gefühl der Erleichterung.

Margit saß mit entsetzter Miene auf dem Sofa, als Alma zurückkam. Alma ließ den Fotoapparat rasch unter der Matratze verschwinden.

»Was für fürchterliche Menschen!«, fauchte sie mit zusammengebissenen Zähnen.

Margit entgegnete nichts. Sie gab in dieser Nacht auch keinen Ton mehr von sich. Irgendwie wollte sie gar nicht erst wissen, was Alma plante. Als beide wieder im Bett lagen, sagte Alma mit siegesgewisser Stimme: »Das wäre ja noch schöner, wenn man Leute einfach so aus ihren Häusern verjagen könnte.«

Margit schwieg. Sie lag lange da und dachte darüber nach, was ihre Häuser mit dieser Sache zu tun hatten. Plötzlich empfand sie einen Schmerz in ihrer Seele, von dem sie nicht recht wusste, wo er herkam, und vergrub ihre Fingernägel in den Handflächen. Es fühlte sich besser an, wenn die Hände statt der Seele schmerzten. Das hatte sie auch getan, als Sture gestorben war, und hatte gute Erfahrungen damit. Aber jetzt gab es eigentlich keinen Grund für einen Seelenschmerz, jedenfalls nicht, soweit sie wusste.

In den folgenden Tagen war die Stimmung bei den beiden Damen etwas angespannt. Das Leben im Altenheim verlief jedoch wie gewohnt. Sie begaben sich in den Speisesaal und unterhielten sich mit ihren Tischnachbarn, hauptsächlich mit George, mit dem sie besonders gern sprachen. Er war höflich und aufmerksam, und die Damen überschlugen sich förmlich. Gelegentlich saßen sie auch eine Weile mit Betty auf dem Korridor. Sie vertrieben sich die Zeit in der Beschäftigungstherapie, und Margit unterhielt sich bisweilen mit Ester, die sie von früher kannte. Nach dem abendlichen Kaffeetrinken und dem anschließenden Spaziergang, an dem sich Betty meist beteiligte, saßen sie meist auf dem Sofa und sahen fern.

»Nichts als Krieg und Elend.«

»Dann schalt halt um«, schlug Alma vor.

Margit drückte auf die Fernbedienung und zappte zwischen den Kanälen hin und her.

»Immer mit der Ruhe, man sieht ja gar nichts«, meinte Alma verärgert.

»Überall der gleiche Unsinn. Hier, versuch es selbst, wenn du meinst, dass du was Besseres findest.« Margit reichte Alma die Fernbedienung.

Margit war seit dem Eklat auf dem Korridor nicht gut auf Alma zu sprechen. Sie fand, dass sich ihre Freundin nur noch in unklaren Sätzen ausdrückte. So hatte sie an jenem Abend gesagt: »Das wäre ja noch schöner, wenn man Leute einfach so aus ihren Häusern verjagen könnte.« Dieser Satz war nicht weiter erläutert worden. Was sollte das mit Ulla im Lagerraum zu tun haben?

»Schau mal. ›Fragen Sie Dr. Klaus‹ – das klingt doch interessant«, meinte Alma. Sie wusste, dass Margit diese Sendung mochte, sie aber beim Zappen nicht gefunden hatte. »Arthrose! Hörst du, Margit?« Alma rieb sich die Hände mit den geschwollenen Fingergelenken. »Glaubst du, dass ich Arthrose habe?«

»Ach was, red dir nichts ein.«

Alma sah ein wenig niedergeschlagen aus, da sie auf etwas Mitleid oder zumindest eine vernünftige Antwort gehofft hatte.

Da klopfte es, und die Damen zuckten zusammen.

»Wer kann das sein? Was glaubst du?«

Alma ging vorsichtig zur Tür und öffnete. Auf dem Korridor stand Ulla Ström und lächelte freundlich. Alma überkam sofort ein großer Widerwille.

»Darf ich eintreten?«

»Das ist ja Ihr Heim«, erwiderte Alma knapp.

»Ganz so ist es ja wohl nicht. Das Heim gehört der Gemeinde, und Sie bezahlen Miete. Das Zimmer gehört also Ihnen«, meinte die Heimleiterin immer noch freundlich und deutete ins Zimmer. Alma trat zur Seite und ließ Ulla Ström herein.

»Sie haben es hier ja wirklich gemütlich«, sagte Ulla Ström einschmeichelnd.

»Wir sehen uns gerade Krankheiten im Fernsehen an, das ist zwar nicht sonderlich erbaulich, aber nützlich. Ich habe den Eindruck, dass ich an einer leichten Arthrose leide«, erwiderte Alma und sah plötzlich verängstigt aus.

»Das ist nicht ungewöhnlich, wenn man älter wird. Ich kann die Krankenschwester bitten, dass sie sich Ihre Hände morgen mal ansieht.«

Die beiden Damen warteten darauf, dass die Heimleiterin endlich zur Sache kam. Sie waren sich sicher, dass es sich nicht einfach um einen Höflichkeitsbesuch handelte. Ulla Ström nahm in einem Sessel Platz, der dem Altenheim gehörte. Ihr schien plötzlich nicht mehr wohl in ihrer Haut zu sein, und sie wirkte nervös. Sie räusperte sich und setzte dann wieder ihr Lächeln auf.

»Wissen Sie, dieses Foto, das Sie neulich gemacht haben, könnte ich Ihnen das vielleicht abkaufen? Und zwar das Negativ«, fügte sie noch hinzu und sah fast verlegen aus.

»Ich glaube, ich behalte es. Margit will es sicher auch noch ihrem Sohn zeigen. Er wohnt schließlich im Nachbarhaus von diesem ...«

»Kjell Johansson«, fiel ihr Ulla Ström ins Wort, und jede Freundlichkeit war wie weggewischt. Sie räusperte sich erneut. »Die Gemeinde wird ja neue Seniorenwohnungen bauen. Ja, das wissen Sie natürlich«, sagte sie und lachte hysterisch.

Margit war nicht wohl in ihrer Haut. Sie saß zwischen Alma und Ulla Ström, und die Unterhaltung ging wie spitze Nadeln auf sie nieder.

»Kjell Johansson hat mich gebeten, als Sachverständige an der Planung der Seniorenwohnungen teilzunehmen.«

»Sie planen also auch die Vorratsräume dieser Seniorenwohnungen? Mir würde ein begehbarer Schrank reichen, falls ich überhaupt mitreden darf.«

Alma verstand selbst nicht, was in letzter Zeit eigentlich in sie gefahren war. Sie war immer eine freundliche Person gewesen und hatte noch nie gegen jemanden intrigiert. Aber vielleicht reagierte sie ja gerade deshalb so heftig auf Ulla Ströms barsches Auftreten den Senioren gegenüber. Die Heimleiterin konnte richtig unangenehm werden. Alma war aufgefallen, dass sie es auf Leute abgesehen hatte, die es nicht wagten aufzubegehren oder die sonst irgendwie geschwächt waren. Obwohl man Alma ihres Hauses beraubt und sie im Altenheim untergebracht hatte, durfte man sie noch lange nicht rumschubsen. Also hatte sie sich in Verteidigungsposition begeben, um Margit und sich vor Angriffen zu schützen. Sie fand, dass Margit in letzter Zeit etwas zahnlos war, ja, sie war regelrecht unterwürfig.

Ulla Ström schwieg. Vielleicht wartete sie ja auf eine Eingebung. Sie öffnete mehrmals den Mund, ohne dass ein Laut über ihre Lippen gekommen wäre.

»Sie können mir das Foto später mal abkaufen, aber vorerst behalte ich es«, sagte Alma mit Nachdruck.

Die Heimleiterin erhob sich schweigend und verließ das Zimmer, indem sie die Tür mit aller Kraft hinter sich zuknallte.

Dann saßen Margit und Alma schweigend und ernst auf dem Sofa, während der Arzt im Fernsehen weitere Krankheiten vorstellte. Als er etwas von einem psychischen Juckreiz sagte und Alma begann, sich an der Hand zu kratzen, schaltete Margit den Fernseher aus.

Alma holte ihre begonnene Häkelarbeit aus dem kleinen Handarbeitskorb neben dem Fernseher und setzte sich damit aufs Sofa. Sie hatten schon einige Male an der Beschäftigungstherapie teilgenommen und dabei Material für Topflappen bekommen. Margit hatte sich grünes und weißes Baumwollgarn ausgesucht und wollte ein Paar gestreifte

Topflappen häkeln. Alma wollte grüne mit einer weißen Borte häkeln.

Margit stand auf und ging zur Tür. »Ich gehe ein wenig zu Betty«, sagte sie und verschwand nach draußen.

Alma war betrübt. Margit war noch nie irgendwohin gegangen, ohne sie zu fragen, ob sie mitwollte. Die Einsamkeit strich wie ein kalter Polarwind über sie hinweg. Die Häkelarbeit in ihren Händen war plötzlich bleischwer. Sie fasste sich an die Fingergelenke. Und sie hatte doch Arthrose. Sie hatte auch über den Juckreiz nachgedacht, aber nichts sagen wollen.

Plötzlich verstand sie Margit. Alma musste sich eingestehen, dass sie sich in letzter Zeit merkwürdig benommen hatte. Aber das war schließlich nur in ihrer beider Interesse gewesen. Sie entschloss sich, ihre Pläne so rasch wie möglich umzusetzen, damit Margit sich keine Sorgen mehr zu machen brauchte.

Alma legte die Häkelarbeit beiseite und begann, sich bettfertig zu machen. Es war nicht schön, allein zu Bett gehen zu müssen. Ihr fehlte ihre vertrauliche Unterhaltung in der Dunkelheit.

Als Margit zurückkehrte, schlief Alma bereits. Sie hatte ein etwas schlechtes Gewissen, weil sie die Freundin allein auf dem Zimmer gelassen hatte.

»Alma«, flüsterte sie leise. »Schläfst du?« Sie blieb eine Weile neben ihr stehen, betrachtete Alma, und ein Gefühl großer Zuneigung erfüllte sie.

»Arthrose«, flüsterte sie und lächelte. »Du hast sie doch nicht mehr alle, Alma. Ich hoffe wirklich, du weißt, was du tust.«

Margit schlief sofort ein. Nach einer Weile erwachte Alma aus ihrem unruhigen Schlaf und sah zu Margits Bett hinüber. Als sie ihre Freundin erblickte, war sie auf einmal ruhig und gelassen.

»Margit«, sagte sie leise, »Margit, schläfst du?«

9

Ulla saß mit Kjell in seinem Auto. Sie waren in der Nähe der geplanten Feriensiedlung unterwegs.

»In diesen Häusern haben die beiden Damen gewohnt, die jetzt bei dir im Altenheim sind.«

»Bei mir! Das klingt geradezu, als würde ich auch dort wohnen«, schnaubte Ulla. »Wenn du dich für dieses Projekt nicht so starkgemacht hättest, dann wäre vielleicht nichts daraus geworden, und sie würden immer noch in ihren Häusern wohnen. Dann wäre uns all das erspart geblieben.«

»Und was ist ›all das‹?«

»Das Hinter-uns-her-Spionieren und das Fotografieren. Sie benehmen sich wie die übelsten Paparazzi.«

»Jetzt übertreibst du aber, Ulla. Eine alte Dame mit einem uralten Fotoapparat! Was soll sie uns schon anhaben können?«

»Das kann ich dir sagen. Ich habe Alma gestern gefragt, ob ich ihr das Foto abkaufen kann. Da hat sie gesagt, dass Margit, also die andere Dame, das Foto erst noch ihrem Sohn zeigen will. Ihr Sohn heißt Axel Berg, falls du das noch nicht wissen solltest.«

Kjell trat auf die Bremse und hielt an. Dann schaltete er die Innenraumbeleuchtung ein und sah Ulla an.

»Heißt sie Berg mit Nachnamen?« Kjells Augen waren groß und schwarz.

»Da ihr Sohn Berg heißt, ist das doch recht logisch, nicht wahr?«

»Glaubst du, sie zeigt ihm das Foto?«

»Auf die beiden ist kein Verlass. Falsch sind sie alle beide. Alma humpelt voraus und hat das Sagen, und Margit plappert ihr alle Dummheiten nach. Aber vielleicht hatte sie ja gar keinen Film in dem Fotoapparat, wenn ich genauer darüber nachdenke.«

Kjell ließ den Motor wieder an und fuhr vornübergebeugt weiter. Mit der Nase berührte er fast die Windschutzscheibe. Es schien fast, als hätte der Schrecken über Ullas Worte sein Sehvermögen getrübt. Angewidert betrachtete Ulla ihn.

»Weißt du, dass du aussiehst wie einer der Opas aus meinem Altenheim, wenn du so vornübergebeugt dasitzt? Dir fehlt nur die Schiebermütze.«

Kjell richtete sich auf.

»Aber Ulla ...« Fast hätte er »Ulla-Pulla« gesagt, aber er hatte das Gefühl, dass jetzt nicht der richtige Augenblick dafür war.

»Fahr mich zu meinem Auto!« Ullas Stimme war eine halbe Oktave höher als sonst.

»Aber ich will dir doch die Häuser zeigen, in denen wir es uns dann gemütlich machen können.«

»Die Ferienhäuser? Sind die etwa schon fertig?« Ullas Stimme troff vor Ironie. Schließlich befand sich das gesamte Projekt immer noch in der Planungsphase. Kjell antwortete nicht, sondern fuhr schweigend zwischen den Bauwagen und Maschinen hindurch. Er hielt an einer lehm- und regenwassergefüllten Grube an. Dort blendete er auf. Das Licht der Scheinwerfer fiel in die Grube.

»Da!« Seine Stimme klang stolz.

»Wirklich urgemütlich«, fauchte Ulla leise. »Wann werden die Betten und die anderen Möbel geliefert? Morgen?« Dann holte sie tief Luft und schrie so laut, dass Kjell versehentlich die Hupe betätigte: »Fahr mich zu meinem Auto!«

Die Außenbeleuchtung eines Bauwagens ging an, und ein Mann schaute aus der Tür heraus. Kjell machte rasch die Scheinwerfer aus und fuhr langsam davon. Erneut klebte seine Nase an der Windschutzscheibe.

»Das war wirklich unnötig, Ulla. Wenn er uns nun gesehen hat?«

»Das war doch wohl nicht ich, die gehupt hat.«

»Aber du hast mich so erschreckt …«

»Jetzt reicht es mir«, fiel ihm Ulla ins Wort. »Sich in Lagerräumen verstecken und ohne Licht über Äcker fahren. Wir machen uns doch lächerlich.«

Kjell antwortete nichts, sondern fuhr zum großen Parkplatz am Svampakreisel. Nachdem er angehalten hatte, beugte er sich zu Ulla hinüber, um sie zu küssen, aber diese wandte den Kopf ab, öffnete die Beifahrertür und ging mit raschen Schritten auf ihren Wagen zu. Kjell fuhr hinter ihr her und kurbelte das Seitenfenster runter.

»Ulla-Pulla …« Seine Stimme klang flehend.

»Ich werde Alma bitten, einen großen Abzug des Fotos machen zu lassen und ihn deiner Eva-Britt nach Hause zu schicken.«

Kjell ließ den Motor aufheulen und verschwand dann in Richtung Tomelilla. Er vergaß, die Scheinwerfer einzuschalten, sodass die Dunkelheit ihn bereits verschluckt hatte, ehe Ulla die Tür ihres Autos geöffnet hatte.

Alma und Margit machten große Fortschritte am Computer. Die Aufgaben waren zwar relativ leicht, aber in Anbetracht ihres Alters fand Åke ihre Leistungen ganz außerordentlich. Sogar Carina und Hanna waren beeindruckt. Sie hatten ein paarmal zugeschaut, als die beiden Damen mit ihren Übungsheften an den Geräten beschäftigt gewesen waren. Sie hatten Carina und Hanna nach den Kontaktanzeigen gefragt, wollten aber nicht den Eindruck erwecken, sie seien persönlich daran interessiert.

»Hast du gehört?«, fragte Alma eines Abends, als sie vom Computerkurs wieder in ihr Zimmer kamen. »Carina hat was von Codewort und Antwort gesagt. Glaubst du, die Antworten gehen auf diesen Computern ein?«

»Keine Ahnung. Aber ich finde, das wirkt umständlich«, sagte Margit und setzte sich aufs Sofa.

»Ich habe gesehen, dass man auch unter der Rubrik ›Bekanntschaften‹ in der ›Ystads Allehanda‹ inserieren kann. Das wäre vielleicht besser. Da wir Männer hier in der Gegend suchen, besteht doch wohl keine Veranlassung, das über Computer zu tun?«

»Da hast du recht.« Margit klang richtig anerkennend, und Alma wuchs gleich um einen halben Kopf. »Die Männer in unserem Alter sitzen vermutlich ohnehin nicht an diesen Maschinen«, fuhr Margit fort.

Sie schwiegen eine Weile. Dann sagte Alma: »Du bist doch auch nicht der Auffassung, dass man unter so eine Zeitungsanzeige seinen Namen setzt?«

»Um Gottes willen, nein«, erwiderte Margit. »Keinesfalls. Wie das aussehen würde. Wenn Axel und Greta ...«

»Ich glaube, da steht immer so etwas Kryptisches wie ›Zuschriften unter‹ und dann irgendeine Zahl. Ich bin mir fast sicher«, meinte Alma.

»Wir gehen morgen zur ›Ystads Allehanda‹. Ich habe irgendwo gelesen, dass sie der Schweigepflicht unterliegen.«

»Schweigepflicht! Es gibt doch wohl nichts, wofür wir uns schämen müssten. Wir suchen einfach einen Freund, mit dem wir etwas Zeit verbringen wollen. Schlimmer ist es ja wohl bei Leuten, die eine Anzeige aufgeben und schon einen Partner haben. Oder Personen wie Ulla Ström. Die macht doch mit jedem Mann rum, der in ihre Nähe kommt.«

»Ja, da magst du recht haben.«

Von diesem Augenblick an waren beide davon überzeugt, dass es richtig sei, eine Anzeige in der Zeitung aufzugeben. Sie fanden auch, dass kein Grund bestand, sich dessen zu schämen.

»Bei der Gelegenheit kann ich dann auch gleich den Film entwickeln lassen«, meinte Alma. Bevor sie das Zimmer verließen, holte Alma den Fotoapparat unter der Matratze hervor.

Sofort hatte Margit wieder diese besorgte Miene, aber sie sagte nichts, kein einziges Wort.

Wie immer, wenn sie irgendwohin wollten, legten sie schon am Vorabend ihre Kleider und ihre Handtaschen aufs Sofa. Sie gingen zeitig zu Bett.

»Wie geht es deiner Arthrose, Alma?«, fragte Margit, nachdem sie das Licht ausgemacht hatten.

»Meiner was?«

»Deiner Arthrose in den Fingern.«

»Vermutlich beanspruche ich die Hände beim Häkeln einfach zu sehr. Die Heimleiterin wollte doch die Krankenschwester bitten, sich das einmal anzusehen, aber daraus ist dann ja auch nichts geworden, weil sie den Film nicht bekommen hat.«

»Du hast gesagt, das Bild sei hervorragend. Sie glaubt sicher, der Film sei schon entwickelt.« Margit lachte. Dann wechselte sie rasch das Thema. »Vielleicht sollten wir mal den Bus nehmen und uns anschauen, was mit unseren Häusern geschehen ist. Womöglich können wir ein paar Blumen in unseren Gärten pflücken.«

»Du hast doch gehört, was Axel gesagt hat. Er hat uns davon abgeraten, weil er meint, dass uns der Anblick nur traurig stimmen würde. Aber im Herbst können wir dann Herbstblumen in unsere eigenen Küchen stellen.«

Margit runzelte nachdenklich die Stirn. Jetzt sprach Alma wieder in Rätseln. Als von Almas Bett im selben Augenblick ein Schnarchen ertönte, sah Margit ein, dass sie auch dieses Mal wieder keine Antworten auf ihre Fragen erhalten würde.

Es klopfte dreimal, dann rissen zwei forsche Altenpflegerinnen die Tür auf.

»Die Betten werden frisch bezogen!«

Noch ehe Alma die Augen geöffnet hatte, hatte eine der beiden die Decke von ihrem Bett gerissen. Die andere ließ das

Rollo hochschnellen. Sonnenlicht flutete ins Zimmer. Margit stand rasch auf, ging zum Sofa und steckte den Umschlag mit dem Text für die Kontaktanzeige in ihre Handtasche.

»Lassen Sie meine Decke in Frieden«, sagte Alma unwirsch und hielt sie fest. »Meine Güte, es sind doch nicht mal vierzehn Tage vergangen, seit wir zuletzt frische Bettwäsche bekommen haben.«

»Sie können froh sein, dass wir bei Ihnen so vorbildlich Ordnung halten«, erwiderte die Altenpflegerin beleidigt.

»Natürlich sind wir das«, mischte sich Margit ein, »aber solange wir fit sind, können wir das noch selbst erledigen.«

»Das gehört aber zu unseren Aufgaben«, meinte die andere Altenpflegerin.

»Unser ganzes Leben haben wir unsere Betten selbst bezogen. Legen Sie die Bettwäsche bitte da hin.« Alma deutete auf den Sessel. »Die Blumentöpfe würden wir auch gerne selber gießen, da wir wissen, dass es sich nicht um Wasserpflanzen handelt.« Alma hinkte im Nachthemd zum Fenster und hob einen Blumentopf an. Es tropfte. Als sie ihn zurückstellte, war deutlich zu sehen, dass er im Übertopf schwamm.

»Wir reden mit der Heimleiterin«, sagte die eine Altenpflegerin zur anderen.

»Tun Sie das«, sagte Alma. »Bitten Sie sie doch, bei uns vorbeizukommen, damit wir mit ihr darüber sprechen können.«

»Wir wollen einfach nur unsere Ruhe haben«, meinte Margit zu Almas Erstaunen, und Alma nickte zustimmend.

»Jetzt müssen wir unsere Morgentoilette erledigen. Wenn Sie uns also bitte entschuldigen wollen …«

Als die beiden das Zimmer verlassen hatten, sah Alma Margit aufmunternd an.

»Gut, dass du auch was gesagt hast. Hier im Altenheim gibt es so viele nette Pflegerinnen, und wir kriegen immer die unsensiblen Aushilfen ab.«

»Jetzt sind wir zumindest wach«, meinte Margit tröstend.

Nachdem sie geduscht und sich angekleidet hatten, versteckte Alma den Fotoapparat wieder unter der Matratze, und sie gingen zum Frühstück in den Speisesaal. George rückte ihnen die Stühle zurecht.

»Das ist ja umwerfend! Sie sehen aus wie zwei Schulmädchen auf dem Weg zum Examen.«

Margit und Alma warfen einen Blick in die Runde und hofften, dass ihn niemand gehört hatte.

»Danke für das Kompliment«, meinte Margit, »wir haben aber nur ein paar Besorgungen im Ort zu erledigen.«

»Brauchen Sie eine Begleitung?« George lächelte freundlich.

Alma zuckte zusammen und stieß an ihre Tasse. Der Kaffee schwappte über.

»Danke, aber heute nicht«, beeilte sie sich zu erwidern.

»Sie haben wohl ein Rendezvous?«

»Heute nicht«, meinte Margit, und Alma warf ihr einen wütenden Blick zu.

Trotz der Wärme zogen sie ihre Popelinemäntel an. Auf dem Marktplatz grünten bereits die Bäume, und an den Marktständen herrschte Betriebsamkeit. Sie überquerten die Straße und gingen auf einen Stand mit Blumen zu.

»Das sind aber schöne Chrysanthemen, Alma.«

»Sollen wir eine kaufen? Wir könnten zusammenlegen. Vermutlich werden sie sie ohnehin zu oft gießen, dann brauchen wir uns nicht darum zu streiten, wenn wir ausziehen.«

Alma suchte eine besonders schöne Chrysantheme aus. »Ich zahle sie, dann können wir später abrechnen.«

Beim Obst- und Gemüsehändler kauften sie zwei Äpfel und zwei Bananen. Alma nahm ein Einkaufsnetz aus ihrer Handtasche, steckte das Obst hinein und legte dann auch ihren Fotoapparat dazu, in dem noch der Film steckte. Margit hielt die Papiertüte mit dem Blumentopf in der Hand.

»Richtig, der Film«, sagte Alma, hakte Margit unter und ging mit ihr zum Fotogeschäft.

»Ich würde gerne den Film in dieser Kamera entwickeln lassen«, sagte Alma und legte den Fotoapparat auf den Tresen. Die junge Verkäuferin staunte das viereckige Ding in seinem Etui aus braunem Segeltuch an.

»Ist der Film ... in diesem Fotoapparat?« Sie schaute zu einem älteren Kollegen hinüber und deutete hilflos auf den viereckigen Gegenstand auf dem Tresen. Der ältere Verkäufer eilte ihr zur Hilfe.

»Soll ich auch gleich einen neuen Film einlegen?«

»Ja. Man kann nie wissen, ob noch weitere ähnliche Situationen auftauchen.« Alma seufzte.

Die Abzüge würden erst am nächsten Mittwoch fertig werden, aber das reichte vollkommen. Sie hatten Ulla Ström aus der Fassung gebracht, ohne ihr das Foto vorzulegen. Alma war mit sich zufrieden.

Bei der »Ystads Allehanda« saß eine freundliche junge Dame hinter dem Tresen. »Womit kann ich dienen?«, fragte sie.

Alma stieß Margit an, damit sie etwas sagte. Jetzt war Margit mal an der Reihe.

»Wir wollen eine Anzeige aufgeben«, sagte Margit.

»Auf welcher Seite?«

»Die Seite ist vielleicht nicht so wichtig.« Sie wandte sich an Alma, um sich das bestätigen zu lassen.

»Ich meine, handelt es sich um eine Todesanzeige, oder soll sie in einem der Lokalteile erscheinen?«

»Wir wollen nichts verkaufen«, meinte Margit.

»Wir wollen etwas haben«, warf Alma ein.

»Haben? Also ein Kaufgesuch?«

»Nein, wir hatten eigentlich nicht vor, dafür zu bezahlen.«

Als die Dame hinter dem Tresen sah, dass Margit einen Umschlag in der Hand hielt, beugte sie sich vor.

»Darf ich mal sehen? Ist das die Anzeige?«

Margit reichte ihr zögernd das Kuvert. Die Dame las den Text der Anzeige, ohne ihn zu kommentieren, und sagte dann, als sei das die natürlichste Sache der Welt: »Das gehört unter ›Bekanntschaften‹.«

»Man muss da doch keinen Namen druntersetzen?«

»Nein«, beruhigte sie die Dame. »Die Antworten kommen in verschlossenen Umschlägen hierher, und Sie können sie hier abholen, oder wir können sie Ihnen zuschicken.«

»Wir holen sie ab«, meinte Margit rasch.

Als sie nach Hause kamen, waren sie müde, aber zufrieden. Im Korridor des Altenheims stießen sie mit Ulla Ström zusammen. Sie grüßte nicht einmal, sondern eilte einfach an ihnen vorbei.

»Unerhört, dass die Heimleiterin uns nicht einmal grüßt!«

»Ganz deiner Meinung«, erwiderte Margit. »Ich verstehe gar nicht, was dieses Mannsbild an der findet.«

»Hallo, da kommen ja meine Lieblingsdamen«, sagte Carina munter, die gerade aus einem der Zimmer trat. Sie sprang rasch zur Seite, da Bojan mit vollem Tempo mit ihrem Rollator auf sie zusteuerte. »Innerhalb des Hauses gilt ein Tempolimit von dreißig Stundenkilometern«, scherzte Carina.

»Was ihr euch immer für komische Regeln ausdenkt«, erwiderte Bojan. Alma und Margit lachten.

»Und? Sind Sie auf Freiersfüßen gewandelt?«, wollte Carina wissen.

»Fast.« Margit lachte, und Alma stieß sie in die Seite.

»Was für schöne Blumen man Ihnen geschenkt hat.« Carina deutete auf die Chrysantheme. Margit wurde verlegen, als ihr klar wurde, dass die Altenpflegerin die Blume missverstanden hatte.

»Carina ist wirklich nett«, meinte Alma, als sie zu ihrem Zimmer gingen.

»Ja. Ihre Augen leuchten immer so.«

Nach dem Essen schaute Greta bei ihnen vorbei, um sie zum Abendkaffee einzuladen.

»Axel kann euch um sechs Uhr abholen, passt das?«

»Danke für die Einladung. Das passt ausgezeichnet, nicht wahr, Alma?« Die nickte.

»Dann bis später. Ich muss weiter zum nächsten Patienten.«

Alma reichte ihr die Bonbonniere mit den sauren Drops. Greta nahm sich einen, winkte und verschwand wieder nach draußen.

»Wenn ich mal einen Pflegedienst in Anspruch nehmen muss, dann wünsche ich mir so jemanden wie Greta.«

Margit entgegnete nichts, sah aber stolz aus. Ihre Schwiegertochter war wirklich ein Segen.

»Das war schon ein ereignisreicher Tag: das Fotogeschäft, die Chrysantheme und die Zeitungsanzeige. Und als sei das noch nicht genug, sind wir heute Abend auch noch eingeladen.« Alma strahlte. »Jetzt dürfen wir uns aber nicht verplappern. Von der Anzeige dürfen wir nichts sagen.«

»Nein, wirklich nicht.« Margit stöhnte.

»Ich lege mich einen Augenblick hin, damit ich heute Abend fit bin.«

»Das ist eine gute Idee, Alma.«

Die beiden Damen schoben ihre hellbraunen Schuhe unter die Betten und krabbelten hinein. Alma zupfte vorsichtig ihr Kleid glatt.

»Siehst du, Margit? Diese Pflegerinnen haben unsere Betten dann doch gemacht, obwohl wir es ihnen verboten hatten.«

»Das ist mir gar nicht aufgefallen«, erwiderte Margit, »aber das gehört schließlich zu ihren Aufgaben.«

»Warum darf man eigentlich nichts mehr selber machen, wenn man im Heim ist?«

»Wahrscheinlich glauben sie, dass man nichts mehr kann, nur weil man alt ist.«

Beide lagen eine Weile schweigend auf ihren Betten und starrten an die Decke.

»Wenn sie nur wüssten, was wir heute getan haben!«, meinte Alma dann.

»Die Chrysantheme ist wirklich besonders schön«, erwiderte Margit rasch. Sie war etwas nervös, weil sich jemand auf die Anzeige hin melden könnte oder aber weil sie vielleicht überhaupt keine Antwort erhalten würden.

»Und wenn nur einer antwortet, wer kriegt den dann?«, fragte Alma, kurz bevor Margit einschlummerte.

»Daran habe ich noch gar nicht gedacht ... Und wenn zwei antworten, wer bekommt dann wen?«

Da waren wirklich ganz neue Probleme am Horizont der Damen aufgetaucht. Trotzdem sahen sie recht zufrieden aus, als sie die Augen schlossen und ins Reich der Träume entschwanden.

10

Punkt sechs kam Axel und holte sie ab. Alma fuhr gerne Auto. Es war zwar nicht weit, nämlich am anderen Ende von Tomelilla, aber trotzdem eine schöne Autofahrt. Die Gärten waren so hübsch und gepflegt, und plötzlich fehlte Alma ihr eigener Garten so sehr, dass es ihr fast körperliche Schmerzen bereitete. An den Gartenzwerg und die Gans dachte sie oft und natürlich an das gemeinsame Kaffeetrinken mit Margit.

»Willkommen!« Greta stand vor der Einfahrt und empfing sie. »Ich habe im Garten gedeckt. Schließlich ist der Abend wunderschön.«

»Abendkaffee im Garten, damit sind wir in letzter Zeit nicht gerade verwöhnt worden.« Alma lächelte.

Greta hatte Kissen auf die Gartenstühle gelegt und den gestreiften Sonnenschirm aufgespannt, damit ihnen die Abendsonne nicht in die Augen schien.

»Geht ihr manchmal im Park spazieren?«, wollte Axel wissen.

»Wir drehen jeden Abend, bevor wir zu Bett gehen, eine Runde um das Gebäude«, sagte Margit, »aber in den Park trauen wir uns nur tagsüber.«

»Gut, dass ihr vorsichtig seid«, lobte Axel. »Aber mit euch würde vermutlich ohnehin niemand fertig werden.«

Axel hatte sich ziemlich viele Gedanken darüber gemacht, was Christer auf ihrem Couchtisch gesehen hatte: die Unterlagen für einen Computerkurs und den Text für eine Kontaktanzeige. Das mit dem Computerkurs mochte ja stimmen, aber das andere … nein! Doch ein Rest von Unruhe blieb.

Margit und Alma lobten Gretas selbst gebackene Plätzchen. Anschließend unternahmen sie einen Spaziergang durch den großen Garten, um die Blumen zu bewundern. Als sie in den unteren Teil des Gartens kamen, hörten sie Stimmen vom Nachbargrundstück.

»Hallo Kjell und Eva-Britt!«, rief Greta, und Axel winkte.

»Was macht die Planung der Lagerräume?«, fragte Alma höflich.

Als Kjell die beiden Damen entdeckte, war nur ein ersticktes Geräusch aus seiner Kehle zu vernehmen. Er legte seinen Arm um Eva-Britts Schultern und versuchte sie zur Glasveranda zu schleifen.

»Was ist los?«, wollte diese irritiert wissen. »Was machst du da?«

»Du hast keine Jacke an. Lass uns reingehen.«

»Reingehen? Wir sind doch gerade erst rausgegangen. Wir wollten über das Gewächshaus sprechen.« Eva-Britt entzog sich Kjells Griff und blieb mit fragender Miene auf dem Rasen stehen.

Axel sah Alma erstaunt an. Kannten sie ihn etwa? Allmählich beschlich ihn der Verdacht, dass seine Unruhe nicht ganz unberechtigt war.

Nach dem Spaziergang durch den Garten tranken sie eine weitere Tasse Kaffee und gingen dann ins Haus. Alma drehte sich noch einmal um und schaute in den Nachbargarten. Kjell Johansson und seine Frau saßen streitend auf der Veranda, und Kjell warf immer wieder besorgte Blicke in den Garten von Axel Berg. Alma war sehr zufrieden mit sich. Zum ersten Mal in ihrem Leben hatte sie einen Wichtigtuer der Gemeindeverwaltung und eine Heimleiterin aus der Fassung gebracht.

Sie wünschte sich, dass ihr Bruder Ove noch am Leben gewesen wäre. Auch er hatte für Politiker wenig übriggehabt und wäre sicher mächtig stolz auf sie gewesen. Sie schaute in den Himmel, als wollte sie eine spirituelle Verbindung zu ihm herstellen.

Weniger freute es sie jedoch, dass Margit sich wieder

Sorgen machte. Sie kratzte an ihrem Rock herum, und erst als Alma sie missbilligend ansah, hörte sie damit auf.

Greta führte die Blumen vor, die sie von Alma und Margit übernommen hatte, als diese weggezogen waren. Sie mussten zugeben, dass sie bei Greta wunderbar gediehen waren. Alles sprießte, und der Hibiskus hatte wunderschöne rote Blüten.

»Kannst du Alma und Margit nicht zu ihren eigenen Gärten fahren?«, fragte Greta.

»Da gibt es nicht viel zu sehen, aber wenn ihr wollt.« Axel seufzte.

»Gerne«, sagten Margit und Alma wie aus einem Munde.

Sie nahmen auf der Rückbank Platz, obwohl Axel die Beifahrertür geöffnet hatte, damit sich zumindest eine von ihnen nach vorn setzen konnte. Als er auf die schmale Straße einbog, die zu ihren Häusern führte, überkam Alma eine große Trauer. Überall standen Bauwagen und Baracken. Große Sandberge flankierten die Straße.

Axel parkte neben Margits Haus, und sie stiegen aus. Obwohl Alma neugierig auf ihren eigenen Garten war, ging sie erst mit den anderen zu Margits Grundstück. Trotz des schönen Frühsommers schien es, als sei alle Schönheit aus dem Garten verschwunden. Die Laube war mittlerweile grün, und die Blumen blühten, aber trotzdem erschien ihnen alles seltsam tot.

»Da ist jemand durch die Beete getrampelt«, sagte Margit leise.

»Eine Schande«, meinte Alma mitfühlend.

Almas Garten war noch ramponierter. Der große Straßenhobel hatte den Rand des Grundstücks planiert und den kleinen Hügel verschwinden lassen. Alma trat ans Dielenfenster und sah ins Haus. Sie legte die Hände neben die Augen und versuchte etwas zu erkennen. Doch, Gartenzwerg und Gans waren noch da. Von Wehmut übermannt, trat sie rasch vom Fenster zurück, ging zu den noch unversehrten Beeten neben dem Haus und pflückte zwei Pfingstrosen und einen Strauß kleinerer Blumen: Maiglöckchen, Phlox und Gänseblümchen.

»Wir haben keine Vase ins Altenheim mitgenommen, aber wir können dort sicher eine leihen. Wir müssen Carina fragen«, meinte Alma, als sie sich wieder zu den anderen gesellte.

Auf dem Rückweg fühlte sie sich mutlos und niedergeschlagen, als hätte ihr jemand einen schweren Rucksack auf den Rücken gehängt. Sie meinte fast zu spüren, wie die Riemen in die Schultern schnitten. Margit sah sie an und tätschelte ihr die Hand. Axel schwieg ebenfalls. Er fühlte mit den alten Damen, die so abrupt aus ihrem gewohnten Leben gerissen worden waren.

»Danke für den schönen Abend«, sagte Alma freundlich, als er vor dem Altenheim hielt. »Der letzte Programmpunkt war vielleicht weniger schön, aber das ist nun mal, wie es ist.«

»Es wird sicher alles gut ... Die neuen Seniorenwohnungen werden bestimmt sehr schön mit ihren Gärtchen«, meinte Axel, um den Tag positiv ausklingen zu lassen.

»Ja, es wird sicher alles gut«, meinte Margit.

»Es wird alles gut, Margit«, sagte Alma mit Nachdruck und hatte wieder diesen wissenden Gesichtsausdruck, der Margit Angst machte.

Abends saßen sie schweigend auf dem Sofa. Auf dem Tisch standen Almas Blumen in einem Zahnputzglas. Sie wollten Carina erst am nächsten Tag um eine Vase bitten. Alma nahm die Illustrierte vom Couchtisch und schlug das Horoskop auf.

»Du bist doch Jungfrau, Margit, oder?«

»Ja, ich habe am 24. August Geburtstag.«

»Hör mal!« Alma las vor: »›Eine aufregende Zeit liegt vor Ihnen. Ihr Erfolg in der Liebe kennt keine Grenzen.‹«

»Ach was.«

»Und weiter: ›Es ist an der Zeit, mehr an sich zu denken. Gehen Sie einkaufen und gönnen Sie sich etwas Luxus, das können Sie sicher brauchen.‹ Dann steht da noch was über das Arbeitsleben, aber das ist ja wohl kaum aktuell, oder?«, fuhr Alma fort.

»Ich glaube nicht an Horoskope. Manchmal stehen da schreckliche Sachen, und dann läuft man rum und hat Angst, dass sie wirklich eintreffen. Nein, das ist alles nur Betrug«, meinte Margit.

»Nicht weil es hier im Horoskop steht, aber ich habe mir gerade neulich gedacht, dass ich mir vielleicht mal eine Hose kaufen könnte.« Alma sah Margit vorsichtig an.

»Eine Hose?«, erwiderte Margit verblüfft.

»Ich habe noch nie eine Hose besessen, aber viele alte Frauen tragen ja inzwischen welche. Das scheint bequem zu sein.«

»Man braucht keine Nylonstrumpfhosen, das habe ich mir auch schon mal gedacht«, meinte Margit eifrig. »Man kann stattdessen Socken tragen, und die halten länger.«

»Sollen wir nicht morgen zu Eckerlund gehen und Hosen anprobieren? Falls uns nichts passt, können wir ja stattdessen einen Rock nehmen.«

»Das machen wir!« Es hatte den Anschein, als wäre Margits Fröhlichkeit zurückgekehrt. »Am Mittwoch findet doch der Computerkurs zum letzten Mal statt. Da wäre es nett, wenn wir was Neues anzuziehen hätten.«

»George hat fast jedes Mal ein anderes Jackett und ein anderes Hemd an, da können wir uns doch auch ausnahmsweise einmal etwas Neues gönnen.«

Plötzlich waren sie richtig ausgelassen. »Was steht denn in deinem Horoskop, Alma?«

Alma las es erst leise und dann laut: »›Man versucht sich bei Ihnen einzuschmeicheln. Nehmen Sie sich vor Falschheit in Acht.‹«

»Was glaubst du? Ist damit Ulla Ström gemeint?«

»Es klingt fast so. Hör mal: ›Vertrauen Sie Ihren eigenen Ideen.‹«

»Was hast du für Ideen?« Margit sah Alma durchdringend an.

»Ich weiß nicht ... Bei mir steht nichts über Liebe.« Alma klang enttäuscht. »Vielleicht findest ja nur du mit dieser Anzeige einen Mann.«

»Was du immer redest. Ich glaube nicht an Horoskope, aber ich finde trotzdem, dass wir uns Hosen kaufen sollten.«

»Am Samstag erscheint die Anzeige in der Zeitung. Hoffentlich schreiben sie nicht unseren Namen drunter.«

»Du hast doch gehört, was die Frau gesagt hat. Das tun sie nicht.«

Bevor sie zu Bett gingen, stand Alma wie immer am Fenster und schaute in die Dunkelheit hinaus.

»Da haben sie gestanden, Margit, und sich geküsst.« Fast hatte es den Anschein, als hoffte sie, das Schauspiel würde sich wiederholen. Nach einer Weile zog Alma das Rollo herunter. Nachdem sie das Licht gelöscht hatten, fragte sie: »Hast du eigentlich noch deine eigenen Zähne, Margit?«

»Wessen Zähne sollte ich sonst haben?«

»Ich meine nur, ob sie fest im Mund sitzen oder ob du eine Proteste hast.«

»Eine Prothese«, korrigierte sie Margit.

»Tatsächlich?«, sagte Alma erstaunt. »Du legst aber abends nie was in ein Wasserglas.«

»Ich meine nur, dass es Prothese heißt und nicht Proteste.« Es wurde einen Augenblick still, dann fuhr Margit fort: »Ich habe noch meine eigenen Zähne, und das ist gut so. Ein paar Goldzähne habe ich natürlich, aber die sitzen fest.«

»Meine sitzen auch fest«, sagte Alma stolz.

Plötzlich begann Margit zu kichern.

»Was ist?« Alma machte Licht und stützte sich auf den Ellbogen.

Margit richtete sich ebenfalls auf und sah Alma an.

»Weißt du, was Christer einmal gesagt hat, als er noch klein war?« Jetzt lachte Margit laut und lehnte sich in ihr Kissen zurück.

»Was hat er gesagt?«

»Also ... das ist wirklich zu lustig.« Margit musste sich sehr zusammennehmen, um weitererzählen zu können. »Also, er hat gesagt: ›Hast du da oben alle Zähne, Oma?‹ Ich bejahte, und da hat er geantwortet: ›Dann musst du ja fürchterlich aussehen.‹«

Alma sah sie ernst und mit großen Augen an. »Was hat er denn damit gemeint?« Sie hatte die Pointe nicht verstanden.

»Also, ich habe gesagt, dass ich alle Zähne da oben habe. Das heißt ja, ich hätte unten keine ...«

»Ach so«, erwiderte Alma immer noch etwas ratlos. Dann beendete sie die Unterhaltung, indem sie sagte: »Wir sollten vielleicht schlafen, schließlich haben wir morgen einiges zu erledigen.«

Margit bekam auf einmal wieder Magenschmerzen. Warum war Alma nur so geheimniskrämerisch? Sie machten die Lampen aus, aber nach einer Weile musste auch Alma lachen.

»Alle Zähne da oben, dann hättest du ja unten keine.«

Margit lag im Dunkeln und lächelte.

Am Morgen ihres Shopping-Ausflugs waren sie sehr erwartungsvoll.

»Was, glaubst du, kostet so eine Hose?« Alma schaute in ihr Portemonnaie.

»99,90 Kronen«, antwortete Margit.

»99,90?«

»Die Preise in den Geschäften sind immer so komisch. 9,90 und 99,90. Das soll so klingen, als wäre es billiger.«

»Ich glaube, sie kosten mehr.«

»Anschauen kostet nichts«, meinte Margit.

»Nein, das stimmt. Meinst du, das geht mit meinem Bein?«

»Wieso?«

»Mein linkes Bein ist doch kürzer, dann wird das linke Hosenbein länger.«

»Glaubst du?« Margit schien sich ebenfalls unschlüssig zu sein. »Das können die sicher beheben.«

»Man kann doch wohl schlecht eine neue Hose abschneiden.« Alma schien fast beleidigt zu sein.

»Ach was, das ist sicher kein Problem, Alma«, sagte Margit tröstend.

Gleich nach dem Frühstück spazierten die beiden Damen in Richtung Zentrum. Vor dem großen Konfektionsgeschäft Eckerlund beschlichen Margit Zweifel.

»Trauen wir uns wirklich, da drinnen nach Hosen zu fragen?«

Alma antwortete nicht, sondern zog Margit am Ärmel und öffnete die Tür.

Die Damenabteilung lag ein paar Treppenstufen erhöht. Was für Unmengen an Kleidern da hingen! Überall standen Kleiderständer, und an den Wänden waren Regale und meterweise Kleiderstangen angebracht. Sie blieben stehen und versuchten sich zu orientieren. Außer ihnen waren noch viele andere Kunden im Geschäft, die das Angebot begutachteten.

»Womit kann ich Ihnen helfen?«, fragte eine freundliche Verkäuferin.

»Ich suche eine Hose«, sagte Margit.

»Ich auch«, warf Alma rasch ein.

»Darf es etwas Bestimmtes sein?«

»Wir haben noch nie Hosen getragen«, sagte Alma. Margit stieß sie in die Seite.

»Schwebt Ihnen eine bestimmte Farbe vor?« Die Verkäuferin ging auf den Ständer mit den Hosen zu.

Die Damen folgten ihr auf den Fersen, die Handtaschen über den Unterarm gehängt. Alma fiel auf, dass die Verkäuferin groß und schlank war. Sie trug eine karierte Hose und dazu ein schickes Jäckchen. Nein, auf etwas Großkariertes hatte Alma keine Lust, das konnten die Jungen und Schlanken tragen.

»Welche Farbe willst du, Alma?«

»Darüber habe ich noch gar nicht nachgedacht, aber Blau ist doch ganz schön ... Aber wenn du eine blaue willst, Margit, dann kann ich auch eine andere Farbe nehmen, wir müssen schließlich nicht dieselbe Farbe tragen.«

»Ich könnte mir eine Hose in Beige vorstellen oder in Braun«, sagte Margit.

»Welche Größe haben Sie?« Die Verkäuferin nahm sie genauer in Augenschein.

»Wenn es dieselbe Größe ist wie bei Röcken und Kleidern, dann habe ich Größe vierzig«, meinte Margit.

»Ich brauche eine oder zwei Nummern größer«, sagte Alma verlegen. »Zweiundvierzig oder vierundvierzig. Und hinken tue ich auch.«

Die Verkäuferin sah sie verwundert an, erwiderte aber nichts.

»Im Sommer haben wir keine dunkelbraunen Hosen, aber diese hier sind braun-beige meliert.« Sie hielt eine Hose hoch, die Margit genau betrachtete.

»Ja, die sieht wirklich wunderbar aus«, erwiderte Margit, »aber Gürtel brauche ich keinen.« Sie deutete auf den Gürtel an der Hose.

»Der gehört dazu. Der ist im Preis drin.«

Margit runzelte die Stirn. Im Preis drin? Man bekam doch wohl nichts gratis? Den werde ich auch bezahlen müssen, dachte sie misstrauisch. Aber schön war die Hose, und einen braunen Gürtel besaß sie natürlich auch nicht.

»Probieren Sie sie doch mal an, dann sehen wir, ob die Größe passt.«

Die Verkäuferin deutete auf eine freie Umkleidekabine, und Margit verschwand hinter dem Vorhang.

»Und hier hätten wir eine dunkelblaue Hose. Sie ist aus

einem besonders dünnen Stoff, der jetzt im Sommer sehr angenehm ist ... Und außerdem ist sie pflegeleicht«, meinte die Verkäuferin. Alma nahm die Hose und hinkte in die Umkleidekabine neben Margit.

»Passt dir die Hose, Margit?«, flüsterte Alma und versuchte sich durch den Spalt unten am Boden bemerkbar zu machen.

»Was hast du gesagt?«

»Ich habe gefragt, ob dir die Hose passt«, sagte Alma und zog stöhnend die Hose unter ihrem Rock hoch.

»Sie ist in der Taille zu eng«, sagte Margit.

»Zu eng?« Die Verkäuferin zog sofort den Vorhang beiseite. »Soll ich sie Ihnen eine Nummer größer bringen? Kommen Sie, dann können Sie in einen größeren Spiegel schauen.« Margit trat vorsichtig vor die Kabine.

»Die sitzt doch wie angegossen. Größer würde ich sie nicht nehmen.« Die Verkäuferin steckte einen Finger in den Bund, um es zu demonstrieren.

»Oder sitzt die Hose vielleicht zu hoch oben?« Margit wirkte verlegen. Sie wollte keine lästige Kundin sein.

In diesem Augenblick trat Alma aus der Umkleidekabine. Die Hosenbeine waren viel zu lang. Sie hatte den Rock über der Hose anbehalten. Die Verkäuferin schlug ihr vor, ihn anzuheben, damit man besser sehen konnte, ob sie passte.

»Etwas lang, aber wir können die Hosenbeine kürzen«, meinte die Verkäuferin optimistisch. »Wir führen auch Kurzgrößen, bei denen sind die Beine etwas kürzer.« Die Verkäuferin holte eine weitere Hose, deren Farbe eher Kornblumenblau war. Alma verschwand wieder in der Umkleidekabine.

»Wunderbar!«, rief die Verkäuferin fröhlich, als Alma wieder aus der Kabine trat.

Alma betrachtete sich in dem großen Spiegel und hielt dabei ihren karierten Rock hoch.

»Ein Gummizug in der Taille ist gar nicht schlecht«, meinte sie.

»Gummizug!« Margit strahlte. »Das sieht wirklich bequem aus«, meinte sie und betrachtete Almas Hose.

»Aber dafür gibt es keine Taschen«, bemängelte Alma und fuhr mit den Händen über die Oberschenkel. »Ich habe immer Taschen in meinen Röcken und Kleidern. Irgendwo muss man schließlich seine Taschentücher lassen.«

»Wir führen auch hübsche Sommerstrickjacken aus Baumwolle. Die haben Taschen, und zwar richtig große«, meinte die Verkäuferin und hielt eine Jacke in die Höhe. »Dann brauchen Sie nur noch ein Top oder eine Bluse, und Sie sind perfekt ausgestattet.«

Vorsichtig betastete Alma die Jacke.

»Gibt es für mich auch eine Hose mit Gummizug?«, fragte Margit.

Wenig später standen die beiden Damen mit Gummizughosen an der Kasse: Almas war kornblumenblau und Margits hellbeige. Außerdem hatten sie jede noch eine Strickjacke mitgenommen: Margit eine in Blau und Alma eine in Beige. Als sie den Preis der Blusen gesehen hatten, waren sie rasch zu dem Schluss gekommen, dass sie schon genügend Blusen besaßen.

Almas linkes Hosenbein musste gekürzt werden. Die freundliche Verkäuferin versprach, dass die Hose bis zum nächsten Mittwoch fertig wäre, wenn der Abschluss des Seniorencomputerkurses sein würde.

»Wollen Sie die Bügel mitnehmen?«

»Gerne«, antworteten beide wie aus einem Munde.

»Meine Güte«, sagte Alma, als sie wieder in die Sonne traten. »Jetzt trägst du unten Beige und oben Blau, und bei mir ist es umgekehrt: oben Beige und unten Blau.«

»Ja, so kann es gehen«, entgegnete Margit und lachte.

Sie waren richtig stolz auf sich, als sie zurück zum Altenheim gingen.

»Wie gut, dass wir uns neue Kleider gekauft haben, Margit, und zwar nicht nur für den Abschluss des Computerkurses, sondern auch, falls jemand auf die Anzeige antwortet.«

Margit zuckte zusammen. So konkret hatte sie noch gar nicht darüber nachgedacht, dass sich tatsächlich jemand melden könnte. Sie konnten doch wohl kaum irgendwelche Kerle ins Altenheim mitbringen. Und zu fremden Männern nach Hause zu gehen kam ganz einfach nicht infrage. Darüber hatten sie sich schon unterhalten. Margit schob diese Gedanken beiseite. Vermutlich würden sie ohnehin keine Antworten bekommen. Schön wäre es natürlich schon.

Sie hatten vor dem Mittagessen noch etwas Zeit, sich auszuruhen. Kaum hatten sie den Kopf auf die Kissen gebettet, schliefen sie ein. Alma sagte allerdings noch: »Das war ziemlich teuer, Margit.«

»Das können wir uns aber auch mal gönnen«, entgegnete Margit im Brustton der Überzeugung.

»Eigentlich hätte die Gemeinde bezahlen müssen, gewissermaßen als Schmerzensgeld.«

Draußen im Park spielten Kinder, und ein paar Rentner fütterten die Enten. Die Blüten des Tulpenbaums hingen schwer an den Zweigen. Wie große weiße Glocken schwangen sie im Sommerwind hin und her. An diesem Morgen wurde mit dem Bau der Häuser in der Feriensiedlung begonnen.

Ulla Ström saß in ihrem Büro. Vor ihr lag der Urlaubsplan ihrer Angestellten. Mit verärgerter Miene machte sie Kreuze in verschiedenen Feldern, radierte sie wieder aus und machte neue. Dann schob sie das Blatt beiseite, erhob sich, zog ihren engen Rock zurecht und trat auf den Korridor.

Vor dem Speisesaal herrschte bereits Gedränge. Die Heimbewohner warteten darauf, dass der Gong ertönte, um zu den Tischen zu stürmen und das Essen in sich reinzuschlingen. Mein Gott, würde sie auch mal so enden? Würde einmal das Essen das Einzige sein, worauf sie sich freuen konnte, und natürlich die Akkordeon- oder Chormusik am letzten Sonntag des Monats? Nein, Ulla Ström hatte ganz andere Pläne für ihren dritten Lebensabschnitt.

Bojan kam wie immer in vollem Tempo mit ihrem Rollator angelaufen. Sie blieb jedoch nicht vor dem Speisesaal stehen, sondern rannte mit quietschenden Rädern den Korridor weiter. Ihr Blick war hell und leuchtend, so als könne man direkt in ihre Seele schauen. Ihre verborgenen Räume standen offen, es gab weder Türen noch Vorhänge. Wer wollte, konnte Bojans Erinnerungsarchiv betreten und das finden, was sie selbst schon längst nicht mehr wusste.

11

Am folgenden Tag regnete es stark. Nach dem Frühstück beschloss Margit, ihrer Bekannten Ester einen Besuch abzustatten. Sie fragte Alma, ob sie mitkommen wolle, aber Alma sagte, sie habe vor, noch ein paar Reihen an ihren Topflappen weiterzuhäkeln. Margit wurde sofort misstrauisch. Sie vertraute Alma zwar, das war es nicht, aber ihre Freundin führte etwas im Schilde, das hatte sie im Gefühl.

Alma schaute Margit hinterher, die sich auf den Weg zu Esters Zimmer machte. Dann ging sie zum Büro der Heimleiterin und klopfte an. Ulla Ström öffnete sofort. Als sie Alma sah, presste sie grimmig die Lippen zusammen.

»Kann ich mich setzen?«, fragte Alma.

»Bitte schön«, erwiderte Ulla Ström, doch ihre Stimme klang alles andere als einladend. »Womit kann ich Ihnen helfen, Alma?«

»Es geht um das Foto und das Negativ. Sie hatten sich doch dafür interessiert, nicht wahr?«

Ulla Ström zögerte. Sie wollte sich keine Blöße geben, indem sie einräumte, sich nichts sehnlicher zu wünschen als das Foto und das Negativ.

»Wie meinen Sie das?«

»Ich könnte mir ein Tauschgeschäft vorstellen.«

»Ein Tauschgeschäft?«, sagte Ulla skeptisch.

»Für Sie und diesen Herrn von der Gemeindeverwaltung ist es ja wohl kaum von Vorteil, wenn die Öffentlichkeit erfährt, was hier im Heim passiert.«

Normalerweise hätte Ulla Ström alles abgestritten, aber sie wusste, dass sie durch den Beweis in Form eines Fotos ins Hintertreffen geraten war.

»Und was soll ich Ihnen im Tausch gegen das Foto Ihrer

Meinung nach anbieten?« Es war ihr anzumerken, dass ihr diese Frage nur mit Mühe über die Lippen kam.

»Die Gemeindeverwaltung hat Margit und mich aus unseren Häusern vertrieben, weil an dieser Stelle die Zufahrt für die Feriensiedlung gebaut werden soll.«

»Und was hat das mit dem Foto zu tun?«, wollte Ulla verärgert wissen.

»Für diese Zufahrt müsste doch auch eine andere Streckenführung möglich sein, oder?«

»Ich bin die Leiterin eines Seniorenheims und keine Bauplanerin.« Ulla Ström raufte sich nervös die Haare.

»Aber der Mann aus dem Lagerraum könnte sich für eine Änderung einsetzen.« Alma Nord saß in Erwartung einer Antwort aufrecht auf ihrem Stuhl, ohne mit dem Blick auszuweichen.

»Darüber müssen Sie schon mit ihm selbst sprechen.«

»Selbstverständlich. Ich kann ihn in der Gemeindeverwaltung aufsuchen oder vielleicht auch bei ihm zu Hause vorbeischauen, wenn ich Margits Sohn besuche, der ist schließlich sein Nachbar. Das ginge natürlich, aber schließlich hatten Sie ein gewisses Interesse an dem Foto bekundet.«

»Ich spreche mit ihm«, erwiderte Ulla Ström scharf. »War sonst noch etwas?«

»Nein, das war alles … zumindest für heute.«

Nachdem Alma das Büro verlassen hatte, blieb Ulla am Schreibtisch sitzen. Immer wieder streckte sie die Hand nach dem Telefonhörer aus, besann sich dann aber wieder eines Besseren. Sie musste die Angelegenheit mit Kjell unter vier Augen besprechen. Ihre letzten Gespräche lagen nun schon eine Weile zurück und waren immer etwas verquer gewesen. Außerdem fühlte sie sich verunsichert. Diese Alma war wirklich überall, und dass Margits Sohn Axel ausgerechnet neben Kjell wohnte, war auch alles andere als angenehm.

Tomelilla war ein kleiner Ort, in dem jeder sie kannte. Energisch griff sie nochmals nach dem Telefonhörer und wählte Kjells Nummer.

»Hier ist Ulla. Störe ich? Ach so. Ich kann mich kurz fassen. Wir müssen uns sehen. Nein, nicht deswegen ... Mach dich nicht lächerlich. Es ist ernst. Ich muss dich um etwas bitten. Nein, nicht am Telefon und auch nicht in Tomelilla. Können wir uns sehen? Dieses Mal bleibt dir nichts anderes übrig, Kjell. Um sechs bei der alten Ziegelei in Fyledalen.« Rasch legte sie auf.

Kjell saß kopfschüttelnd mit dem Hörer in der Hand da. Eine Strähne rutschte ihm in die Stirn. Sein schwerer Atem übertönte fast das Rauschen der Klimaanlage. Er drückte den Knopf des roten Bitte-nicht-stören-Lämpchens vor seiner Tür und lehnte sich in seinem Schreibtischstuhl zurück, allerdings nicht bequem, sondern steif wie ein Brett. Er stemmte seine Fersen gegen den Boden und saß da, als steckte in seinem Jackett noch der Kleiderbügel. Seinen sonst immer so langen Hals hatte er fast völlig eingezogen.

Im Zimmer der beiden Damen duftete es schwer nach Veilchenparfüm. Sie hatten am Vormittag bei Eckerlund Almas Hose abgeholt und beim Fotografen die Fotos. Jetzt saßen sie in ihren neuen Kleidern auf der Couch, frisch geduscht und parfümiert, und warteten darauf, dass es endlich vier wurde, um zum letzten Mal ihren Kurs zu besuchen.

Mehrfach hatte Alma in den großen Wandspiegel geschaut. Sie war zufrieden mit ihrem Spiegelbild. In ihren neuen Kleidern sah sie richtig jugendlich aus. Sie hatte etwas Pomade in die Haare gegeben, die jetzt glatt und glänzend auf ihrem Kopf lagen. In die großen Taschen ihrer neuen Jacken hatten sie sich beide ein Taschentuch gesteckt.

George pfiff anerkennend, als sie Punkt vier Uhr ins Computerzimmer traten. Sie lächelten ihn beide an.

»Der Kurs war richtig gut«, meinte Åke. »Sie hatten keinerlei Vorkenntnisse, und jetzt wissen Sie alles, was Sie für den Hausgebrauch benötigen. Viele ältere Menschen haben Angst vor Computern, aber Sie sind alle der Beweis dafür, dass Alter kein Hindernis zu sein braucht, wenn man etwas wagen und etwas lernen möchte.« Er erhob sich und ging zu seiner Aktentasche. »Hier!«, sagte er stolz. »Eine Urkunde gibt es auch. Die erhalten Sie, weil Sie an dem Kurs teilgenommen haben.«

Auf den Urkunden standen ihre Namen in zierlicher, hübscher Schrift. Åke hatte sie persönlich unterschrieben. Die Teilnehmer standen auf und gingen nach vorn, um ihre Urkunden in Empfang zu nehmen. Alma dachte nicht einmal an ihr zu kurzes Bein. Sie schwebte förmlich. Nachdem er die Urkunden ausgeteilt hatte, holte Åke den Servierwagen herein, der auf dem Korridor stand. Statt der Zimtschnecken gab es eine Prinzessinnentorte, mit Sahne gefüllt und grünem Marzipan überzogen und einer kleinen rosa Rose in der Mitte. Margit und Alma fanden es richtig feierlich – mit den neuen Kleidern, der Urkunde und zudem noch Torte.

»Wird es auch einen Kurs für Fortgeschrittene geben?«, fragte George.

»Vielleicht«, erwiderte Åke.

»Dann sind wir vermutlich schon in die neuen Seniorenwohnungen gezogen«, meinte Alma mit leichter Enttäuschung in der Stimme.

»Sie können doch trotzdem teilnehmen«, entgegnete Åke freundlich.

Ihnen würde der Kurs fehlen, darin waren sie sich alle einig, obwohl sie die Computer im Heim jederzeit benutzen konnten. Als sie in ihr Zimmer kamen, warf Alma wieder einen Blick in den Spiegel. Sie stellte fest, dass ihre Wangen eine gesunde Rötung aufwiesen, und die Glut in ihren Augen war fast so wie in jungen Jahren.

Sie legten ihre Urkunden auf die Nachttischchen und setzten sich aufs Sofa. Margit machte den Fernseher an, aber sie schauten beide nicht hin.

»Vielleicht sollten wir uns ja einen Computer zulegen«, sagte Alma plötzlich.

»Du spinnst doch.« Margit lachte.

»Es müssten ja nicht gleich zwei sein, wir könnten uns mit einem begnügen.«

»Das mag ja wirklich ganz nett sein, aber die kosten sicher eine Menge. Außerdem braucht man eine besondere Ausrüstung mit bestimmten Anschlüssen und so ... Aber wir könnten uns natürlich mal erkundigen. Ich kann Christer fragen, der kennt sich mit so was aus. Vielleicht könnte man ja einen gebrauchten kaufen.«

»Dann könnten wir in der Kontaktanzeige schreiben, dass wir uns mit Computern auskennen«, meinte Alma.

»Ach was, man sollte nicht angeben ... und *so* sattelfest sind wir schließlich auch nicht.«

An diesem Abend unterhielten sie sich ungewöhnlich lange. Sie fühlten sich geschmeichelt, weil George ihnen ein Kompliment über ihre neuen Kleider gemacht hatte. Immer wieder betrachteten sie ihre Urkunden. Als sie schließlich zu gähnen begannen, legten sie ihre Kleider ab und hängten sie sorgsam auf die neuen Bügel, die man ihnen mitgegeben hatte.

»Gute Nacht, Alma.«

»Dir auch eine gute Nacht.«

Sie löschten die Nachttischlampen, und eine Weile herrschte Stille.

»Man muss doch die Löschtaste drücken, wenn man einen Text entfernen will, den man geschrieben hat?«, ließ sich plötzlich Almas schläfrige Stimme vernehmen.

»Ich glaube schon, aber schlaf jetzt.«

Nachdem wieder einige Zeit vergangen war, machte Alma ihre Nachttischlampe wieder an und betrachtete die Urkunde ein weiteres Mal.

»Die Urkunde ist wirklich wunderschön, Margit, findest du nicht auch?«

Doch Margit schlief schon mit ruhigen und tiefen Atemzügen. Alma drückte auf einen der Knöpfe der Fernbedienung, woraufhin das Fußende des Bettes nach oben schnurrte. Es war ein anstrengender Tag gewesen, und sie hatte schwere Beine.

Ungeduldig schlug Kjell mit der flachen Hand aufs Lenkrad und schaute auf die Uhr. Fünf nach sechs. Er hatte nicht den ganzen Abend Zeit. Zu Eva-Britt hatte er gesagt, er müsse noch einmal kurz ins Büro, um etwas zu holen. Er fand es etwas beunruhigend, dass ihr das mittlerweile recht gleichgültig zu sein schien. Aber er musste Ulla unbedingt treffen. Sie hatte ziemlich nervös geklungen und aufgelegt, ehe er hatte protestieren können.

Endlich kam sie. Er beugte sich zur Seite und öffnete ihr die Beifahrertür.

»Ich habe es etwas eilig«, sagte er, noch ehe sie es sich bequem gemacht hatte.

»Ist dir eigentlich klar, was dieses Foto für Konsequenzen haben kann?«, fragte ihn Ulla ohne die geringste Wärme in der Stimme. Sie war kalt wie Wassereis, aber nicht so leicht verdaulich.

»Im Augenblick lässt sich da wohl nichts unternehmen. Wir können nur auf das Beste hoffen.«

»Mit Hoffen lässt sich das Problem wohl kaum lösen«, schnaubte Ulla.

»Bislang ist es doch noch kein Problem, oder?« Kjell versuchte, seine Stimme freundlich klingen zu lassen. »Hast du vielleicht einen besseren Vorschlag?«

»In der Tat«, erwiderte sie mit Nachdruck.

»Ich höre?« Kjell klang nicht sonderlich optimistisch.

»Du könntest versuchen, deine Parteifreunde zu beeinflussen.«

»Und zwar in welcher Hinsicht?«

Ulla schien erst einmal Anlauf nehmen zu müssen und schaute zu Boden, als sie fortfuhr: »Sie sollten die Zufahrt zur Feriensiedlung aufs Grundstück von Karlsson verlegen, dann müssen die Häuser der beiden Damen nicht abgerissen werden.«

»Das ist eine unmögliche Forderung, selbst dir müsste das klar sein.«

»Wo ein Wille ist, ist auch ein Weg. Willst du vielleicht, dass deine Nachbarn dieses Foto sehen?«

Ein kleiner schwarzer Fiat mit ausländischem Nummernschild und einem überladenen Dachgepäckträger hielt neben ihnen.

»Immer diese Polen«, fauchte Kjell.

»Aha, auf einmal! Waren das nicht Polen, die letzten Sommer euer Haus renoviert haben? Da war an ihnen nichts auszusetzen. Billig und schnell sind sie, hast du gesagt.« Plötzlich lachte Ulla, ein gekünsteltes, steifes Lachen. »Ich finde sie eigentlich ganz charmant. Sie arbeiten achtzehn Stunden ohne Pause, wohnen in einer Garage und brauchen nur gelegentlich etwas zu essen. Und dann diese winzigen Autos, in denen sie durch die Gegend fahren, winzige Krabbeltiere auf den Straßen ... und auf dem Dachgepäckträger Badewannen, Herde und alles andere, was wir loswerden wollen.«

»Ja, die bringen wirklich noch zwei Zimmer und Küche in einem kleinen Fiat unter«, meinte Kjell verächtlich und schaute den Mann finster an, der neben ihm geparkt hatte. »Aber wollten wir jetzt von Polen reden oder was?«

»Du hast damit angefangen. Ich habe nicht mehr viel zu sagen. Du weißt, was Sache ist, Kjell.«

»Was Sache ist! Du meinst also, ich soll dafür sorgen, dass die gesamte Planung für die Zufahrt zur Feriensiedlung geändert wird?«

»Jetzt klingst du wie ein richtiger Politiker. Genau das meine ich, und außerdem muss es schnell gehen.«

»Hör mal, die Baumaßnahmen haben bereits begonnen. Es ist vollkommen ausgeschlossen.«

»Na, dann gibt es nichts mehr zu besprechen.« Ulla stieg aus. Beschwichtigend beugte sich Kjell zu ihr hinüber.

»Ich werde sehen, was sich machen lässt. Können wir uns nicht mal wieder sehen, und zwar unter etwas angenehmeren Umständen?«, fragte er mit kläglicher Stimme.

»Darauf kann ich verzichten, solange diese Sache nicht aus der Welt ist.« Ulla knallte die Beifahrertür zu und stieg in ihren eigenen Wagen.

Kjell brauchte Luft. Er hatte das seltsame Gefühl, ersticken zu müssen, und atmete nur mühsam. Daher öffnete er die Tür und stieg aus. Die beiden Polen standen in einiger Entfernung und rauchten.

»Hallo«, sagten sie. »Heute schön Wetter, Luft heiß.« Sie lächelten übers ganze Gesicht, auch die Augen funkelten freundlich. Kjell sah sie finster an, hatte aber dann doch das Gefühl, etwas entgegnen zu müssen.

»Ja. Das Wetter ist wirklich super.«

»Superduper«, scherzte der Kleinere. »Alles superduper in Schweden.«

Kjell stieg rasch wieder ein, um die Unterhaltung nicht fortsetzen zu müssen. Ullas bedrohliche Worte hatten ihm Kopfschmerzen verursacht. Er hatte ihre widerborstige Art satt, es war jetzt allerdings kaum der richtige Augenblick, die Beziehung zu beenden. Kjell legte den falschen Gang ein, und das Auto machte einen Satz, um dann stehen zu bleiben. Der kleine Pole trat auf seinen Wagen zu und öffnete die Tür.

»Problem? Wir können helfen. Schieben.«

Kjells Kopf wackelte so stark hin und her, dass man meinen könnte, er werde gleich herabfallen. Er legte den richtigen Gang ein und fuhr rasch davon. Die Polen nickten ihm freundlich hinterher.

Eine enorme Müdigkeit überkam ihn. Er schien seine letzten Kräfte auf dem Parkplatz zurückgelassen zu haben. Als er in seiner Auffahrt parkte, sah er im Nachbargarten Axel stehen. Kjell blieb im Auto sitzen. Er hatte keine Lust, ihm zu begegnen. Wenn er jetzt etwas wusste? Diese Bemerkung über den Lagerraum ... Wenn Axel sie danach gefragt hatte? Erst als er Axel nicht mehr sehen konnte, stieg er aus und ging rasch ins Haus.

Alma und Margit hatten vorübergehend ihr Abonnement der »Ystads Allehanda« gekündigt, da es die Zeitung auch im Heim gab. Das Abonnement erlosch jedoch erst am Ende des Monats, weshalb sie vorläufig noch immer morgens die Zeitung hatten, in der sie blättern konnten.

Am Samstag standen sie besonders früh auf. Margit öffnete die Tür zum Gang und klappte den Deckel ihres Briefkastens hoch, der neben der Tür hing. Sie nahm beide Zeitungen heraus und reichte Alma die eine.

»Und wenn sie jetzt vergessen haben, die Anzeige zu veröffentlichen, Margit?«

Margit antwortete nicht, sondern blätterte die Zeitung rasch durch. Alma schaute ihr schwer atmend über die Schulter. Margit drückte die Zeitung an sich.

»Du hast eine eigene.«

Dann standen sie da. Margit hatte die Zeitung auf dem Bett aufgeschlagen, Alma auf dem Couchtisch.

»Da ist sie! Stell dir vor, dass wir uns das wirklich getraut haben!« Margit las laut vor, obwohl Alma dieselbe Seite aufgeschlagen hatte.

Sirile Gentlemänner gesucht. Wir sind zwei alleinstehende Damen, 81 und 79 Jahre alt, wovon die eine mit einer leichten Gehbehinderung. Und wir suchen beide einen Freund. Es wäre uns recht, wenn er in Tomelilla oder Umgebung wohnen würde und ein Auto hätte, damit er uns zur Obstblüte nach Kivik fahren kann. Kennwort: Letzter Versuch. Zuschriften unter Chiffre 2510.

Alma zuckte zusammen. »Was bedeutet ›Zuschriften unter Chiffre 2510‹?«

»Wir wollten die Antworten doch selbst bei der Zeitung abholen. Und was machen wir jetzt?« Margits Stimme klang kläglich. »Wir können nicht einmal anrufen, denn dort ist samstags geschlossen.« Die Freude, die sie bei Aufgabe der Anzeige empfunden hatten, wurde von einer nagenden Unruhe abgelöst. Margit fuhr mit ihren rissigen Fingernägeln über ihren Rock.

»Hör auf, Margit!«, fauchte Alma. »Du weißt, dass ich von diesem Geräusch eine Gänsehaut bekomme.«

Margit hörte sofort auf und faltete die Zeitung zusammen. Sie verbrachten sonst jeden Morgen sehr viel Zeit mit dem Lesen der Zeitung, aber an diesem Tag schien nichts zu sein wie sonst.

»Wir könnten Carina fragen. Sie weiß doch fast alles«, schlug Alma hoffnungsvoll vor.

»Meinst du, wir sollen ihr von der Anzeige erzählen?« Margit sah Alma verärgert an.

»Wir brauchen unsere Anzeige doch nicht zu erwähnen. Wir könnten doch ganz allgemein fragen. Zum Beispiel könnten wir sagen, dass wir manchmal diese Abkürzung in der Zeitung sehen und uns fragen, was sie bedeutet. Außerdem steht so was Ähnliches auch unter anderen Anzeigen.«

»Ach, wirklich? Dann frag meinetwegen Carina, aber vorsichtig.«

Alma schüttelte den Kopf. Das war typisch Margit. Sobald etwas schwierig wurde, zog sie den Kopf ein. So war es bei Eckerlund auch gewesen, als sie die Hosen gekauft hatten. Alma hatte sie hineinschleifen müssen, sonst hätte sie wieder kehrtgemacht. Zugleich war Alma aber auch ein wenig stolz. Denn eigentlich war ja Margit diejenige, die sich öfter unter Menschen bewegte: Sie hatte Verwandte und war es gewohnt, sich mit anderen zu unterhalten. Trotzdem schob sie oft Alma vor, wenn etwas erledigt werden musste, aber gerade deswegen hatte Alma Margit bei der »Ystads Allehanda« vorgeschickt. Es war nur gerecht, dass auch sie einmal etwas übernahm.

Nach dem Abendessen drehten sie eine kleine Runde durch den Korridor und setzten sich dann auf die schöne Sitzgruppe mit Aussicht auf den Park. Ester unterhielt sich mit Margit und Alma mit den Damen, die an ihrem Tisch im Speisesaal saßen. Irgendwann kamen Carina und Hanna vorbei, grüßten freundlich und verschwanden im Computerraum. Margit stieß Alma an, woraufhin diese ihr Gespräch beendete und den beiden Pflegerinnen folgte.

»Wollen Sie im Internet surfen?«, scherzte Carina.

»Nein, heute Abend nicht, aber es ist wirklich nett, dass Sie uns zu diesem Kurs überredet haben, Carina. Der hat richtig Spaß gemacht, und eine Urkunde haben wir auch bekommen.«

»Ich gratuliere. Ich wusste doch, dass Sie das schaffen.«

»Haben Sie schon irgendwelche Männer gefunden?«, fragte Alma. Sie schaute durch die offene Tür auf den Korridor und stellte fest, dass Margit interessiert zu ihnen herübersah, obwohl sie nichts verstehen konnte.

»Ich schon«, meinte Hanna.

»Sie hat wirklich einen wunderbaren Mann gefunden«, ergänzte Carina. »Aber es ist wie immer: Hat man mal einen interessanten Mann aufgetan, dann wohnt er in Gällivare oder auf Gotland.«

»Vielleicht kaufen Margit und ich uns zusammen einen Computer«, verkündete Alma rasch. »Allerdings erst, wenn wir hier ausziehen.«

»Wie nett.« Man hörte, dass Carina meinte, was sie sagte.

»Wir haben vor einer Weile eine Anzeige in einer Zeitung entdeckt. Unter der Anzeige stand: ›Zuschriften unter Chiffre 2510‹. Wissen Sie, was das bedeutet?« Alma hielt die Luft an und wartete auf die Antwort.

»Das steht immer unter diesen Chiffreanzeigen. Das bedeutet, dass die Interessenten ihre Antworten in einem verschlossenen Umschlag an die Zeitung schicken und auf den Umschlag diese Chiffrenummer schreiben. Bei der Zeitung werden die Antworten gesammelt und an den Inserenten der Anzeige weitergegeben«, fuhr Carina fort.

»Dann hatte ich ja recht«, schwindelte Alma. »Ich habe eben noch zu Margit gesagt, dass es etwas in der Art sein muss. Jetzt will ich aber nicht weiter stören.«

»Sie stören nie, Alma. Es ist immer nett, sich mit Ihnen zu unterhalten.«

Als Alma den Computerraum verließ, stieß sie auf dem Korridor mit der Heimleiterin zusammen.

»Hat sich das Problem gelöst? Oder soll ich mich selbst darum kümmern?«, fragte Alma kess.

Margit schaute unruhig zu ihnen herüber.

»Ich habe mit ihm gesprochen, doch das lässt sich nicht im Handumdrehen lösen.«

»Die Zeit wird aber langsam knapp«, meinte Alma, ließ Ulla Ström stehen und ging zu den anderen zurück.

Margit hätte Alma gerne nach den Ergebnissen ihrer Gespräche mit Carina und Ulla Ström gefragt, musste jedoch damit warten, bis sie wieder auf ihrem Zimmer waren. Sie ärgerte sich ein wenig über Alma, die einfach nur dasaß und schmunzelte. Das war zwar ein gutes Zeichen, Margit wollte aber trotzdem alles genau wissen.

»Morgen gibt es Kohlsuppe«, meinte Ester.

»Und zum Nachtisch Fruchtcreme«, ergänzte eine magere Frau im Rollstuhl.

»Hier muss wirklich niemand hungern.« Margit lächelte.

Es war dieselbe Unterhaltung wie immer: Was es zum Essen gegeben hatte und was es geben würde. Alma hatte jedoch das Gefühl, ihr Leben sei trotzdem reicher geworden. Der Computerkurs, die Anzeige, die Spannung, mit der sie den eventuellen Antworten entgegenfieberten … und in nicht allzu ferner Zukunft der Umzug in die Seniorenwohnungen und vielleicht auch der Kauf eines eigenen Computers.

Es gab aber etwas, dem Alma mit noch größerer Spannung entgegensah, nämlich die Diskussionen mit der Heimleiterin. Almas Beweis lag sicher verwahrt unter ihrer Matratze. Sie grinste. Es gab so einiges, worüber sie sich freuen konnte. Sie beschloss, alles in ihr Abendgebet aufzunehmen.

Nachdem Ester und die Dame im Rollstuhl ihnen eine gute Nacht gewünscht hatten, zogen sich Alma und Margit in ihr Zimmer zurück.

»Was hat Carina gesagt?«, fragte Margit, noch ehe Alma die Tür geschlossen hatte.

»Chiffre 2510 bedeutet, dass die Antworten auf die Anzeige unter dieser Nummer bei der Zeitung gesammelt werden, wo wir sie dann abholen können,« sagte Alma stolz.

Sie bot Margit einen sauren Drops an, und ihre Stimmung wurde plötzlich ausgelassen.

»Glaubst du, es lohnt sich, schon am Montag nach Antworten zu fragen?«

»Du spinnst ja«, antwortete Alma. »Die Anzeige ist doch erst heute erschienen. Niemand kann so rasch antworten.«

»Nein, das versteht sich. Und es wirkt vielleicht auch etwas übereifrig, wenn wir bereits Montag früh vor der Tür stehen.« Margit kicherte.

»Was die Männer wohl schreiben werden? Ich meine, falls wir überhaupt irgendwelche Antworten erhalten?«

»Sie werden kaum mit irgendwelchen Liebesbriefen anfangen.«

»Dazu wird es auch später nicht kommen. Dafür sind wir zu alt. Schließlich sind wir auch nur auf der Suche nach einem Freund«, erwiderte Alma selbstsicher.

»Ich habe irgendwo von einem Vierundachtzigjährigen gelesen, der noch geheiratet hat«, erzählte Margit strahlend.

»Und seine Frau, war die auch über achtzig?«

»Nein, die war erst vierundzwanzig.«

»Dann ging es sicher ums Geld, Margit. Aber so viel ist sicher, auch alte Männer haben noch ein Glockenspiel zwischen den Beinen baumeln.« Alma lachte.

»Worüber hast du eigentlich mit der Heimleiterin gesprochen?«, wollte Margit wissen und wurde plötzlich wieder ernst.

»Nur über Belanglosigkeiten«, schwindelte Alma, doch sie merkte, dass Margit ihr nicht glaubte.

Dann sahen sie eine Weile lang fern, und wie immer kommentierten sie alles, was sie sahen und hörten.

»Wollen wir einen kleinen Spaziergang unternehmen?«, schlug Alma vor. »Es ist so ein schöner Sommerabend. Wir brauchen noch etwas frische Luft, bevor wir ins Bett gehen.«

»Bist du übergeschnappt? Es ist fast dunkel ... aber zu zweit ist es vielleicht nicht weiter gefährlich.«

Sie zogen ihre Popelinemäntel an und begaben sich ins Freie.

»Sollen wir quer durch den Park gehen und dann um den ganzen Block?«, fragte Alma, als sie hinter dem Gebäude entlanggingen. »Die Luft ist so angenehm.«

»Trauen wir uns das?«, fragte Margit besorgt.

»Uns tut schon niemand was. Tomelilla ist klein, und es sind noch viele Leute unterwegs.«

Zögernd folgte Margit ihrer Freundin in den Park. Sie blieben eine Weile am Teich bei den Enten stehen, obwohl diese in der Dunkelheit kaum zu erkennen waren. Es war vollkommen still, und sie unterhielten sich nicht, sondern gingen, die Handtaschen unter den Arm geklemmt, nebeneinanderher. Plötzlich zerriss die Stille: Ein paar Jugendliche rasten auf ihren Mopeds die Wege entlang.

»Was habe ich gesagt?«, meinte Margit und hielt krampfhaft ihre Tasche fest. Alma trat mit dem linken Bein stärker auf, wie immer, wenn sie aufgeregt war. Plötzlich sahen sie die jungen Leute auf ihren Mopeds vor sich.

»Hinkebein beim Abendspaziergang! Sind Sie mit Ihrem Fuß zu Hause in die Wäschemangel geraten?« Die Mopeds kamen abrupt zum Stillstand. Die jungen Männer sahen sie höhnisch an.

»Sind Sie etwa so zur Welt gekommen?«, fragte ein anderer, der eine Lederjacke trug und Ringe in den Augenbrauen hatte.

Alma holte tief Luft. »Keineswegs«, sagte sie dann mit so barscher Stimme wie möglich. »Man hat mir bei der Französischen Revolution den halben Fuß abgeschossen.«

Margit zog sie entsetzt am Arm.

»Was Sie nicht sagen!«, erwiderte der junge Mann erstaunt und schien plötzlich ganz beeindruckt zu sein.

»Waren Sie da dabei?«, meinte ein anderer und stellte den Motor ab.

»Klar. Ich habe in einem Feldlazarett gearbeitet. Es ist ihnen jedoch nicht gelungen, alle Kugeln aus dem Fuß zu entfernen, deshalb tut es beim Auftreten immer noch etwas weh.«

»Haben Sie Kugeln im Fuß stecken?« Einer der Jungen ließ seinen Mund so weit offen stehen, dass das Silberkügelchen, mit dem seine Zunge gepierct war, funkelte.

Die Jugendlichen sahen sich erstaunt an. Dann verabschiedeten sie sich freundlich mit einem »Na, denn tschüss« und fuhren langsam mit ihren Mopeds davon.

»Aber Alma!« Margit schnappte entsetzt nach Luft. »Wie kannst du es wagen?«

»Was wäre uns denn anderes übrig geblieben?«

Margit schämte sich etwas, dass sie sich an dem Wortwechsel nicht beteiligt hatte. Sie sah Alma an, und trotz der Dunkelheit konnte Alma Bewunderung und Erstaunen in ihren Zügen ausmachen.

»Nun denn.« Alma strich ihren Mantel glatt, und sie setzten ihren Weg durch den Park und von dort in das Wohnviertel auf der anderen Seite fort. Im Licht der Straßenlaternen hielten sie ihre Handtaschen wieder etwas lockerer. Nachdem sie um den Block gegangen waren, sahen sie die Mopedbande wieder auf dem Parkplatz des Altenheims. Die jungen Männer winkten ihnen fröhlich zu, und Alma hielt ihren Kopf noch höher und winkte zurück.

Als sie wieder auf ihrem Zimmer waren, zogen sie sich sofort aus und legten sich ins Bett. Im Dunkeln faltete Alma die Hände und dankte Gott für alles, was sie sich im Laufe des Tages zu diesem Zweck gemerkt hatte. Sie nutzte auch die Gelegenheit, ihm dafür zu danken, dass sie den Vorfall im Park gemeistert hatte.

»Fehlt es dir nicht, dir abends noch eine Tasse Kaffee kochen zu können?«, flüsterte Margit.

»Sei still!«

»Was ist, Alma?«

»Sei still, ich spreche gerade mein Abendgebet.«

Nach einer Weile flüsterte Margit: »Bist du fertig?«

»Amen«, sagte Alma laut. »Doch, mir fehlt der Kaffee auch ... Wie wenig die Kinder doch heutzutage in der Schule lernen«, fuhr sie fort. »Ich hätte behaupten können, Dienstmädchen bei Napoleon gewesen zu sein, das hätten sie vermutlich auch geglaubt. War die Frau, die diesen alten Mann geheiratet hat, wirklich erst vierundzwanzig?«

»Ja, ich habe es selbst gelesen, Alma.«

»Unglaublich. Es gibt wirklich die seltsamsten Dinge. Gute Nacht.«

»Gute Nacht? Spürst du die Kugeln im Liegen etwa nicht?« Margit kicherte.

»Meine Hühneraugen tun mir etwas weh, aber die Kugeln spüre ich nicht.« Auch Alma musste kichern.

Ihr fiel auf, dass sie zum ersten Mal vergessen hatten, das Rollo herabzuziehen, aber sie war so müde, dass sie sich nicht weiter darum kümmerte. Die Laternen bei der Warenannahme verbreiteten einen milden Schein im Zimmer, und Alma schlief mit einem zufriedenen Lächeln auf den Lippen ein.

»Französische Revolution!« Margit lächelte, dann schloss sie ebenfalls die Augen.

12

Die Mitglieder des Gemeinderats standen im Konferenzraum in kleinen Grüppchen beisammen und unterhielten sich. Die meisten waren Männer, die ein funkelndes Parteiabzeichen am Revers trugen. Die Mineralwasserflaschen standen wie Kegel auf einer Kegelbahn auf den Tischen, und erst als der Vorsitzende mit einem Hämmerchen auf den Tisch schlug, lösten sich die Gruppen auf, und alle nahmen Platz.

Einige der Mitglieder öffneten erst jetzt den Umschlag mit der Tagesordnung und den Unterlagen, andere nahmen Papiere aus ihren Aktentaschen, denen anzusehen war, dass sie eifrig studiert worden waren. Viele hatten sich Notizen gemacht und Stichworte vorbereitet. Die Gemeinderatsmitglieder, die derselben Partei angehörten, pflegten ihre Strategie vorher abzusprechen, aber es gab ein paar Parteilose, die es als ihre Hauptaufgabe betrachteten, zu allen Vorschlägen und Strategien Nein zu sagen.

Kjell Johansson wirkte nervös. Fieberhaft blätterte er in seinen Unterlagen, unterstrich etwas und lockerte dann seinen Schlips, als meine er, ersticken zu müssen.

»Willkommen«, sagte der Vorsitzende, eine imposante Erscheinung in kariertem Jackett mit Wildlederapplikation an den Ellbogen. »Die Unterlagen für die heutige Sitzung sind allen zugegangen, und die Sitzung war auch, wie es sich gehört, in der Zeitung angekündigt. Ist diese Sitzung also vorschriftsmäßig einberufen worden?« Nach einem vielstimmigen Ja aus dem Saal schlug er erneut mit seinem Hammer auf den Tisch.

Alles nahm seinen normalen Verlauf. Die Anwesenden wirkten recht desinteressiert. Ein Mann von der »Ystads Allehanda« saß zusammen mit einem Fotografen auf den

Zuhörerplätzen. Das meiste waren Routineangelegenheiten. Ein Bürgervorschlag wurde verlesen und abgelehnt. Als der Vorsitzende die allgemeine Diskussion eröffnete, hob Kjell die Hand.

»Ja, Kjell Johansson, bitte«, sagte der Vorsitzende. Er hatte bereits begonnen, seine Papiere wegzupacken. Die anderen Mitglieder des Gemeinderats lehnten sich ebenfalls zurück und stopften ihre Unterlagen in ihre Mappen. Kjell erhob sich und ging zum Rednerpult.

»Verehrter Vorsitzender, sehr geehrte Damen und Herren.« Er räusperte sich und fuhr sich mit einem Finger durch den Hemdkragen. »Ich bin von Bürgern unserer Gemeinde hinsichtlich der Zufahrt zur neuen Feriensiedlung angesprochen worden. Manch einer hält diese Zufahrt für regelrecht lebensgefährlich, was die Verkehrssicherheit betrifft.« Im Saal wurde es vollkommen still. Alle Blicke waren auf Kjell gerichtet. »Ich glaube, es wäre klüger gewesen, die neue Straße über das Grundstück von Algot Karlsson verlaufen zu lassen.«

Heftiges Gemurmel hob an, und der Vorsitzende musste ein paarmal mit seinem Hämmerchen auf den Tisch hauen, um die Ordnung im Saal wiederherzustellen.

»Das ist aber eine Überraschung, das muss ich sagen«, meinte er mit leicht ironischer Stimme. »Diese Alternative haben wir doch bereits diskutiert. Wenn ich mich recht entsinne, dann haben Sie, Johansson, und Ihre Parteikollegen … Kolleginnen, um genau zu sein«, korrigierte er sich rasch, »sich für die andere Alternative eingesetzt, mit der noch dazu bereits begonnen worden ist.«

»Über den Sicherheitsaspekt haben wir damals aber nicht gesprochen«, meinte Kjell verlegen.

Ursula Wendt von der Volkspartei, eine wuchtige Dame mit aufgeregt hochrotem Gesicht, begehrte das Wort: »Was soll das für ein Sicherheitsaspekt sein? Beide Zufahrten führen auf die Reichsstraße 19, und dort ist überall freie

Sicht. Von Bornholm bis Malmö«, fügte sie noch hinzu, um zu unterstreichen, wie absurd Kjells Behauptung war. Allgemeine Heiterkeit breitete sich im Saal aus. »Jetzt sind wir aber gespannt! Können Sie uns eine plausible Begründung liefern?«

Hektisch blätterte Kjell in seinen Papieren, um den Zettel mit den Argumenten zu finden, die er sich zurechtgelegt hatte. Dann bat er erneut um das Wort.

»Bei der gegenwärtigen Ausfahrt stehen ein paar Büsche, die die Sicht behindern können«, meinte er.

»Ein paar Büsche. Meine Güte!«, rief einer der Delegierten, ohne dass er sich erst das Wort hätte erteilen lassen.

Der Vorsitzende knallte den Hammer auf den Tisch. »Ruhe bitte, so, und jetzt haben Sie das Wort.«

»Ich sagte: ein paar Büsche. Brauchen wir eine völlig neue Planung, weil ein paar Büsche im Weg stehen? Dann sägen wir sie halt um. Außerdem behindern die gar nicht die Sicht, die stehen viel zu weit hinten auf der Wiese und stellen wirklich keine Gefährdung des Verkehrs dar.«

»Es ist meine Schuldigkeit, die Ansichten der Bürger dieser Gemeinde hier zu Gehör zu bringen«, sagte Kjell. Seine Stimme klang plötzlich etwas sicherer.

Der Vorsitzende bedeutete dem Bauingenieur Kent Filipsson, der der Sitzung beiwohnte, mit einem Kopfnicken, noch einmal den Verlauf der Sache vorzutragen.

»Der erste Vorschlag der Verwaltung legte nahe, die Zufahrt über das Grundstück von Algot Karlsson zu legen, da diese Alternative die billigste war. Aber da die Mehrheit der Politiker dem anderen Vorschlag zustimmte, wurde dieser schließlich angenommen. Die Kaufverträge sind zwar noch nicht unterschrieben, aber es sind bereits beachtliche Summen in die Detailplanung geflossen. Außerdem ist der Erwerb der beiden Liegenschaften an der Zufahrt beinahe abgeschlossen.« Kent Filipsson nahm wieder Platz, und Kjell begehrte erneut das Wort.

Auf dem Gang schoben die Raumpfleger ihre Mopps ergonomisch geschult mit ausholenden Bewegungen hin und her. Der Empfang war nicht besetzt, und im Konferenzraum stieg die Temperatur. Nach einer heftigen Debatte beschloss der Gemeinderat mit knapper Mehrheit, die Angelegenheit noch einmal zu diskutieren und dabei die neuen Argumente, die sich im Laufe des Abends ergeben hatten, zu berücksichtigen. Schließlich öffnete sich die Tür, und die Mitglieder des Gemeinderats traten auf den frisch geputzten Korridor.

»Wir brauchen stärkere Argumente, wenn wir wirklich eine Planungsänderung durchsetzen wollen.« Ursula Wendt fuchtelte mit dem Zeigefinger hin und her. »Wer steckt eigentlich dahinter, Johansson?«, fragte sie. »Das muss wirklich jemand mit Einfluss sein.«

Kjell schob sie barsch beiseite und eilte auf den Ausgang zu. Der Journalist und der Fotograf von der »Ystads Allehanda« bahnten sich routiniert einen Weg durch die Menge. Der Lokalreporter Lars Blom zog Kjell am Ärmel.

»Dürfte ich um einen Kommentar bitten?«

»Sie waren doch selbst bei der Sitzung dabei. Mehr habe ich dazu im Augenblick nicht zu sagen.«

Der Fotograf hob die Kamera, und es blitzte mehrmals.

»Sie sagten, Sie hätten noch weitere Argumente. Wäre es nicht besser gewesen, diese schon vorher darzulegen? Die Planung ist schließlich bereits im Gange. Das kann doch nur weitere Kosten für die Gemeinde verursachen.« Lars Blom holte Luft. »Worauf würden Sie denn verzichten, um Ihre Forderung durchzusetzen? Der Gemeindeetat ist bereits im Minus. Das sollte Ihnen bekannt sein.«

»Kein Kommentar«, wiederholte Kjell.

»Als Politiker ist es doch wohl Ihre Pflicht und Schuldigkeit, alle wichtigen Argumente offenzulegen!«

Mit raschen Schritten strebte Kjell seinem Wagen entgegen. Der Fotograf und Lars Blom folgten ihm. Zum letzten Mal blitzte es durch die Seitenscheibe, als Kjell bereits den Motor anließ.

Ursula Wendt war wirklich die Letzte, die sich aufs hohe Ross schwingen durfte. Kjell wusste, wie sie sich durch geschicktes Intrigieren einen aussichtsreichen Listenplatz bei der Volkspartei verschafft hatte. Sie gab auch immer damit an, wie sehr der Wert ihres Hauses gestiegen sei, seit der prominente Autor Oskar Wall und seine Frau Lotta, die in Stockholm ein bekanntes Restaurant betrieb, das Nachbarhaus gekauft hätten. Ursula Wendt könnte ebenso gut bei einem Klatschblatt arbeiten, dachte Kjell. Schließlich redet sie dauernd über die ganzen Promis, die nach Tomelilla ziehen und über die sie alles weiß.

13

Während Margit unter der Dusche stand, holte Alma die Zeitungen. Als sie die Schlagzeile und das Foto auf der ersten Seite sah, war sie verblüfft und froh zugleich. Erst dann bekam sie es mit der Angst zu tun. Was hatte sie da eigentlich angestellt? Plötzlich wurde ihr klar, dass sie für diese Schlagzeile verantwortlich war.

Alma nahm gar nicht erst auf dem Sofa Platz, sondern blieb mit aufgerissenen Augen und offenem Mund mitten im Zimmer stehen. *Was steckt hinter der überraschenden Kehrtwende des sozialdemokratischen Politikers Kjell Johansson hinsichtlich der umstrittenen Zufahrt zur Feriensiedlung?*

Sie wagte es kaum, den Artikel weiterzulesen. Nach jedem Satz legte sie eine lange Pause ein. Ihre Angst wurde immer größer. Offenbar war noch kein Beschluss gefasst worden, aber Kjell Johansson hatte die Frage wiederaufgegriffen und wollte dafür sorgen, dass die Zufahrt über Algot Karlssons Grundstück verlief statt über jenes von Alma und Margit. Mehrere Politiker hatten sich zu der Frage geäußert, und alle schien Kjells Vorstoß zu erstaunen und zu verärgern. Alma ging zur Badezimmertür und klopfte vorsichtig.

»Margit«, sagte sie halblaut. »Es steht was über Kjell Johansson in der Zeitung.«

Margit zuckte so heftig zusammen, dass sie mit der Dusche den ganzen Badezimmerspiegel nass spritzte.

»Ich bin gleich fertig«, antwortete sie, ließ aber weiterhin das warme Wasser über ihren Körper strömen. Alma hatte doch wohl nicht etwa das Foto, nach dem die Heimleiterin auf der Jagd war, an die Zeitung geschickt? Sie musste sich endlich Klarheit über Almas Pläne verschaffen.

Margit nahm das Handtuch und wischte den Spiegel ab.

Dann zog sie den Morgenmantel über und ging ins Zimmer. Die Zeitung lag auf dem Tisch. Als sie das Foto von Kjell Johansson auf der Titelseite sah, gewann sie ihre Ruhe zurück. Das konnte ja nicht das Foto sein, auf das Ulla Ström aus war.

Alma fasste die Lage kurz zusammen. Dann besprachen sie, was es für Folgen haben würde, wenn Kjell seinen Vorschlag durchsetzte. Allerdings waren sie sich einig, dass dies unwahrscheinlich war. Aus dem Artikel ging hervor, dass bereits zu viel Geld investiert worden war, um noch irgendwelche dramatischen Veränderungen durchzuführen.

»Er scheint richtig Ärger zu bekommen, der gute Kjell«, stellte Margit fest.

Alma war nicht wohl in ihrer Haut. Sie hätte Margit schon lange von ihrem Plan erzählen sollen, hatte jedoch Angst, dass ihre Freundin sie davon abbringen wollte. Ein bisschen feige ist Margit schon, dachte Alma und sah sie missbilligend an. Aber die Sache ist nur in unserem Interesse.

»Was hast du gesagt, Alma?«

»Ach, nichts, warten wir mal ab.«

Alma war froh, dass sich die Heimleiterin beim Frühstück nicht blicken ließ. Niemand erwähnte den Artikel, stattdessen besprachen alle nur die Speisezettel der verschiedenen Altenheime und Schulen, die im Lokalteil abgedruckt waren. George scherzte wie immer auf seine höfliche Art. Die beiden kleinen Damen schwiegen und lächelten oder nickten zustimmend, wenn jemand etwas sagte.

Nach dem Frühstück wusch Alma eine ihrer Blusen im Waschbecken in ihrem Badezimmer aus. Erst hängte sie den Kleiderbügel mit der Bluse zum Trocknen über die Stange des Duschvorhangs, aber es tropfte so sehr, dass sie ihn stattdessen an einer Kette aufhängte, die sich über der Badewanne befand. Alma hatte sich schon oft gefragt, was diese Kette wohl für eine Funktion hatte. Sie eignete sich jedenfalls hervorragend, um daran Kleider zum Trocknen aufzuhängen.

In diesem Moment hörte sie hektische Schritte auf dem Korridor: Es klang fast so wie Pferde, die durchgingen. Dann waren Stimmen aus ihrem Zimmer zu vernehmen, die Tür zum Badezimmer wurde aufgerissen, und vor ihr standen die Heimleiterin, Schwester Siv mit einem Klistier in der Hand und eine weitere Angestellte. Sie sahen erstaunt aus.

»Alles in Ordnung?«, fragte die eine Schwester.

»Ich wasche nicht zum ersten Mal Wäsche ... Was soll der Aufstand?«

»Man darf den Alarm nur in Notsituationen betätigen«, sagte Ulla Ström scharf.

Margit verfolgte durch die Tür erstaunt das Schauspiel.

»Ich habe aber keinen Alarm betätigt«, erwiderte Alma entrüstet.

»Sie haben Ihre Bluse an der Alarmschnur über der Badewanne aufgehängt«, sagte die Heimleiterin.

Alma betrachtete ihre Bluse mit großen Augen. »Oh, das wusste ich nicht ... Ich meine, dass das der Alarm ist«, entschuldigte sie sich.

Schwester Siv lächelte sie an und meinte, es sei doch gut, dass nichts passiert sei. Ulla Ström warf Alma einen wütenden Blick zu, ehe das Trüppchen wieder verschwand.

»Da hat der Tag ja wirklich mit quietschenden Reifen angefangen«, meinte Margit und lachte.

»Alarm«, sagte Alma verächtlich. »Das könnten die einem schließlich vorher sagen. Angenommen, ich wäre in der Badewanne gestürzt: Es wäre mir nicht im Traum eingefallen, an dieser Schnur zu ziehen!«

Das folgende Wochenende war kein richtiges Wochenende. Es gab am Sonntag zwar Kalbsbraten mit Salzkartoffeln, aber die beiden Damen fühlten sich rastlos und keineswegs in Wochenendstimmung. Am Montag konnten rein theoretisch die ersten Antworten auf ihre Anzeige eintreffen, aber Margit hielt das für unwahrscheinlich. Sie hatten sich darauf geeinigt, bis zum Mittwoch zu warten, bevor sie zur »Ystads Allehanda« gingen.

Kjell saß in seinem Büro. Der Höhepunkt des Tages nahte, das vormittägliche Kaffeetrinken in der Cafeteria. An diesem Tag hatte er jedoch beschlossen, die Veranstaltung ausfallen zu lassen. Seit dieser verdammten Gemeinderatssitzung war er wiederholte Male belästigt worden, und zwar sowohl von Politikern als auch von Kommunalbeamten. Einige hatten eine Antwort auf die Frage gefordert, warum er seine Meinung in Bezug auf die Streckenführung der Zufahrtsstraße geändert habe. Freundlich hatte er sämtliche Nachfragen zurückgewiesen und war in seinem Büro verschwunden. Die sonst so furchtsame Eva-Britt hatte ebenfalls mit ihm geschimpft, nachdem sie den Artikel in der Zeitung gelesen hatte, und ihn einen Waschlappen genannt.

Kjell fühlte sich so einsam wie ein Gefangener in Isolationshaft. Er zog die unterste Schreibtischschublade heraus und griff zu seinem Blutdruckmessgerät. Dann drückte er den Knopf, der das Bitte-nicht-stören-Lämpchen zum Leuchten brachte, und krempelte seinen Ärmel hoch. Sicherheitshalber stand er aber doch noch auf, um zu prüfen, ob das rote Lämpchen auch wirklich brannte.

»Erwartest du Damenbesuch, weil du die rote Lampe anmachst?«, fragte Britten vom Empfang, die gerade mit einer Tasse Kaffee vorbeikam.

Kjell pflegte ihre Scherze sonst mit einer witzigen Bemerkung zu kontern, aber heute kehrte er schweigend in sein Büro zurück. Dort legte er sich die Blutdruckmanschette um den Oberarm und saß dann vollkommen reglos da. Er hatte regelrecht Angst davor, das Gerät in Gang zu setzen. Nach einer Weile schloss er jedoch die Augen und drückte auf Start. Das Gerät brummte, und die Manschette füllte sich langsam mit Luft. Es spannte, und er hatte das Gefühl, als würden seine Finger langsam taub. Als die Luft aus der Manschette entwich und der Messvorgang abgeschlossen war, wagte Kjell es noch immer nicht, auf das Display zu schauen.

Das Blutdruckmessgerät besaß er schon eine ganze Weile. Bei seinem letzten Arztbesuch hatte sich herausgestellt, dass er einen zu hohen Blutdruck hatte. Mittlerweile nahm er Tabletten und hatte es richtig mit der Angst zu tun bekommen. Ständig fühlte er sich den Puls und hatte das Gefühl, sein Blut würde so heftig durch den Körper strömen, dass es in seinen Ohren rauschte.

»Hypochonder«, hatte Eva-Britt gesagt. Sie hatte nur den Kopf geschüttelt, als er meinte, er wolle sich ein Blutdruckmessgerät kaufen. »Es wäre gesünder, wenn du das Geld in einen gemeinsamen Urlaub investieren würdest. Du arbeitest immer nur. Versuch dich zu entspannen, dann wird dein Blutdruck auch sicher wieder normal.«

Für einen Urlaub hatte er weder die Zeit noch das Geld, weshalb er dann doch das Blutdruckmessgerät kaufte. Er hatte sich nicht getraut, es mit nach Hause zu nehmen, und verwahrte es deswegen in einem Karton im Büro. Dort nahm er regelmäßige Messungen vor und trug die Zahlen in eine Excel-Datei in seinem Computer ein. Die jüngsten Ereignisse hatten in ihm die Befürchtung geweckt, sein Blutdruck könne angestiegen sein, daher hatte er beschlossen, ihn außer der Reihe zu messen. Sonst überprüfte er seinen Blutdruck nur am ersten Montag im Monat.

167 zu 98, las er schließlich auf dem Display ab, das war nicht gut. Eigentlich war das alles Ullas Schuld. Sie hatte ihn wegen des Fotos, das die Alte aufgenommen hatte, nervös gemacht. Erst wollte er Eva-Britt anrufen und sie fragen, ob sie der Ansicht sei, er solle zum Arzt gehen, aber dann würde sie fragen, woher er wisse, dass sein Blutdruck so hoch sei.

Die letzten Nächte hatte er schlaflos dagelegen und sich überlegt, welche stichhaltigen Argumente er vorbringen könne, um eine Änderung des Straßenverlaufs zu bewirken. Kjell kannte Algot Karlsson. Ein Geizkragen, der sicher noch seine alte Mutter verkauft hätte, wenn ihm nur jemand den richtigen Preis geboten hätte. Vielleicht sollte er aber trotzdem zu ihm rausfahren und sich mit ihm unterhalten. Damit es deswegen keine Schwierigkeiten gab.

Eine Weile hatte er überlegt, wie es wäre, wenn im Baugebiet irgendwelche archäologischen Funde auftauchen würden. Er hatte irgendwo gelesen, dass Bauvorhaben in dem Fall abgebrochen werden mussten. Kjell hatte erwogen, eine steinzeitliche Axt und ein paar alte Münzen, die ihm sein Großvater vererbt hatte, neben dem Weg zu vergraben. Er wusste jedoch auch, dass die Archäologen feststellen konnten, wie lange Gegenstände in der Erde gelegen hatten. Die Raritäten waren poliert und lagen zu Hause in der Vitrine. Zu guter Letzt hatte er den Plan verworfen.

Kjell schaute auf seine Armbanduhr, legte zwei Finger auf sein Handgelenk und fühlte seinen Puls. Dann öffnete er die Excel-Datei und trug die Werte in die Liste ein. Es kribbelte ihm in den Fingern, und seine Unruhe verwandelte sich in Panik. Er warf das Blutdruckmessgerät in die Schreibtischschublade, schaltete den Computer aus und ging mit raschen Schritten durch den Korridor.

»Ich mache Feierabend. Fühl mich nicht ganz wohl«, sagte er zu Britten, als er am Empfang vorbeiging.

»Stimmt«, erwiderte sie. »Du siehst richtig schlecht aus. Du bist total blass, Kjell. Trink einen Whisky und leg dich ins Bett.«

Brittens Äußerung munterte ihn nicht sonderlich auf. Sah er wirklich so krank aus? Draußen hielt er Ausschau nach seinem Auto. Es stand nicht auf seinem Parkplatz. Kjell verlor fast die Fassung. Er hatte den Wagen ganz hinten geparkt, da war er sich sicher. Mit den Augen suchte er die Reihe der Fahrzeuge ab, nur um festzustellen, dass sein Wagen nicht dort stand. Er zog sein Handy aus der Tasche und rief zu Hause bei Eva-Britt an und bat sie, ihn mit ihrem

Wagen abzuholen. Die Anzeige bei der Polizei konnte warten, er wollte nur noch nach Hause und ins Bett.

»Hallo, ich bin's«, sagte Kjell kläglich. »Mein Auto ist gestohlen worden, und ich bin krank. Kannst du mich nicht abholen? Was sagst du? Mit dem Fahrrad ... ach? Daran kann ich mich gar nicht erinnern.« Er stellte sein Handy ab und ging enttäuscht auf den Fahrradständer zu, schloss sein Fahrrad auf und radelte niedergeschlagen nach Hause.

Es war Mittwochmorgen, Margit stocherte in ihrem Frühstücksbrei. Die Unruhe erfüllte ihren ganzen Körper. Wenn sie jetzt bei der »Ystads Allehanda« alle eintreffenden Briefe lasen? Ob überhaupt irgendwelche Antworten eingegangen waren? Die Anzeige war sicher rausgeworfenes Geld gewesen. Nachdem Margit sich dazu gezwungen hatte, den letzten Löffel Brei auch noch zu essen, erhob sie sich.

»Ach, unsere Gesellschaft ist wohl nicht genehm«, scherzte George.

»Doch, natürlich«, erwiderte Margit verlegen. »Aber Alma und ich haben heute Vormittag etwas zu erledigen, und die Zeit wird knapp.«

»Ja, wir Rentner sind wirklich immer im Stress«, erwiderte George.

»Wie wahr, wie wahr«, sagte eine der kleinen Damen am Tisch, und die andere nickte zustimmend. Die Freundlichkeit der beiden nervte Margit gelegentlich. Wenn sie doch nur mal mit der Faust auf den Tisch hauen und sagen würden: »Nie im Leben, da sind wir ganz anderer Meinung.« Das wäre wirklich mal befreiend gewesen. Selbst wenn Margit gesagt hätte: »Ich hoffe, es gibt morgen Froschschenkel zum Essen. Das wäre lecker«, hätten die Damen bestimmt genickt und gesagt: »Ja, in der Tat.« Aber eigentlich konnte sie nichts sagen, denn es fiel ihr manchmal selbst schwer, ihre Ansichten zu vertreten. Einfach zu nicken und zuzustimmen war bequemer.

Alma erhob sich ebenfalls vom Frühstückstisch und folgte Margit aufs Zimmer.

»Heute brauchen wir keine Mäntel«, meinte Margit und schaute auf das Thermometer, das vor dem Fenster hing.

»Sollen wir unsere neuen Hosen und die Strickjacken anziehen?«, überlegte Alma.

»Ja, das ist eine gute Idee.« Margit nahm ihre Handtasche aus dem Kleiderschrank. »Sollen wir ein Einkaufsnetz mitnehmen?«

»Für die Briefe nicht, aber falls du noch etwas einkaufen willst …«

»Ich würde gern Obst kaufen, und außerdem brauche ich eine neue Zahnbürste.« Margit setzte sich auf die Bettkante und zog ihre neue Hose an.

Ehe sie gingen, schaute Alma noch in den Spiegel. Sie war mit ihrem Aussehen zufrieden, so viel war sicher.

Schweigend gingen sie durch Tomelilla. Margit hatte es eilig und musste sich regelrecht zusammennehmen, damit Alma mit ihr Schritt halten konnte. Trotz des schönen Wetters war auf dem Marktplatz nicht viel los. Einige durstige Seelen schwankten auf den staatlichen Alkoholverkauf Systembolaget zu, ein unausgeschlafener Hundebesitzer zog eine schwarze Plastiktüte aus der Jackentasche, um das Geschäft seines fetten Mopses aufzusammeln. Für Margit und Alma war dies jedoch kein gewöhnlicher Tag – das war auch aus ihren ernsten Mienen abzulesen, als sie die Lokalredaktion der »Ystads Allehanda« betraten. Die Dame hinter dem Tresen begrüßte sie wie alte Bekannte.

»Sie kommen wegen der Anzeige, nicht wahr? An wen gehen noch mal die Antworten?«

»Margit und Alma«, antwortete Margit. Alma stieß sie in die Seite.

»Chiffre 2510«, berichtigte sie Alma.

»Richtig«, erwiderte die Dame. Alma war etwas beunruhigt. Sie hatte doch wohl nicht etwa ihre Briefe gelesen?

»Sind irgendwelche Antworten eingetroffen?«, beeilte sich Margit zu fragen.

Die Dame suchte in einem Kasten und nahm dann drei Umschläge heraus. Margit und Alma hielten die Luft an.

»Nur drei Antworten, aber das ist immerhin besser als gar keine«, meinte die Dame.

»Wir brauchen nur je einen, es sollte also reichen«, erwiderte Alma fröhlich. Jetzt war es Margit, die sie in die Seite stieß. Alma konnte ihren Eifer kaum unterdrücken, als sie die Umschläge entgegennahm. Die Dame sah sie fragend an.

»Falls weitere Antworten kommen, soll ich Ihnen die nach Hause schicken?«, fragte sie.

»Wir holen sie persönlich ab«, antwortete Margit. »Wir gehen ohnehin öfter im Ort spazieren.«

Als sie wieder auf der Straße standen, stellte Alma fröhlich fest: »Die Briefe sind jedenfalls noch ungeöffnet. Das sehe ich. Drei Stück. Hör mal, Margit, da bleibt doch einer übrig.«

»Vielleicht sollten wir sie ja erst mal lesen und sehen, was das für Leute sind.«

Sie nahmen den kürzesten Weg zurück ins Altenheim. Als sie durch die große Glastür traten, fiel Margit etwas ein.

»Meine Güte, jetzt habe ich vergessen, eine Zahnbürste und Obst zu kaufen.«

Alma antwortete nicht. Sie wollte so schnell wie möglich aufs Zimmer. Plötzlich fiel ihr auf, dass sie die Umschläge nicht in ihre Handtasche gesteckt hatte, sondern immer noch in der Hand hielt. Gerade als sie in ihr Zimmer gehen wollten, kam die Heimleiterin vorbei. Sie sah besorgt aus.

»Was für ein herrliches Sommerwetter«, sagte Margit, da sie keinen Grund sah, gegen Ulla Ström einen Groll zu hegen. Ein freundliches Wort war nie fehl am Platz.

Alma setzte sich sofort in ihren Sessel und betrachtete die Briefe.

»Komm doch mit aufs Sofa, dann können wir sie zusammen anschauen«, schlug Margit vor.

Sie nahmen nebeneinander Platz, und Alma versuchte den ersten Umschlag mit dem Zeigefinger zu öffnen.

»Ich muss etwas zum Öffnen holen. Der Umschlag darf nicht kaputtgehen.« Alma ging ins Badezimmer und kehrte mit einer Nagelfeile zurück. Damit schlitzte sie vorsichtig den Umschlag auf. Gerade als sie den Brief herausziehen wollte, fiel ein kleines Foto heraus. Margit schnappte es sich.

»Holger Blad.« Sie stöhnte.

»Holger Blad aus Tryde, der früher mal bei Axel gearbeitet hat?«, fragte Alma entsetzt und riss das Foto an sich. »Hat uns Holger Blad geschrieben?«

»Sieht ganz so aus«, fauchte Margit. Es war ihr anzumerken, wie frustriert sie war.

»Das hätte ich nie von ihm gedacht«, meinte Alma herablassend.

»Wieso? Ist es etwa besser, eine Kontaktanzeige aufzugeben, als eine zu beantworten?«

»Nein, da hast du natürlich recht. Er ist Witwer und kann sich treffen, mit wem er will. Eigentlich ist er ganz nett, ein grundsolider Mann. Sollen wir ihm schreiben?« Alma starrte Margit an und wartete auf eine Antwort.

»Du spinnst wohl. Wie das aussehen würde ... Und was würden Axel und Greta denken? Nein, Gott behüte.«

»Aber eine Karte schicken und ihm für den Brief danken, das müssen wir doch.« Als Alma Margits Blick sah, verstand sie, dass auch das keine gute Idee war. »Gibt es hier in Tomelilla eigentlich noch mehr alte Frauen, die hinken?«, fragte Alma kläglich.

»Wieso hinken?«

»Das haben wir doch in der Anzeige geschrieben. Stell dir vor, wenn er sich ausgerechnet hat, dass wir das sind?« Alma betrachtete das Foto genauer. »Gut sieht er schon aus, Margit ...«

Dann lasen sie den Brief: »Ich bin Rentner, wohne in Tryde bei Tomelilla und bin seit sechs Jahren verwitwet. Ich fühle mich recht einsam, da meine Frau und ich keine Kinder haben. Es wäre nett, eine Frau kennenzulernen, mit der ich Ausflüge mit dem Auto unternehmen oder in Ystad am Meer spazieren gehen könnte.«

»Ja, das stimmt, Margit. Sie haben keine Kinder. Seine Frau Inez hatte viel Humor und war überhaupt sehr nett. Schade, dass sie gestorben ist. Was schreibt er noch?«

Alma las weiter vor: »Ich bin finanziell abgesichert und rauche und trinke nicht. Ich freue mich auf eine Antwort. Hochachtungsvoll, Holger Blad.« Alma legte den Brief weg. »Er scheint aber ein ehrlicher und aufrichtiger Mensch zu sein.« Sie wirkte interessiert und neugierig.

»Sollen wir die anderen auch aufmachen?«, fragte Margit vorsichtig.

Zögernd öffnete Alma den nächsten Brief. Sie schüttelte den Umschlag, um sicherzugehen, dass nicht ein Foto dabei war. Dann las sie laut vor: »Hallo, ich bin ein fünfundsechzigjähriger verheirateter Mann, der ältere Frauen mag. Die Reife von älteren Frauen zieht mich an. Ich selbst bin muskulös und männlich …« Alma verstummte, und Margit lehnte sich vor und versuchte zusammen mit Alma zu lesen. Sie sah aus, als würde sie fast das Gleichgewicht verlieren und auf den Couchtisch fallen.

»Verheiratet! Dass er sich nicht schämt. Lies nicht weiter vor, Alma, ich will das nicht hören.«

Aber Alma las neugierig weiter, bis ihr Margit den Brief aus der Hand riss und in den Papierkorb warf. Dann saßen sie lange schweigend da. Alma betrachtete das Foto von Holger Blad, und Margit schaute mit finsterer Miene auf den Brief im Papierkorb.

»Ob es sich lohnt, den dritten aufzumachen?«, fragte sie unwillig.

»Natürlich müssen wir ihn aufmachen«, sagte Alma erstaunt und legte Holger Blads Foto auf den Couchtisch. Rasch schlitzte sie den letzten Brief auf und begann vorzulesen: »Guten Tag! Wir sind zwei ältere Herren aus Sjöbo, die gern zwei Frauen kennenlernen wollen, um mit ihnen den Alltag zu teilen. Wir sind Nachbarn und beide verwitwet. Ein Auto besitzen wir beide und lieben es, damit kleine Ausflüge in Österlen zu unternehmen, zum Beispiel zu einem netten Café oder einer Sehenswürdigkeit. Außerdem besitzen wir beide ein Haus. Da Sie ebenfalls zu zweit sind, wäre es doch nett, wenn wir uns alle vier treffen könnten. Falls Sie interessiert sind, kommen wir gerne und besuchen Sie in aller Freundschaft. Assar und Einar aus Sjöbo.«

»Das ist doch ein netter Brief, Alma.«

»Ja, die nehmen wir!« Alma klatschte begeistert in die Hände.

»Nehmen?« Margit konnte nur den Kopf schütteln. »Erst mal abwarten, ob sie uns überhaupt haben wollen.«

»Natürlich.« Alma sah enttäuscht aus und stand auf. »Was sollen wir antworten?«

»Das will wohlüberlegt sein. Wir dürfen nichts übereilen. Vielleicht kommen ja noch mehr Antworten. Wir sollten also noch eine Woche warten.«

»Eine Woche! Dann schreiben sie womöglich noch anderen.«

»Meine Güte, Alma, die Welt ist voll von einsamen Männern. Jetzt hast du dein ganzes Leben gewartet, da wird es auf die eine Woche doch wohl nicht ankommen.« Margit bereute ihre Worte sofort.

»Ich habe nicht gewartet«, gab Alma zurück. »Es hat mir gefallen, allein zu sein und meinem Bruder zu helfen.«

»Aber wir brauchen doch trotzdem nicht sofort zu antworten.«

»Nein, natürlich nicht.« Alma sah Margit freundlich an.

Die drei Briefe beschäftigten sie den ganzen Tag. Sie gingen ihren Inhalt immer wieder durch und einigten sich darauf, den Brief, den sie in den Papierkorb geworfen hatten, zu zerreißen und im Klo runterzuspülen. Es war ein grässlicher Gedanke, dass ihn jemand finden könnte. Nach einer Weile hatten sie sich so weit gefasst, dass sie zu dem Schluss kamen, dass sie ihn noch einmal lesen sollten, bevor sie ihn vernichteten. Der Mann hatte seine Handynummer, aber keine Adresse angegeben und nur geschrieben, er wohne in Trelleborg. Es erstaunte sie, dass er es gewagt hatte, seinen Namen zu nennen.

»Tschüss, Ivan Andersson«, scherzte Alma, als Margit wenig später die letzten Schnipsel des Briefes in der Toilette hinunterspülte.

»Den würde ich wirklich nicht geschenkt nehmen«, meinte Alma mit Nachdruck.

»Nein, da sei Gott vor.« Margit schüttelte sich. »Mit seinem Glockenspiel kann er allein bimmeln.«

Plötzlich verließ sie die Anspannung des Tages, und sie lachten beide herzlich. Alma zog ihr Taschentuch aus der Jackentasche und trocknete sich die Augen.

»Was machen wir mit Holger?« Margit wurde plötzlich wieder ernst.

»Es wäre schade drum, das Foto wegzuwerfen, aber wir werden es sicher nicht in unser Fotoalbum kleben«, antwortete Alma, und sie lachten erneut. »Wir können es ja noch eine Weile aufheben, denn an ihn zurückschicken werden wir es ja wohl kaum«, meinte sie dann.

Margit schwieg. »Ich war lange verheiratet, Alma«, meinte sie schließlich nachdenklich. »Viele Jahre, und es ist schön, wenn man lange verheiratet war, denn dann braucht man niemandem mehr etwas vorzumachen.«

Am Nachmittag saßen sie auf der Terrasse, unterhielten sich mit den anderen Bewohnern und gingen dann im Park spazieren. Zum Abendessen gab es Kartoffelpuffer mit Preiselbeeren. Sogar George schwieg und war genüsslich in sein Essen versunken. Sie beschlossen, erst ein Naturprogramm im Fernsehen zu sehen und dann früh zu Bett zu gehen, direkt nach dem Abendkaffee, den man sich von einem Wagen vor dem Speisesaal holen konnte.

Alma ließ wie immer das Rollo herunter und warf dabei einen Blick auf die Warenannahme. Den Brief von den Herren aus Sjöbo hatten sie in den Korb unter ihre Häkelarbeiten gelegt, den Brief von Holger Blad ebenfalls. Sie fanden, dass er ein besseres Schicksal verdient hatte, als in der Toilette runtergespült zu werden.

Während Margit sich im Bad bettfertig machte, schaute sie immer wieder in die Kloschüssel. Fast hatte sie Angst, der Brief könnte wieder auftauchen. Als sie zu Bett ging, hatte Alma sich bereits mit dem Rücken zu ihr hingelegt. Margit schaute zu Almas Bett hinüber und setzte sich dann abrupt auf.

»Mensch, du bist doch verrückt! Stell dir vor, das sieht jemand!«

Alma hatte das Foto von Holger Blad neben den Wecker gestellt und betrachtete es sinnierend. »Das ist doch ein schöner Mann, nicht wahr, Margit?«

»Leg das Foto sofort in den Korb zu den Briefen!« Sie klang so wütend, dass Alma sofort mit unbeholfenen Bewegungen aus dem Bett aufstand und das Foto in den Handarbeitskorb steckte.

»Du bist wohl nicht ganz bei Trost«, sagte Margit, doch ihre Stimme klang jetzt milder. Sie schien fast schon wieder herumalbern zu wollen.

»Ein nettes Café, Margit. Die Herren aus Sjöbo wollen uns ins Café ausführen.«

»Das klingt wirklich sympathisch.« Margit löschte die Nachttischlampe. »Mach doch auch das Licht aus, Alma.«

»Du hast recht ... Inez war schon eine Nette«, sagte Alma plötzlich, während sie das Licht ausmachte.

»Welche Inez?«

»Holgers Frau. Ich weiß noch, wie ich mal mit dir zusammen bei Axel und Greta eingeladen war. Holger und Inez kamen auch. Erinnerst du dich, wie sie von ihrer Schwägerin Viola in Stockholm erzählte?« Alma lachte.

»Woran denkst du da? Sie hat immer viel von ihr erzählt. Wie vornehm sie sei und wie ungeschickt.«

»Genau daran dachte ich«, erwiderte Alma. »Inez hat damals erzählt, wie es bei ihnen Kalbsleber geben sollte. Viola hatte versprochen, beim Kochen zu helfen, obwohl sie noch nie Leber zubereitet hatte. Sie sah den blutigen Klumpen voller Abscheu an. Erst versuchte sie die Leber unter dem Wasserhahn abzuspülen, und dann fiel sie mit der Wurzelbürste darüber her.« Alma lachte. »Sie wollte nämlich das ganze Blut entfernen. Schließlich war nur noch ein Lappen übrig, der aussah wie ein überfahrenes Tier.«

»Die ahnungslosen Frauenzimmer aus der Stadt.« Margit lachte.

Dann wünschten sie sich eine gute Nacht.

Alma wälzte sich unruhig hin und her. Sie dachte an ihre Kindheit zurück und daran, wie rückständig damals alles gewesen war. In den Häusern war es kalt gewesen, und man bekam immer dasselbe zu essen. Jetzt lag sie in einem bequemen Bett und hatte es warm und gemütlich. Essen gab es im Überfluss, und eine neue Hose besaß sie auch.

Diese Herren aus Sjöbo scheinen sehr nett zu sein, dachte sie. Ich frage mich, wie wir uns zwischen den beiden entscheiden sollen. Dann zog sie ihr Nachthemd über die Knie herunter, brummte zufrieden und schloss die Augen.

14

Kjell war bedrückt, als er am Morgen erwachte. Nicht einmal das schöne Wetter hellte seine Laune auf. Heute wollte er Algot Karlsson aufsuchen, um die Frage der Zufahrtsstraße zu besprechen. Ihm war die Sache ziemlich peinlich. Algot Karlsson hatte sich nämlich seinerzeit einverstanden erklärt, seinen Grund und Boden zu verkaufen, aber Kjell und seine Parteifreunde hatten dann dafür gestimmt, dass die Zufahrt an Margits und Almas Haus vorbeiführen sollte. Ihr Vorschlag war mit einer knappen Mehrheit angenommen worden, weshalb es Kjell widerstrebte, in dieser Frage eine Kehrtwendung zu machen.

Natürlich geschah es nicht freiwillig, aber um das Gesicht zu wahren, musste er die Diskussion mit Algot führen. Er wollte nicht nur als Politiker sein Gesicht wahren, sondern auch als Ehemann und Vater. Eva-Britt gehörten das Haus, in dem sie wohnten, die Autos und auch der Großteil des Geldes, das sie auf der Bank hatten. Es handelte sich um das Erbe ihrer Eltern, für das Kjell erst nur dankbar gewesen war. Dann hatte Eva-Britt jedoch begonnen, bei jedem kleinen Streit darauf herumzureiten. Inzwischen war er sich sehr darüber im Klaren, dass er ziemlich bald verarmen würde, wenn seiner Frau etwas über seine Affäre mit Ulla zu Ohren käme.

Das schwarze Kunstleder des Fahrersitzes war glühend heiß, als er sich am Lenkrad zurechtsetzte. Er klammerte sich regelrecht am Steuer fest, während er rückwärts aus der Einfahrt fuhr.

Der Hof von Algot Karlsson lag nur einen Kilometer von der im Bau befindlichen Zufahrt entfernt. Karlsson war nicht mehr der Jüngste und hatte auch keine Kinder, die den Hof, der sich schon lange im Besitz seiner Familie befand, übernehmen konnten. Deswegen hatte es ihn gefreut, dass die Gemeinde etwas von seinem Grund für die Zufahrt zur Feriensiedlung hatte kaufen wollen.

Kjell bog auf den schmalen Weg ein, der zum Bauernhof führte. Er wurde von Pappeln gesäumt, und an der Landstraße stand noch das Podest für die Milchkannen, das nun mit einem Strauß Sommerblumen geschmückt war. Kjell parkte seinen Wagen neben einem Traktor und ging zögernd zum Kücheneingang. Auf der Treppe rekelten sich zwei Katzen in der Sonne, und auf der obersten Stufe standen Holzschuhe. Vorsichtig klopfte Kjell an die Tür. Nach einer Weile wurde geöffnet. Algot Karlsson sah Kjell erstaunt an.

»Ach was! So hoher Besuch?«, bemerkte er mürrisch.

»Darf ich eintreten?«

Karlsson schwieg, trat aber mit einer einladenden Geste zur Seite. Kjell stellte seine Schuhe auf ein paar alte Zeitungen, die auf dem Boden lagen. Karlsson setzte sich auf einen Küchenstuhl und deutete auf einen zweiten. Kjell setzte sich auf die Stuhlkante. Er räusperte sich.

»Wirklich wunderschönes Sommerwetter heute.«

»Für mich ist das kein Anlass zur Freude. Es ist so trocken, und die Erde hat so große Risse, dass man fast hineinfällt. Aber Sie sind doch wohl kaum gekommen, um mir den Wetterbericht zu überbringen?«

»Nein, sondern wegen dieser elenden Zufahrt.« Kjell lächelte dümmlich. »Sie werden darüber doch in der Zeitung gelesen haben?«

»Sonderlich klug bin ich aus dem Artikel nicht geworden. Typisch für die Politiker, das Geld einfach so zu verschwenden. Wieso ist mein Grund eigentlich plötzlich wieder interessant? Sie haben doch damals selbst gegen den Vorschlag gestimmt, oder?«

»Wir machen alle mal einen Fehler«, meinte Kjell einschmeichelnd, es war ihm jedoch anzumerken, wie sehr ihm dieses Eingeständnis widerstrebte. »Vor allem ist das Ganze eine Frage der Verkehrssicherheit.«

»Das glaube ich kaum«, erwiderte Algot und machte dadurch Kjells Selbstsicherheit zunichte.

»Ich weiß nicht recht, wie ich das ausdrücken soll, es ist nur so ein Gefühl, dass es besser wäre, wenn die Zufahrt über Ihr Grundstück führen würde. Aber Sie haben es sich vielleicht anders überlegt und wollen gar nicht mehr verkaufen, ich meine, falls die Frage wieder aktuell würde.«

Plötzlich begannen Algots Augen zu leuchten. Sein Interesse schien geweckt.

»Ich besitze genug Grund. Ich hatte ohnehin vor, allmählich ein weniger kürzerzutreten. Glauben Sie, dass der Kauf tatsächlich zustande kommen könnte?«

»Da bin ich mir nicht so sicher. Unter uns gesagt, benötige ich noch ein paar richtig gute Argumente, um die Änderung durchsetzen zu können.«

»Ich vermute, dass Sie gute Gründe für Ihren neuen Standpunkt haben ... Aber Sie tun natürlich genauso geheimnisvoll wie alle anderen Politiker. Wird schon irgendwas faul sein an dem Ganzen.«

Kjell wackelte ein paarmal mit dem Kopf, dann hatte er sich wieder unter Kontrolle.

»Aber das kostet natürlich«, fuhr Karlsson fort.

»Grunderwerb geschieht immer zum gängigen Tarif«, erwiderte Kjell mit seiner Behördenstimme.

»Nach diesem ganzen Hin und Her kann ich ja wohl eine kleine Entschädigung erwarten, oder?« Karlsson sah Kjell bösartig an.

»Eine Flasche Whisky wäre es mir natürlich wert, aber dafür erwarte ich, dass die eventuellen Verhandlungen reibungslos und rasch verlaufen ... Ihrerseits, meine ich natürlich.«

»Ja, vonseiten der Gemeinde war ja bislang noch nichts von Schnelligkeit und Reibungslosigkeit zu bemerken, aber ich will Ihnen keine Steine in den Weg legen.« Kjell sah zufrieden aus, hatte jedoch kaum Zeit, Luft zu holen, da fuhr Algot schon fort: »Meine Frau und ich erwägen, den Grund zu verpachten und außerdem einen Hofladen zu eröffnen. Allerdings nicht hier auf dem Hof. Wir wollen an dem Weg, der zum Haus hochführt, ein kleines Gebäude errichten. Das Gelände dort gehört der Gemeinde. Ich will die Sache ja nicht noch komplizierter machen, hätte aber gerne eine Baugenehmigung dafür. Außerdem will ich dafür keine Pacht zahlen. Was den Whisky angeht, haben wir schon seit Jahren keinen Tropfen mehr angerührt. Wir sind Mitglieder der Blaukreuzler, und ich glaube kaum, dass es Ihre Beliebtheit sonderlich erhöhen würde, wenn ich herumerzählte, dass Sie versucht haben, mich mit einer Flasche Schnaps zu bestechen.«

Kjell legte zwei Finger aufs Handgelenk und zählte seinen Puls. Alles schien ihm zu entgleiten. Er spürte Mutlosigkeit in sich aufsteigen.

»Das mit dem Whisky war nur ein Scherz«, meinte er mit schwacher Stimme.

»Das glaube ich kaum. Aber jetzt wissen Sie jedenfalls, was Sache ist.« Die Tür wurde geöffnet, und Maria Karlsson trat in die Küche. Sie sah Kjell erstaunt an, wischte sich dann die Hände an ihrer Schürze ab und trat auf ihn zu, um ihn zu begrüßen.

»Wir sind uns schon mal begegnet«, meinte Kjell unnatürlich munter, »haben uns aber noch nie die Hand gegeben.«

Maria Karlsson wirkte schüchtern. Immer wieder sah sie ihren Mann an, um sich ein Bild davon zu machen, ob es um etwas Positives ging oder nicht.

»Kjell Johansson will uns mit der Baugenehmigung für den Laden helfen. Außerdem will er dafür sorgen, dass wir das Stück Land bekommen, auf dem wir bauen wollen.«

Maria Karlssons fragender Blick wurde misstrauisch.

»Na ja«, meinte Kjell. »Es ist noch nichts beschlossen, wir haben nur mal darüber gesprochen, nicht wahr?« Er wartete auf Karlssons Bestätigung, dieser beharrte jedoch auf seinem Standpunkt: »Doch, doch, Sie schaffen das. Sie wissen, worum es geht.«

Maria Karlsson sah plötzlich verängstigt aus. Sie wischte sich die Hände erneut an der Schürze ab, und ihr Blick irrte zwischen ihrem Mann und Kjell hin und her.

»Ladenbesitzerin Maria Karlsson, das wäre doch was«, sagte Algot Karlsson freundlich zu seiner Frau, als er ihren fragenden Blick bemerkte. Aber nicht einmal diese Bemerkung konnte ihre misstrauische Miene vertreiben.

»Darf ich Ihnen einen Kaffee anbieten?«, sagte sie mit einem gezwungenen Lächeln an Kjell gewandt.

»Danke, das ist zu freundlich, aber ich muss wieder ins Büro. Die Pflicht ruft.« Kjell ging mit schweren Schritten zur Tür. Nachdem er seine Schuhe wieder angezogen hatte, wandte er sich nochmals an Karlsson, der ihn nicht aus den Augen gelassen hatte. »Diese Unterhaltung bleibt doch wohl unter uns ... nicht wahr?«

Algot Karlsson antwortete nicht, und Kjell hatte das Gefühl, als würde seine innere Ohnmacht zunehmen, wie ein Schwamm, der sich mit Wasser vollsaugt. Wie sollte er nur begründen, dass die Zufahrt über Karlssons Grundstück verlaufen musste? Im Augenblick hatte er ein solches Durcheinander im Kopf, dass es keinen Sinn hatte, überhaupt nachzudenken.

»Verdammt!« Kjell schlug mit der Stirn an die Windschutzscheibe, als er wegen eines Kaninchens abrupt bremsen musste, obwohl es natürlich nicht nötig gewesen wäre. Er ärgerte sich immer, wenn Eva-Britt wegen irgendwelcher Igel bremste, aber jetzt war er komplett verwirrt und unkonzentriert. Er fasste sich an die Stirn und schaute in den Rückspiegel. »Verdammt!«, sagte er noch einmal und trat dann fest auf, ohne daran zu denken, dass er das Gaspedal unter seinem Fuß hatte. Das Auto machte einen Satz, und der Motor soff ab. Kjell lehnte sich zurück und schloss die Augen.

Ursula Wendt zog den Vorhang beiseite und schaute zu Oskars und Lottas Haus hinüber, vor dem gerade ein großer Wagen hielt. Falls es sich um irgendeinen Promi handelte, wollte ihn sich Ursula keinesfalls entgehen lassen. Sie schaute sich berühmte Leute nicht nur gerne an, sondern unterhielt sich auch gerne mit ihnen, wenn sich die Gelegenheit dazu ergab. Oskar und Lotta luden sie manchmal zum Kaffee ein, wenn sie allein zu Hause war.

Ihr Mann Nils dagegen war nicht so interessiert an Promis. Natürlich kannte er Oskar und Lotta, legte aber auf eine gewisse Distanz Wert. Außerdem fand er, dass Ursula sich lächerlich benahm, sobald sie auf der Straße ihre Nachbarn trafen. Dann versuchte sie immer, wie eine feine Dame und mit vollkommen verstellter Stimme zu sprechen. Wenn Oskar von irgendwelchen Schriftstellerkollegen erzählte, dann nickte Ursula und stimmte in allem zu, als ob sie sich in der Welt der Literatur auskennen würde. Die einzige Literatur, die Nils je auf ihrem Nachttisch gesehen hatte, war die Regenbogenpresse.

Jetzt stieg ein Mann aus dem Auto. Ursula beugte sich vor, um besser sehen zu können. Dann schaute sie rasch in den Spiegel, fuhr sich mit den Fingern durchs ondulierte Haar und ging hinaus zum Briefkasten, obwohl sie die Post bereits geholt hatte. Oskar winkte ihr zu, und sie winkte zurück.

»Ich habe noch ein paar Tagetespflänzchen, wenn ihr noch ein paar haben wollt …«, setzte sie an, doch Oskar und sein Besuch waren bereits um die Hausecke verschwunden und hörten sie nicht.

Ursula kehrte enttäuscht ins Haus zurück und kochte sich ihren Vormittagskaffee. Die Küche war voller Nippes und Häkeldeckchen. Sogar unter die Kaffeemaschine hatte

Ursula ein gehäkeltes rosafarbenes Deckchen gelegt. Auf dem kleinen Regal über der Dunstabzugshaube befanden sich die seltsamsten Gegenstände, darunter eine goldene Miniaturure mit kleinen Seidenblumen, zwei Porzellanhunde und eine Eieruhr in Form eines Marienkäfers. Auf den Fensterbrettern unter den Blumentöpfen lagen ebenfalls Häkeldeckchen, und von der Küchenlampe hingen grüne und rote Wolltroddeln.

Ursula goss den Kaffee in einen weißen Porzellanbecher. Manchmal fühlte sie sich einsam. Nils war bei der Arbeit, und ihr Sohn Thomas war ausgezogen. Sie hatte nie eine Arbeit gehabt und besaß keine Ausbildung. Früher hatte sie immer etwas zu tun gehabt, aber jetzt wünschte sie sich, das Haus verlassen zu können und in die Gemeinschaft integriert zu werden. Aber wenn man vierundfünfzig war und keine Ausbildung hatte, dann standen die Arbeitgeber nicht gerade Schlange, um einen anzustellen. Manchmal träumte sie davon, Bürgermeisterin zu werden. Leider war die Volkspartei ziemlich klein, und die Aufstiegschancen waren sehr begrenzt.

Am meisten schmerzte sie, dass Thomas arbeitslos war. Er hatte zwar ab und zu einen Job gehabt, aber noch nie eine längere Festanstellung. Er hatte Werkzeugmacher gelernt, und für solche Leute gab es in Tomelilla nicht viele Arbeitsplätze. Ursula wünschte sich, ihr einziger Sohn hätte studiert und wäre etwas Großartiges geworden.

Oskar war bei Erscheinen seines letzten Buches sogar im Fernsehen aufgetreten. Sie freute sich mit ihm über seinen Erfolg, und sie freute sich, dass sie ihn kannte. Er hatte ihr ein Exemplar des Buches mit Widmung geschenkt. Ursula hatte mehrmals angefangen, es zu lesen, war aber nie richtig in die Handlung reingekommen. Sie hatte es immer wieder weggelegt, aber beschlossen, dass sie nicht aufgeben würde. Hätte es sich um einen Liebesroman oder einen Krimi gehandelt, dann wäre es ihr leichter gefallen, aber das Buch handelte von historischen Personen, von Schlachten und anderen Dingen, die sie nicht interessierten.

Sie nahm einen Zahnstocher aus dem vergoldeten Behälter auf dem Tisch und begann, die Fingernägel zu reinigen. Mit leerem Blick schaute sie aus dem Küchenfenster, und ihr Kaffee wurde kalt.

Almas und Margits Alltag war aus den Fugen geraten. Der Brief und das Foto von Holger Blad lagen immer noch im Häkelkorb. Auf dem Couchtisch lag der Brief der beiden Witwer aus Sjöbo. Am Tag zuvor hatten sie sich darauf geeinigt, dass wohl keine geeigneteren Herren auftauchen würden, ganz gleichgültig, wie viele Antworten noch einträfen. Sie waren zwar übereingekommen, noch abzuwarten, hatten jedoch schon damit angefangen, eine Antwort an Assar und Einar in Sjöbo aufzusetzen. Der Couchtisch war mit Briefpapier, Notizen und Radiergummikrümeln übersät.

»Wir sind zwei ehemalige Nachbarinnen, die vorübergehend im Altenheim von Tomelilla wohnen, bis unsere Seniorenwohnungen fertig werden«, las Alma vor.

»Glaubst du nicht, dass sie sich fragen werden, warum wir im Altenheim wohnen?« Margit klang kritisch.

»Das erzählen wir ihnen, wenn wir sie treffen«, meinte Alma beleidigt. »Schreib halt selbst, wenn du glaubst, dass es so einfach ist.«

»Das Beste wäre vielleicht, gar nicht so viel zu schreiben, sondern sich einfach nur für den Brief zu bedanken und zu antworten, dass sie uns hier willkommen sind.«

»Hier?«, sagte Alma entsetzt. »Wir können sie doch nicht hierher einladen.«

»Wo sollen wir sie denn sonst treffen? Zu ihnen nach Hause fahre ich erst, wenn ich sie besser kenne. Vielleicht sollten wir einen Ausflug mit dem Auto vorschlagen?«

»Nein, um Gottes willen. Mit Leuten wegzufahren, die man nicht kennt. Nie im Leben!«

»Dann bleibt nur noch das Stadthotel.«

»Das Stadthotel?«

»Ja. Wir können sie doch dort zum Kaffeetrinken einladen. Aber es wäre natürlich unangenehm, wenn Axel oder Greta uns dort sehen würden.«

»Kaffeetrinken ist harmlos.« Alma gähnte. »Wir machen morgen weiter, Margit. Es ist schon nach elf.«

Margit stapelte die Papiere ordentlich auf den Couchtisch und legte dann eine Illustrierte zuoberst.

Während Alma im Badezimmer war, unterhielten sie sich weiter.

»Sollen wir ihnen auch ein Foto von uns schicken?«, fragte Margit.

»Ich habe nur eines, auf dem ich zusammen mit Ove auf der Gartenbank sitze. Ich könnte ihn natürlich wegschneiden. Aber das Foto ist auch schon über zwanzig Jahre alt.«

»Du spinnst doch.« Margit lachte. »Das kannst du nicht schicken.«

»Warte mal, ich habe mir doch einen neuen Film in die Kamera einlegen lassen. Wir könnten uns gegenseitig fotografieren und die Fotos mitschicken. Aber ich glaube nicht, dass man unbedingt ein Foto beilegen muss. Sperrst du eigentlich auch den Mund ganz weit auf, wenn du die Ohren reinigst, Margit?«

»Den Mund?«

Mit einem Wattestäbchen im Ohr betrat Alma wieder das Zimmer. »Also, wenn ich mir im Ohr herumpule, sperre ich den Mund auf und neige den Kopf zur Seite. Wenn der Mund zu ist, geht es irgendwie nicht.«

»Daran habe ich noch nie gedacht«, erwiderte Margit ratlos. Dann lachte sie. »Weißt du, wie Christer die Dinger genannt hat, als er klein war?«

»Nein.« Alma zog das Wattestäbchen aus ihrem Ohr.

»Ohrenzahnstocher.« Sie lachten.

Als sie später im Bett lagen und das Licht löschten, fragte Alma: »Hast du das Licht im Badezimmer ausgemacht?«

»Das mache ich doch immer. Warum fragst du?«

»Ich habe den Eindruck, dass es im Türspalt leuchtet.«

Alma hörte, wie Margit aufstand und zum Badezimmer ging.

»Wahrhaftig, Alma, ich habe vergessen, das Licht auszumachen. Ein Glück, dass du was gesagt hast. Wir bekommen zwar keine Stromrechnung, aber nachts das Licht brennen zu lassen kommt nicht infrage.«

»Vermutlich liegt deine Vergesslichkeit an den vielen Männern, die dir im Kopf herumgeistern.«

»Ach was«, entgegnete Margit und legte sich wieder ins Bett.

»Solange du nicht so konfus wirst wie meine alte Tante ...«

»Was war denn mit ihr?«, fragte Margit neugierig und wartete noch mit dem Löschen der Nachttischlampe, bis sie die Fortsetzung gehört hatte.

»Sie hat mir mal etwas verlegen erzählt, dass sie bei einer Einladung vergessen hatte, ihre Wintermütze abzunehmen. Niemand sagte etwas, nur als sie beim Nachhausegehen nach ihrer Mütze suchte, lachten alle.«

»Ganz so durcheinander bin ich ja wohl nicht, oder, Alma?« Margit klang fast etwas besorgt.

»Wenn wir so konfus wären, hätten wir den Computerkurs ja wohl nicht geschafft«, tröstete sie Alma. »Morgen legen wir am Computer eine Patience. Wir dürfen das Erlernte nicht vergessen, falls wir uns einen eigenen Computer zulegen.«

»Ja, ja, mal sehen. Als Erstes müssen wir das mit dem Brief klären.«

Am nächsten Tag zogen Gewitterwolken über Tomelilla hinweg. Es war fast vollkommen windstill, und das Tief drückte den Sommer zur Erde. Die Enten im Park saßen stumm auf dem Rasen und hatten nicht einmal Lust, zum Zaun zu gehen, obwohl dort ein paar Rentner standen und sie mit altem Brot anlockten. Margit und Alma hatten sich wieder an den Brief gemacht, und auf dem Couchtisch lagen die Blätter ausgebreitet.

Ulla Ström saß mit finsterer Miene in ihrem Büro. Sie zog ein Papiertaschentuch aus ihrer Handtasche, fuhr sich damit unter ihre dünne Sommerbluse und wischte sich den Schweiß aus den Achselhöhlen.

Zur gleichen Zeit saß Kjell in seinem Büro. Ihm war ebenfalls nicht wohl in seiner Haut. Die Zeit wurde knapp, und ihm war immer noch kein schlagendes Argument für seine Kehrtwendung in der Zufahrtsstraßenfrage eingefallen. Der Verkehrssicherheitsaspekt war einfach nicht stichhaltig.

Er hatte unruhig geschlafen. Eva-Britt hatte ihn angefahren. Sie hatte ihn als ungesellig und geistesabwesend beschimpft. Er musste versuchen, etwas freundlicher zu ihr zu sein. Zwar respektierte er sie, das war es nicht. Vielleicht nicht unbedingt als Person, aber die Tatsache, dass sie das Geld hatte. Er hatte dann doch nicht den Arzt aufgesucht, um seinen Blutdruck prüfen zu lassen, hatte es bisher aber auch nicht gewagt, weitere eigene Messungen vorzunehmen.

Kjell atmete schwer und entschloss sich dann, seiner Angst zu trotzen, ein weiteres Mal zu messen und dann gegebenenfalls beim Ärztehaus anzurufen, um einen Termin zu vereinbaren. Er zog die Schublade heraus und griff zum Blutdruckmessgerät. Gerade als sich die Manschette mit Luft füllte, blitzte und donnerte es. Der Strom fiel aus, der Computermonitor wurde schwarz. Kjell zuckte zusammen. Er riss sich die Blutdruckmanschette vom Arm und warf das Messgerät wieder in den Karton. Er wagte es nicht, das Display abzulesen: Der Druck war vermutlich astronomisch.

Ursula saß auf einem Stuhl mitten im Wohnzimmer. Das plötzliche starke Unwetter ängstigte sie, und sie wusste, dass man sich nicht in der Nähe eines Fensters oder einer Steckdose aufhalten sollte. Sie kniff die Augen zu, um die Blitze nicht sehen zu müssen. Doch dann klopfte es an der Haustür. Ob sie es wagen sollte aufzumachen? Als es erneut klopfte, stand sie auf und ging zur Tür.

»Darf ich reinkommen?« Oskar stand lächelnd auf der Vortreppe.

»Natürlich.« Ursula war über den Besuch erleichtert. Es war beruhigend, einen Mann im Haus zu haben, wenn es donnerte. Er konnte zwar nicht viel gegen das Gewitter ausrichten, aber es war schön, wenn einen jemand auf andere Gedanken brachte. Es hatte erst nur genieselt, aber der Nieselregen war dann in einen Wolkenbruch übergegangen. »Komm rein, Oskar. Ich setze Kaffee auf.« Ursula warf im Vorbeigehen einen raschen Blick in den Spiegel und fuhr sich wie immer mit der Hand durchs Haar.

»Mach dir meinetwegen keine Umstände … aber wenn du ohnehin gerade Kaffee trinken wolltest, dann nehme ich auch gern eine Tasse.«

Ursula war neugierig, was Oskar eigentlich auf dem Herzen hatte. Überraschungsbesuche waren ungewöhnlich, man unterhielt sich, wenn man sich im Garten sah oder am Briefkasten begegnete.

»Was für ein Unwetter«, sagte Oskar, »aber den Regen können wir brauchen.«

»Und zwar viel Regen.« Ursula hatte sich in einigem Abstand von der Kaffeemaschine aufgebaut, falls der Blitz doch noch einschlagen sollte.

»Ich habe vor Kurzem in der Zeitung gelesen, dass sich ein Politiker für eine Änderung der Pläne hinsichtlich der Zufahrt zur geplanten Feriensiedlung eingesetzt hat.«

»Richtig. Was für ein Unsinn«, meinte Ursula. »Noch dazu, wo die neue Straße bereits im Bau ist.«

»Lotta und ich haben uns gestern Abend unterhalten. Du weißt doch, dass wir vorhaben, bald ganz nach Tomelilla zu ziehen, oder? Aber es ist für Lotta nicht so leicht, hier eine passende Arbeit zu finden. Sie denkt schon länger darüber nach, ein Lokal zu eröffnen.«

»Wie nett«, meinte Ursula so feierlich, dass sie kaum ihre eigene Stimme wiedererkannte.

»In Anbetracht des Freizeitparks und der geplanten Feriensiedlung müsste es eigentlich genug Gäste für ein Lokal dort draußen geben. Lotta und ich haben uns das angesehen. Wir verstehen wirklich nicht, was dieser neue Vorschlag auf einmal soll. Eine Zufahrt vor dem Svampakreisel wäre doch viel praktischer. Schließlich kommen die meisten Autofahrer aus der Malmöer Richtung, und dort kann man dann ein Schild aufstellen, das auf die Feriensiedlung, den Campingplatz, die Gokartbahn und den Freizeitpark hinweist. Die große Wiese dort unten wäre doch ein gutes Baugrundstück für das Lokal.«

»Tja, das stimmt natürlich«, meinte Ursula zögernd und ohne sonderliche Begeisterung.

»Das würde Arbeitsplätze schaffen, und daran müsste der Gemeinde doch gelegen sein.«

»Natürlich ist uns Gemeinderatsmitgliedern an Arbeitsplätzen gelegen.« Ursula genoss es immer, wenn sie »wir Gemeinderatsmitglieder« sagen konnte. Sie kam sich dann immer ganz wichtig vor.

»Thomas könnte beispielsweise in der Gaststätte arbeiten. Er ist doch immer noch arbeitslos, oder?«

»Ja, leider ist immer noch keine passende Arbeit aufgetaucht.«

»Da siehst du, Ursula, auf dem Land werden Arbeitsplätze gebraucht. Du bist ja jetzt auch allein, seit Thomas ausgezogen ist. Du bist eine beeindruckende Frau, kompetent und verantwortungsbewusst. Jemanden wie dich könnte Lotta in ihrem neuen Betrieb brauchen.«

Ursula hörte den Donner nicht mehr. Sie richtete sich auf und sprach so deutlich, dass ihre Ohren wackelten.

»Das klingt spannend, wirklich spannend.« Wie immer, wenn sie etwas aufregend fand, lief sie rot an, aber jetzt dehnte sich die Röte sogar auf ihren Hals aus, als trüge sie einen roten Rollkragenpullover. »Ich weiß nur nicht, wie man für einen weiteren Vorschlag Gehör finden soll.«

»Das kriegst du schon hin, Ursula«, schmeichelte ihr Oskar. »Du bist doch eine energische Frau. Lotta hat bereits eine erste Kalkulation gemacht, einschließlich der Personalstärke.«

»Aber so etwas dauert, Oskar. Die Zufahrt zur Feriensiedlung muss im Herbst fertig sein.« Ursula empfand ein Gefühl von Macht, sah aber auch die Schwierigkeiten.

»Natürlich dauert es, für eine Gaststätte eine Baugenehmigung und so weiter zu bekommen. Aber mit der Zufahrtsstraße könnte man ja anfangen, sofern nur der Wille vorhanden ist. Es handelt sich doch um Grund und Boden, der im Besitz der Gemeinde ist, oder?«

»Ja«, antwortete Ursula. In diesem Augenblick war ein Hoffnungsschimmer in ihre Augen getreten. Sie sah es bereits vor sich: sich selbst in einer leitenden Position und Thomas mit einer festen Arbeit.

»Ich kann dir die Unterlagen schon heute Abend vorbeibringen, wenn du willst.«

»Ich kann nichts versprechen, das musst du verstehen, Oskar, aber ich kann mir deine Berechnungen einmal ansehen und dann meine Fraktion von dieser Sache überzeugen, ehe ich sie dem Gemeinderat vorlege.«

Sie ahnte, dass das nicht leicht werden würde. Kjell Johansson hatte man verhöhnt und ausgelacht, als er plötzlich mit einem neuen Vorschlag gekommen war. Bevor sein Vorschlag überhaupt geprüft worden war, würde sie schon einen weiteren vorbringen. Aber je mehr sie über Oskars Vorschlag nachdachte, desto mehr gefiel er ihr. Es ärgerte sie etwas, dass sie nicht selbst darauf gekommen war, dass man eine Zufahrt von der Reichsstraße 11 bauen könnte. Plötzlich machte sie sich Sorgen, irgendetwas könnte dagegen sprechen, weil diese Möglichkeit nie zur Debatte gestanden hatte. Versuchen wollte sie es aber trotzdem.

»Danke für den Kaffee, Ursula.« Oskar erhob sich. Er legte ihr die Hand auf den Unterarm und lächelte sie aufmunternd an. »Ich werde Lotta bitten, dir die Unterlagen heute Abend vorbeizubringen, wenn sie nach Hause kommt. Ich fahre morgen nach Stockholm, um meinen Verleger und einige meiner Schriftstellerkollegen zu treffen.«

»Ach, wirklich?«, meinte Ursula beeindruckt. »Vielleicht kommen von denen ja auch mal ein paar hierher nach Tomelilla? Schließlich ist Österlen im Sommer sehr schön.«

»Die Kollegen nicht, aber dafür kommen zwei Schauspieler, die ein Gastspiel im Theater von Ystad geben.«

»Ach, wirklich?«, sagte Ursula erneut.

Sie brachte Oskar zur Tür. Der Regen hatte aufgehört, das Gewitter war vorübergezogen. Die Luft war kühl und frisch, und Ursula war bester Laune. Jetzt würde sie es ihnen zeigen. Ihr würde gelingen, worüber die anderen Politiker nur redeten. Ihr würde es gelingen, neue Arbeitsplätze in Tomelilla zu schaffen.

Ihre Wangen waren so gerötet, dass es den Anschein erweckte, sie wäre im Solarium eingeschlafen. Zwei Schauspieler kommen her, dachte sie zufrieden. Da sie jetzt mit Lotta und Oskar über das Lokal und die Zufahrt verhandelte, konnte sie auch einfach mal bei ihnen vorbeischauen. Ihr ganzes Dasein erschien ihr in helleren Farben, in viel helleren Farben.

15

Nur ein weiterer Brief hatte bei der »Ystads Allehanda« auf sie gewartet. Er stammte von einem missgelaunten Alten, der sich über unzählige Dinge ärgerte. Er hatte einen sehr langen Brief geschrieben und damit Alma und Margit auf ihrem Sofa im Altersheim sehr viel Gesprächsstoff geliefert. Den Brief hatte er mit »Olle, 79« unterzeichnet. Nachdem Margit den Brief vorgelesen hatte, endete sie, indem sie mit lauter Stimme sagte: »Olle, neunundsiebzig. Sieben neun.« Dann lachten sie, Alma schlug sich auf die Schenkel und musste sich die Tränen mit dem Taschentuch abwischen.

»Fehlt dir das Autobingo, Margit?«

»Das nicht, aber ich vermisse es, mit dir im Garten zu sitzen«, meinte sie, und da wurde Alma plötzlich wieder ernst.

Der Mann, der den Brief geschickt hatte, stammte aus Helsingborg. Sie sprachen darüber, wer ihn im Zweifelsfall bekommen würde, und waren sich einig, dass er nicht infrage kam.

Die Männer aus Sjöbo dagegen waren befreundet, wie sie beide, außerdem wohnten sie in der Nähe. Genau eine Woche nachdem sie den Brief von ihnen bekommen hatten, beschlossen sie, die Antwort, die sie bereits mit viel Mühe aufgesetzt hatten, auch abzuschicken.

»Wenn wir den Brief nicht bald abschicken, wirst du dir mit deinem Fingernagel noch den Rock zerreißen«, meinte Alma irritiert.

Es gab zwar einen Briefkasten vor dem Altenheim, aber sie beschlossen trotzdem, den Brief auf die Post zu bringen.

»Die Briefmarke war von dir, Margit. Was schulde ich dir?« Alma kramte in ihrem Portemonnaie.

»Ach, das ist doch nicht der Rede wert. Die Briefmarke kostet doch nur fünf Kronen fünfzig.«

»Ich bin da aber genau. Kann ich dir das Geld später geben? Ich habe kein Kleingeld«, meinte Alma und drehte ihr Portemonnaie um.

»Ach was«, sagte Margit erneut. »Du bezahlst doch immer die sauren Drops.« Sie schloss das Fenster, und sie machten sich auf den Weg.

Ulla Ström saß in ihrem Büro und schaute von dort lustlos zum Eingangsbereich hinüber. Als sie Alma und Margit hinausgehen sah, erhob sie sich und steuerte auf das Zimmer der beiden Damen zu. Bevor sie die Tür öffnete, schaute sie sich vorsichtig um, um sich zu vergewissern, dass niemand sie dort eintreten sah.

Im Zimmer blieb sie kurz stehen und warf einen Blick in die Runde. Irgendwo musste das vermaledeite Foto liegen! Sie hielt diese nagende Unruhe nicht mehr aus und wollte die ganze Geschichte hinter sich bringen, sowohl die Sache mit Kjell als auch die mit den beiden Alten. Ihre Ehre war ihr wichtiger als alles andere. Sie wusste, dass sie gewisse Aufstiegschancen besaß. Es sollte Personal eingespart werden, weshalb ein und dieselbe Leiterin auch für die Altenheime in den umliegenden Orten verantwortlich sein würde. Um dieses Ziel zu erreichen, musste ihr Leumund tadellos sein.

Sie blätterte etwas in den Illustrierten auf dem Couchtisch, zog dann die Schubladen der Kommode auf und stöberte vorsichtig darin herum. Dann ging sie zum Häkelkorb und hob ein Garnknäuel hoch. Sie zuckte zusammen. Holger Blad! Sie sah den Brief, hatte jedoch keine Zeit mehr, ihn zu lesen, da die Tür von außen geöffnet wurde. Als sie Alma und Margit vor sich sah, traf sie beinahe der Schlag.

»Was haben Sie in unserem Zimmer verloren?«, sagte Alma laut.

»Es sind Tabletten abhandengekommen. Es gibt hier schließlich viele Bewohner, die etwas verwirrt sind, und da haben wir uns überlegt …«

»Verwirrt! Allerdings! Die Verwirrteste steht hier vor mir und sucht in unserem Handarbeitskorb nach Tabletten.«

»Ich hätte natürlich warten sollen, bis Sie wieder zu Hause sind«, entschuldigte sich die Heimleiterin, »aber es ist nicht gut, wenn Medikamente einfach verschwinden.«

»Es gibt tatsächlich so einiges, was hier im Heim nicht gut ist. Außerdem bekommen wir demnächst Besuch von zwei Bekannten. Besteht die Möglichkeit, dass sie mit uns hier im Speisesaal essen?« Alma merkte nicht einmal, dass Margit sie anstieß.

»Die Bewohner dürfen keine Gäste in den Speisesaal mitbringen. Der Speisesaal ist nur für die Bewohner«, antwortete Ulla Ström betreten.

»Ich habe den Eindruck, dass hier so manche Regeln nicht gelten, dann wird es doch wohl möglich sein, auch in dieser Frage etwas flexibler zu sein.«

»Aber ...«, sagte Ulla Ström.

»Wir sagen natürlich vorher Bescheid. Margit hatte ihr Portemonnaie vergessen. Jetzt gehen wir wieder. Wenn Sie uns entschuldigen würden.«

Beschämt verschwand die Heimleiterin aus dem Zimmer. Sie atmete schwer und hielt den Blick starr nach vorn gerichtet, als sie auf ihr Büro zuging. Holger Blad, dachte sie. Warum haben die beiden ein Foto von ihm in ihrem Handarbeitskorb liegen und außerdem noch einen Brief? Schade, dass ich ihn nicht lesen konnte. Auf die beiden ist kein Verlass, wirklich nicht.

Abrupt blieb sie stehen. Sie kam sich lächerlich vor: Sie war nämlich so in Gedanken gewesen, dass sie an ihrem Büro vorbeigegangen war und umdrehen musste.

Alma trat mit ihrem linken Bein besonders fest aufs Pflaster, als sie Richtung Post gingen.

»Und wenn wir jetzt nicht mehr im Altenheim wohnen bleiben können, was dann?«, fragte Margit besorgt.

»Das können wir bestimmt. Ich fand, du warst etwas zu furchtsam. Du hast überhaupt nichts gesagt.«

»Was hätte ich denn sagen sollen?«

»Was weiß ich. Ich weiß nur, dass ich mein ganzes Leben zu weich war. Ich habe immer nur Ja und Amen gesagt und nie eine eigene Meinung gehabt. Aber das wird jetzt anders, Margit. Als sie uns die Häuser weggenommen haben, habe ich einen Entschluss gefasst. Ich werde mich rächen, so wahr ich Alma Nord heiße.«

Margit schwieg und dachte nach. Rächen? Was meinte Alma damit? Wenn sie nur keine Dummheiten anstellte.

Schweigend gingen sie zur Post. Vor dem Briefkasten am Postamt zog Alma den Brief aus ihrer Handtasche.

»Toi, toi, toi«, sagte sie und tat so, als spuckte sie auf den Brief. Als sie ihn in den Briefkasten geworfen hatte, sagte sie mit lauter Stimme: »Willkommen im Altenheim, Assar und Einar.«

»Du bist doch nicht ganz bei Trost.« Margit lachte.

Hinter ihnen stand eine Frau und sah sie erstaunt an.

»Heute muss ich mir eine Zahnbürste kaufen«, sagte Margit.

»Sollen wir zu Bo Ohlsson gehen? Da waren wir schon lange nicht mehr.«

Alma hakte sich bei Margit ein, während sie durch den Ort gingen.

»Auf dem Parkplatz stehen ja fürchterlich viele Autos. Müssen die Leute nicht arbeiten? Schließlich ist helllichter Tag.« Erstaunt sah Margit sich um.

»Sollen wir uns einen Einkaufswagen nehmen, Margit?«

»Die Zahnbürste kann ich so tragen. Oder wolltest du viel einkaufen?«

»Saure Drops, aber ich finde in der Regel auch noch andere Dinge. Wir können unsere Handtaschen in den Wagen stellen, dann brauchen wir sie nicht zu schleppen.«

Sie gingen zu den Einkaufswagen, Alma öffnete ihr Portemonnaie und schob eine Münze in den Schlitz.

»Du hast das Porto bezahlt, ich bezahle den Wagen.«

»Die fünf Kronen bekommst du aber zurück, wenn du den Wagen wieder hier abstellst«, erwiderte Margit amüsiert.

»Stimmt. Ulla Ström hatte recht. Es gibt wirklich Heimbewohner, die etwas verwirrt sind.« Alma streckte die Hand aus, um die Türen des Supermarktes zu öffnen, diese öffneten sich aber automatisch.

Erst gingen sie zu den Drogerieartikeln. Margit brauchte lange, um sich eine Zahnbürste auszusuchen. Schließlich legte sie eine in den Einkaufswagen.

»Die ist hübsch, Margit. Orange ist ungewöhnlich. Sollen wir uns jetzt die Kleider ansehen?«

»Wir haben uns doch gerade erst welche gekauft.«

»Anschauen kostet nichts.« Wenig später standen sie vor ein paar hübschen Sommerkleidern.

»Was für ein schönes Halstuch. Das müsste zu meinen neuen Kleidern passen.«

»Bestimmt«, meinte Margit aufmunternd und hielt das dünne Halstuch in die Höhe. »Es gibt auch andere Farben. Vielleicht sollten wir uns ja beide eins kaufen.«

Als sie zur Kasse kamen, lagen zwei Halstücher, eine Zahnbürste, eine Tüte saure Drops, ein Block und eine Tube Pomade im Einkaufswagen.

»Eine Plastiktüte reicht, und die bezahle ich«, sagte Alma mit Nachdruck.

Sie waren rechtschaffen müde, als sie zum Altenheim zurückgingen. Dort kamen sie genau rechtzeitig zum Nachmittagskaffee an und stellten nur ihre Sachen in ihr Zimmer, bevor sie in den Speisesaal gingen.

»Ich habe mir schon richtiggehend Sorgen gemacht«, meinte George. »Den Nachmittagskaffee versäumen Sie doch nie.«

»Nein, nie«, erwiderten die beiden Damen.

»Wir sind auch heute noch rechtzeitig gekommen.« Alma lächelte und goss sich Kaffee ein. Margit verzehrte bereits heißhungrig eine Zimtschnecke.

Als sie wieder in ihrem Zimmer waren, ruhten sie sich eine Weile aus.

»Wann werden die beiden wohl antworten?«, fragte Alma.

»Es ist nicht gesagt, dass sie überhaupt antworten. Vielleicht haben sie ja schon andere gefunden.«

»Glaubst du?« Alma stützte sich auf dem Ellbogen auf.

»Abwarten. Wir haben ihnen jedenfalls unsere Telefonnummer geschickt. Sie können also selber entscheiden, ob sie einen Brief schreiben oder anrufen.«

»Du gehst ja Gott sei Dank immer ans Telefon«, meinte Alma erleichtert.

Für Alma rief nie jemand an, deswegen hob Margit immer ab. Auch bei Margit riefen nicht sonderlich viele Leute an, gelegentlich mal Axel oder Greta, aber sonst niemand. Margit und Alma hatten überlegt, ob sich ein Telefonanschluss für sie überhaupt lohnen würde. Im Heim konnte ja nichts passieren, aber in den Seniorenwohnungen würden sie ein Telefon für Notfälle brauchen. Daher hatten sie dann beschlossen, einen Anschluss zu behalten.

Unruhig wälzte sich Margit im Bett. Sie hatte gar nicht daran gedacht, dass *sie* immer ans Telefon ging, als sie im Brief ihre Rufnummer angegeben hatte. Der erste Briefentwurf war mehrere Seiten lang gewesen, aber dann hatten sie immer mehr gestrichen und sich schließlich darauf geeinigt, dass kurz und bündig das Beste sei. Wenn die Herren interessiert waren, brauchten sie ja nicht unbedingt gleich alles zu erfahren.

Ursula Wendt fuhr mit ihrem kleinen umweltfreundlichen Auto zur Gemeindeverwaltung von Tomelilla. Sie parkte ein, stieg aus und schloss die Fahrertür ab. In ihrer Tasche lagen die Unterlagen, die sie von Oskar und Lotta bekommen hatte.

Nils war verärgert, er fand, dass über diese blöde Zufahrt jetzt schon genug gesagt worden sei. Davon, dass Thomas und sie vielleicht Arbeit in dem neuen Lokal finden könnten, hatte sie noch nichts erzählt.

Am Tag zuvor hatte Ursula einen Termin mit der Bürgermeisterin und dem Verwaltungschef vereinbart. Sie waren nur mäßig interessiert gewesen, bis sie auf die Arbeitsplätze zu sprechen gekommen war. Da hatten sie dann doch etwas Zeit für sie gehabt. Wenn sie ihren Vorschlag positiv aufnahmen, dann würde sie dazu beitragen, dem allgemeinen Trend in der Gemeinde entgegenzuwirken. Das hatte sie sich bereits ausgemalt. Sie stellte sich schon die Zeitungsartikel mit ihrem Foto vor und war richtig stolz, obwohl es sich ja im Grunde nicht um ihren eigenen Vorschlag handelte. Sie begrüßte einige Leute auf dem Korridor und klopfte dann vorsichtig an die Tür der Bürgermeisterin Kerstin Löv.

»Herein!«

Ursula trat ein und grüßte freundlich.

»Nehmen Sie bitte Platz, ich rufe rasch den Verwaltungschef an, dann können wir uns kurz unterhalten. Wir haben beide gleich noch eine andere Besprechung.« Kerstin rief Stig Abrahamsson an und teilte mit, Ursula Wendt sei eingetroffen. Es dauerte nur wenige Sekunden, bis er gestresst das Zimmer betrat. Er grüßte rasch und nahm dann neben Ursula auf dem zweiten Besucherstuhl Platz.

»Und?«, begann Kerstin Löv skeptisch. »Sie hatten etwas, was Sie besprechen wollten.«

Ursula rückte nervös hin und her und zog dann ein paar Papiere aus ihrer Aktenmappe.

»Es geht um die neue Feriensiedlung. Es gibt da noch eine weitere Alternative.«

Kerstin Löv richtete sich halb auf und schob ein paar Papiere auf ihrem Schreibtisch zurecht.

»Die Zufahrt«, schnaubte sie. »Sagen Sie bloß nicht, dass Sie jetzt noch eine dritte Möglichkeit haben.«

»Ich dachte, es geht um Arbeitsplätze«, sagte Stig Abrahamsson barsch.

»Das stimmt«, erwiderte Ursula und legte ihre Papiere auf den Tisch.

Nach einer guten halben Stunde verließ Ursula das Büro. Kerstin Löv und Stig Abrahamsson begleiteten sie nach draußen, und ihre Irritation schien vollkommen verflogen zu sein.

»Darüber sollte man wirklich nachdenken«, sagte die Bürgermeisterin und lächelte Ursula freundlich an, ehe sie mit dem Verwaltungschef den Korridor entlang verschwand.

In diesem Augenblick trat Kjell aus seinem Büro und hörte Kerstin Lövs Kommentar. Was hat die dumme Kuh jetzt schon wieder vor?, dachte er. Kjell hatte weder für die Volkspartei noch für Ursula etwas übrig. Sie schleimte sich immer bei den Verwaltungsbeamten ein und sorgte bei ihren Angelegenheiten für eine Lobby, noch ehe sie auf der Tagesordnung auftauchten.

»Außerplanmäßige Sitzung?«, fragte Kjell säuerlich.

»So könnte man es vielleicht nennen.« Ursula Wendt lächelte. »Sie brauchen sich keine stichhaltigen Argumente mehr für Ihre Kehrtwendung in der Frage der Zufahrtsstraße auszudenken. Die Sache klärt sich – allerdings anders.« Die Absätze von Ursula Wendts blauen Wildlederstiefelchen verursachten ein ganz besonders lautes Geräusch, als sie auf den Ausgang zustrebte.

Kjell blieb schwer atmend stehen. Was hatte sie gesagt? Sie war ihm doch wohl nicht in die Quere gekommen? Es wäre allerdings nicht das erste Mal, dass sie alle Spielregeln außer Acht ließ. Ihm selbst war kein gutes Argument eingefallen, er hatte allerdings vorgehabt, mit dem Verwaltungschef einen Termin zu vereinbaren, um die Sache noch einmal zu diskutieren. Algot Karlssons Hofladen konnte schließlich von Interesse sein. Die Touristen kauften gerne Gemüse aus der Region direkt vom Erzeuger, und vielleicht wog dieses Argument schwer genug.

Es wäre ihm jedoch lieber gewesen, wenn ihm noch etwas anderes eingefallen wäre. Wenn sein Vorschlag kein Gehör fand, dann steckte er wirklich in der Klemme. Er hatte Algot Karlsson in seinem Eifer, eine Lösung zu finden, mehr oder minder versprochen, sich um die Genehmigungen zu kümmern. Langsam war ihm alles egal. Außer den beiden Alten hatte ihn niemand zusammen mit Ulla gesehen. Es gab also keinen Beweis. Zwar existierte ein Foto, aber das bewies eigentlich überhaupt nichts. Das konnte auch mitten am Tag aufgenommen worden sein. Schließlich planten sie gerade die Seniorenwohnungen, und er konnte behaupten, dass sein Besuch damit zu tun gehabt habe.

Er nahm sich vor, auf dem Nachhauseweg einen Strauß Rosen für Eva-Britt zu kaufen. Schon lange hatte er mit ihr über den Umstand reden wollen, dass sie als alleinige Hauseigentümerin im Grundbuch eingetragen war. Er konnte anführen, dass es steuerlich günstiger sei, wenn sie das Haus gemeinsam besaßen. Mit Vorschriften kannte sich Eva-Britt nicht sonderlich gut aus. Sie arbeitete halbtags in der Behindertenbetreuung.

Kjell kehrte in sein Büro zurück, ohne so recht zu wissen, warum er es eigentlich verlassen hatte. Er meinte immer noch das Geräusch von Ursulas Absätzen zu hören, und sein Kopfwackeln nahm zu, wie immer, wenn er nervös war.

Margit saß auf dem Sofa und las die Todesanzeigen in der »Ystads Allehanda«. Alma erledigte im Badezimmer ihre Morgentoilette.

»Heute ist wieder niemand dabei, den wir kennen.«

»Ach.« Almas Stimme klang enttäuscht. Ihr war klar, dass Margit die Todesanzeigen meinte. Todesanzeigen waren etwas Merkwürdiges. Sie wünschten sich natürlich keine Todesfälle im Bekanntenkreis, aber wenn ein solcher eintrat, lieferte er genügend Gesprächsstoff für einen ganzen Vormittag. Dann erzählten sie sich abwechselnd, welche Erinnerungen sie mit dem Verstorbenen verbanden.

»›Keine Feier nach der Beerdigung‹, steht neuerdings in vielen Anzeigen«, sagte Margit, als Alma aus dem Badezimmer trat.

»Das klingt etwas dürftig, findest du nicht auch?«

»Damit sparen sich die Erben eine Menge Geld, aber ich finde auch, es wirkt etwas knauserig.«

»Soll es bei deinem Begräbnis Schnittchen oder ein richtiges Essen geben?«

»Darüber habe ich noch nicht nachgedacht. Darum sollen sich Axel und Greta kümmern.«

»Findest du es nicht komisch, dass man ein Fest ausrichten soll, an dem man dann selbst nicht teilnimmt?«

»So ist es doch gar nicht«, antwortete Margit. »Ein Fest ist es ja nicht gerade, und man ist nicht selbst der Veranstalter. Schließlich handelt es sich um ein Begräbnis.«

»Ja. Aber man muss es selbst bezahlen.«

»Das wird aus dem Nachlass bezahlt.«

»Habe ich dir eigentlich mal von Elsie Pederssons Begräbnis erzählt?«, sagte Alma plötzlich und lachte.

»Die fromme Kantorin?«

»Genau die. Ihre ganze Familie war im Übrigen fromm. Das Kaffeetrinken nach der Beerdigung sollte bei einer Nichte von Elsie stattfinden. Kurz vor der Beerdigung fiel ihr auf, dass sie keine passenden Servietten hatte. Sie schickte ihre Tochter, welche zu kaufen, und gab ihr genaue Anweisungen: Sie sollten unauffällig sein, weder geblümt noch kariert oder gestreift. Ein unauffälliges Muster eben, vorzugsweise grau oder weiß.« Alma holte Luft.

»Und was war daran so besonders?«

»Warte.« Alma holte noch einmal tief Luft. »Das Mädchen suchte lange im Laden und fand nichts Passendes, alles war bunt und farbenfroh, und um nichts falsch zu machen, nahm sie schlichte weiße Servietten. Als sie nach Hause kam, faltete sie sie einfach und legte sie zwischen Tasse und Untertasse. Als sich die ganze fromme Gesellschaft nach dem Begräbnis an die Kaffeetafel setzte, war die Stimmung sehr gedämpft. Da hob einer der Gäste seine Serviette hoch, um sich den Mund abzuwischen, und das Mädchen sah entsetzt, dass auf der Rückseite der Servietten Donald Duck abgebildet war.«

»Unglaublich!« Margit lachte.

Das Telefon klingelte, und Margit ließ entsetzt die Zeitung fallen.

»Was Axel und Greta wohl so früh wollen? Hier ist Margit. Wer?« Margit sah Alma entsetzt an. »Doch, das bin ich ... oder wir, genauer gesagt.« Alma sah sie fragend an. »Das wäre sehr nett. Ja, am Mittwoch. Ich muss aber erst noch Alma fragen, ob sie bereits andere Pläne hat.«

In diesem Augenblick begriff Alma und fühlte sich wie gelähmt.

»Ich kann am Mittwoch«, sagte Alma halblaut. Margit gab ihr ein Zeichen, leise zu sein.

»Könnte ich vielleicht in einer Viertelstunde zurückrufen?« Margit fuchtelte mit dem Arm, und Alma war klar, dass sie Papier und einen Stift brauchte. Nachdem ihr Alma beides gereicht hatte, notierte Margit eine Telefonnummer. Dann fuhr sie fort: »Das wäre natürlich nett, aber wir hatten uns überlegt, Sie beim ersten Mal im Stadthotel von Tomelilla zum Kaffee einzuladen.« Margit lächelte verlegen. »Ich meine natürlich, wir hatten darüber gesprochen für den Fall, dass Sie anrufen würden. Nein, nein, machen Sie keine Umstände, wir können hinlaufen. Es ist nicht weit. Passt Ihnen drei Uhr? Ich rufe zurück, wenn ich mit Alma gesprochen habe«, schloss Margit. Ein paar Sekunden lang saß sie wie erstarrt da, nachdem sie das Telefonat beendet hatte.

»Waren *sie* das?«, flüsterte Alma.

»Nicht beide«, erwiderte Margit übermütig. »Das war Einar.«

»Du hättest schöne Grüße an Assar ausrichten lassen können«, meinte Alma kritisch.

»Er hat dich aber auch nicht grüßen lassen.«

Alma spürte, wie der Ärger in ihr aufstieg. Margit redete so, als hätte sie sich schon für Einar entschieden.

»Sie wollten mit uns einen Ausflug mit dem Auto machen.«

»Das wäre natürlich nett gewesen, aber wir hatten ja beschlossen, erst mit ihnen mitzufahren, wenn wir sie näher kennen.«

»Mein Gott. Das habe ich doch gerade eben gesagt.« Jetzt war Margit irritiert. »Hast du nicht gehört, dass ich Stadthotel gesagt habe …«

Alma antwortete nichts, sondern ließ sich schwer aufs Sofa fallen.

»Ja, das war wohl so«, lenkte sie ein und bedeutete Margit mit der Hand, neben ihr auf dem Sofa Platz zu nehmen. Als Margit saß, tätschelte ihr Alma das Bein. »Wir sind einfach etwas aus dem Häuschen«, meinte sie beschwichtigend. »Sie kommen doch wohl alle beide?«

»Natürlich. Glaubst du, dass wir einen Tisch bestellen müssen?«

»In Tomelilla muss man an einem Mittwochnachmittag keinen Tisch bestellen.« Alma schien zu zögern. »Wir könnten natürlich anrufen und fragen.«

»Ach, das geht schon in Ordnung.«

Margit ging zur Kommode, nahm ihren Kalender heraus und trug Einars Telefonnummer im Adressenteil ein.

»Dass sie wirklich angerufen haben«, schmunzelte Alma.

In diesem Moment wurde die Tür aufgerissen, und Bojan stürzte ins Zimmer. Sie rollte Richtung Couchtisch und rammte diesen, als versuche sie, ihn umzufahren.

»Sie haben fast den Tisch umgeworfen«, fauchte Alma, bereute es aber im selben Augenblick.

»Ich muss in den Luftschutzkeller. Der Krieg ist ausgebrochen.« Bojans Hände, die die Handgriffe ihrer Gehhilfe umklammert hielten, zitterten. Der Korb ihres Rollators klapperte. »Beeilt euch!«, fuhr sie fort.

»Nur ruhig«, meinte Alma freundlich. »Hier herrscht kein Krieg. Kommen Sie, wir begleiten Sie, wir wollten auch gerade frühstücken gehen.«

»Sie sind so nett. Alle Altenpflegerinnen hier sind nett.« Bojan sah Alma freundlich an und tätschelte ihr die Hand. Alma hielt es nicht der Mühe wert, etwas zu erklären, sondern lotste Bojan auf den Korridor. Margit folgte ihr.

16

Axel und Greta saßen auf der Terrasse und tranken ihren Abendkaffee. Christer fingerte an seinem Ohrring. Das Transistorradio stand an der offenen Tür, und es lief leise Musik.

»Was für eine bescheuerte Musik. Ich begreife nicht, wie ihr euch so was anhören könnt«, meinte Christer kritisch.

»Immer noch besser als der Radau, den du dir immer anhörst«, entgegnete Axel, nahm erst ein Stück Würfelzucker in den Mund und dann einen Schluck Kaffee.

»Findest du nicht, dass Kjell in letzter Zeit komisch wirkt?«, fragte Greta und schaute in den Nachbargarten.

»So war er doch immer.«

»Aber jetzt habe ich den Eindruck, dass er uns geradezu aus dem Weg geht. Er war in diesem Sommer bisher kaum im Garten, wenn wir im Garten waren. Gehen wir raus, geht er rein …«

»Das stimmt«, meinte Axel. »Ich habe ihm jedenfalls nichts getan.«

»Können wir nicht am Mittwoch, wenn ich freihabe, Margit und Alma besuchen?«, unterbrach ihn Greta.

»Ich habe nicht frei«, entgegnete Axel, »aber ich kann natürlich eine Weile verschwinden.«

Greta begann die Kaffeetafel abzudecken, und Axel erhob sich und drehte noch eine Runde durch den Garten. Christer blieb sitzen und spielte mit seinem Handy herum. Seine Finger bewegten sich rasend schnell, und er hielt den Blick starr auf das Display gerichtet.

Im Altenheim gab es zum Abendkaffee Unterhaltung. Der Seniorenchor sang Sommerlieder, und es wurde ein besonders guter Kuchen angeboten. Im Park schnatterten die

Enten, und vom Spielplatz her war das fröhliche Kreischen von Kindern zu hören. Ulla Ström stand mit finsterer Miene in der Tür des Speisesaals.

»›In des Sommers sonnigen Tagen‹, das können doch alle?«, fragte der Chorleiter. »Jetzt dürfen alle mitsingen.«

Margit sang immer gerne mit, aber an diesem Abend konnte sie sich nicht konzentrieren. Mit leerem Blick starrte sie in den Speisesaal und trommelte mit den Fingern auf ihre blumige Serviette.

Die Klänge der Ziehharmonika drangen aus der Terrassentür des Altenheims und vereinigten sich mit dem Sommer.

Dienstagabend herrschte im Zimmer der Damen Aufruhrstimmung. Sie sprachen über alles, was am nächsten Tag geschehen sollte, und darüber, was sie anziehen würden, wenn sie ins Stadthotel gingen. Nach langen Diskussionen hatten sie die Kleiderfrage geklärt. Ihre Handtaschen hatten sie schon bereitgestellt und außerdem kontrolliert, dass ihre Barschaft für den Kaffee, zu dem sie die Herren einladen wollten, ausreichte.

»Für wen bezahlst du?«, fragte Alma.

»Wenn ich für Einar zahle und du für Assar, dann glauben sie womöglich, dass wir uns bereits entschieden haben, wen wir wollen. Das wirkt bescheuert. Ich zahle alles, und dann rechnen wir später ab.«

»Dann glauben sie, dass du alles bezahlst«, meinte Alma eingeschnappt. Ihr war ihre Besorgnis anzuhören.

»Wir können natürlich sehr zeitig hingehen und alles schon vorher bezahlen.«

»Geht das?«

»Klar, Hauptsache, man bezahlt«, meinte Margit.

»Aber wir wissen doch gar nicht, was sie zum Kaffee haben wollen.«

»Sie sollen halt nehmen, was es gibt«, fauchte Margit, schien jedoch selbst unsicher zu sein. »Das ergibt sich schon irgendwie«, meinte sie dann beschwichtigend. »Findest du, dass ich den Wecker stellen sollte?«

»Wir wachen doch immer gegen sieben auf und müssen erst um drei im Hotel sein«, erwiderte Alma erstaunt.

»Das stimmt, aber es wäre mir trotzdem lieber. Du hattest doch versprochen, mir nach dem Frühstück mit den Lockenwicklern zu helfen. Man will sich schließlich auch nicht abhetzen.«

Nachdem sie alles bereitgelegt und geplant hatten, schalteten sie den Fernseher ein. Sie zappten eine Weile, bis sie einen alten schwedischen Spielfilm gefunden hatten.

»Schau mal, was die für ein Kleid trägt!«, sagte Margit und deutete auf den Fernseher. Die Schauspielerin trug ein elegantes Abendkleid aus einem dünnen Stoff.

Beide verfolgten gebannt die Handlung. Plötzlich rief Alma: »Margit! Genauso hat es aus dem Lagerraum geklungen, als sie sich geküsst haben.«

Margit zuckte zusammen. »Du bist ja nicht bei Trost!«, sagte sie. »Mich so zu erschrecken!«

Obwohl es schon spät war, sahen sie sich den ganzen Film an. Als fänden sie, es würde sich nicht lohnen, sich früh hinzulegen, da sie doch nur unruhig schlafen würden. Irgendwann machten sie sich dann trotzdem bettfertig.

Nachdem sie Gute Nacht gesagt und die Nachttischlampen ausgemacht hatten, schwiegen sie lange. Ganz gegen ihre Gewohnheit brach Margit als Erste das Schweigen.

»Wie sie wohl aussehen, Alma?«

»Darüber habe ich auch schon nachgedacht, aber solange sie nett sind und keine Fehler haben, ist es mir egal.«

»Ich weiß gar nicht recht, worüber wir reden sollen …«

»Das ergibt sich von allein, Margit. Aber ich will ihn eigentlich gar nicht wie so einen richtigen Verlobten, dann muss man sich küssen und so …«

»Dafür sind wir sowieso zu alt! Sie sollen einfach nur unsere Freunde sein. Wir können Ausflüge mit dem Auto unternehmen, vielleicht Karten spielen und zusammen fernsehen.«

»Wenn wir doch nur noch unsere Häuser hätten«, flüsterte Alma. »Dann wäre alles anders. Dann hätten wir sie zum Kaffeetrinken in den Garten einladen können. Aber vielleicht ...«

»Was?«

Aber Margit erhielt keine Antwort und wollte vielleicht auch gar keine haben. Da war wieder dieses Geheimnis, das sie beunruhigte.

»Auf wann hast du deinen Wecker gestellt?«, wollte Margit plötzlich wissen, aus Angst, dass Alma weiter über ihre Häuser sprechen könnte. Sie war angesichts der Dinge, die sie am nächsten Tag erwarteten, ohnehin schon vollkommen durcheinander.

»Ich habe meinen auf sieben gestellt ...«

»Und ich meinen auf Viertel nach.«

Viertel vor drei nachts starrte Alma immer noch an die Decke. Sie wälzte sich hin und her und hörte, dass Margit ebenfalls unruhig war. Alma fragte sich, wie es wohl am nächsten Tag sein würde, wenn sie wieder in ihren Betten lagen. Dann war das Treffen vorbei, und sie hatten sicher viel zu besprechen.

Schon um sechs Uhr waren beide aufgestanden. Sie gingen planlos im Zimmer auf und ab und setzten sich zwischendurch schweigend auf die Couch. Um sieben Uhr schrillte Almas Wecker, und sie bekam einen solchen Schreck, dass sie sich beinahe in Margits Arme geflüchtet hätte. Alma stellte den Wecker kommentarlos ab, und sie blätterten anschließend zerstreut in der »Ystads Allehanda«, als plötzlich Margits Wecker klingelte.

»Was für ein verdammtes Geklingel!« Alma lachte, und Margit lächelte zustimmend.

Direkt nach dem Frühstück duschte Margit, und Alma

rollte ihr die Haare auf. Um Viertel nach zwei schritten die beiden Damen in ihren luftigen Sommerkleidern durch den Haupteingang des Altenheims nach draußen. Ihre neuen Strickjacken hatten sie für den Fall, dass es kühler werden würde, über den Arm gehängt. Margit schaute nach unten, weil sie Angst hatte, der Wind könnte ihr die neue Frisur ruinieren. Alma hatte sich mit etwas Haarfestiger begnügt.

Als sie zum Stadthotel kamen, zögerten sie erst, aber dann öffnete Alma rasch die Tür, und sie traten ein. Sie sahen sich vorsichtig in der leeren Eingangshalle um und gingen daraufhin die Treppe zum Restaurant hoch. Im Speisesaal saßen nur wenige Gäste. Die beiden Damen blieben an der Bar stehen. Ein freundlicher Kellner erschien und fragte, womit er dienen könne.

»Wir wollten Kaffee und einen guten Kuchen bestellen«, sagte Margit.

»Bitte schön«, sagte der Kellner und führte sie zu einem kleinen Tisch. Er räumte erst noch die Gläser und Servietten vorheriger Gäste ab und fegte mit einer Serviette ein paar Krümel auf den Fußboden. Dann stellte er zwei Kaffeetassen auf den Tisch.

»Es kommen zwei weitere Personen«, sagte Alma verlegen, »wir würden gerne noch einen Moment mit dem Kaffee warten.«

»Können wir zahlen?«, fragte Margit plötzlich.

»Zahlen?« Der Kellner wirkte erstaunt. »Aber ich habe Ihnen ja noch gar nichts gebracht. Wollen Sie nicht mit der Bestellung warten, bis der Rest der Gesellschaft eintrifft?«

»Wir hätten gerne vier Kaffee, Kopenhagener, Zitronenkuchen und ein Törtchen.«

»Sahne zum Kaffee?«

»Kostet das extra?«, fragte Alma.

»Nein, das ist inklusive, aber …«

»Dann nehmen wir auch Sahne, falls die anderen gerne Sahne hätten.«

»Sie wünschen also jetzt schon die Rechnung?«

»Ja, bitte«, sagten sie wie aus einem Mund, und der erstaunte Kellner verschwand aus dem Speisesaal.

»Wie spät ist es, Alma? Meine Uhr geht nicht ganz richtig. Ich habe das Gefühl, sie würde manchmal stehenbleiben.«

Alma zog den Ärmel ihres Kleids hoch.

»Zwanzig vor drei. Hier sitzen keine anderen Frauen, sie müssten uns also finden.«

»Gut.«

»Ja.«

»Wie spät ist es jetzt?«

»Du hast mich doch gerade erst gefragt.«

»Ach?«

»Zwanzig vor drei.«

»Bitte?«

»Ich habe gesagt, dass es zwanzig vor drei ist.«

Nach einer Weile kam der Kellner mit der Rechnung. Margit schnappte sie sich, öffnete seufzend ihr Portemonnaie und zahlte. Der Kellner verbeugte sich und verschwand.

»Hundertdreißig Kronen«, sagte Margit.

»Also fünfundsechzig für jeden, oder?« Alma wühlte in ihrer Geldbörse.

»Steck das Geld weg, Alma ... Ich glaube, jetzt kommen sie.«

Am anderen Ende von Tomelilla verstummten plötzlich die Maschinen neben Almas und Margits Haus. Die Baggerführer stiegen aus, standen in Grüppchen beieinander und diskutierten. Ein paar schüttelten hilflos den Kopf. Andere redeten mit lauten Stimmen in ihre Handys und gestikulierten lebhaft.

Kjell Johansson verließ gerade sein Büro, um seinen Nachmittagskaffee zu trinken. Als er die Kantine betreten wollte, stellten sich ihm der Reporter und der Fotograf der »Ystads Allehanda« in den Weg.

»Warten Sie«, rief der Reporter, während es zum ersten Mal blitzte.

»Worum geht es?«, fragte Kjell.

»Die Zufahrtsstraße. Oder gibt es noch andere Neuigkeiten?«

»Die Zufahrtsstraße?« Kjell wirkte verblüfft. »Darüber gibt es doch wohl nichts zu sagen ... jedenfalls nicht im Moment.«

»Wirklich nicht?«, fuhr der Reporter fort. »Und warum sind die Arbeiten dann abgebrochen worden?«

»Davon weiß ich nichts«, erwiderte Kjell, aber Hoffnung und Triumph leuchteten in seinen Augen, und er wurde gleich ein paar Zentimeter größer.

»Stammt der dritte Vorschlag auch von Ihnen?«

»Dritter Vorschlag?«, erwiderte Kjell erstaunt.

Als der Reporter merkte, dass Kjell von nichts wusste, bedeutete er dem Fotografen, den Fotoapparat zu senken.

»Ursula Wendt hat von einem Lokal gesprochen und von einer Zufahrt von der Reichsstraße 11 aus.«

»So so, Ursula Wendt.« Kjell ballte die Fäuste.

»Das war also nicht Ihr Vorschlag?« Der Reporter schien fast enttäuscht zu sein. »Die Politiker hier im Haus lassen ständig etwas durchsickern. Es ist wirklich nicht leicht, in so einer Gemeinde Journalist zu sein. Man weiß nie, was nur Gerüchte sind und was stimmt.«

»Ich finde, das klingt mehr nach einem Gerücht«, sagte Kjell verärgert. »Beim Gemeinderat sind zumindest keine neuen Vorschläge eingegangen.«

»Schon merkwürdig, dass die Arbeit dort draußen dann trotzdem ganz plötzlich zum Erliegen gekommen ist«, meinte der Journalist beiläufig.

Kjell ging in sein Büro, zog sein Jackett an und verließ die Gemeindeverwaltung. Seine Gedanken überschlugen sich. Was hatte Ursula Wendt mit der Sache zu tun? Was war das für ein neuer Vorschlag, der so interessant war, dass man deswegen das Bauvorhaben abbrach?

Er schüttelte unwillig den Kopf. Seinen Vorschlag schien niemand ernst genommen zu haben, aber diese intrigante Schachtel, noch dazu eine von der Volkspartei, musste nur ein wenig mitmischen, und schon ließ man alles stehen und liegen. Was sollte er jetzt Algot Karlsson sagen?

Im Auto kurbelte er das Seitenfenster herunter. Als die frische Luft ins Wageninnere wehte, beruhigte er sich wieder etwas. Ein Lokal! Er lachte. Falls das der neue Vorschlag war, dann waren die Argumente dafür alles andere als stichhaltig. Aber vielleicht hatte das Ganze immerhin eine verzögernde Wirkung. Kjell konnte eine Verschnaufpause gut gebrauchen.

Am Nachmittag wollte er Ulla anrufen. Sie war immer gut informiert, und die betroffenen alten Damen wohnten schließlich in ihrem Altenheim. Vielleicht wussten sie ja was und hatten ihr was erzählt? Erst einmal würde er jedoch zur Baustelle fahren und die Informationen des Reporters überprüfen. Journalisten waren manchmal besser unterrichtet als die Politiker, und das ärgerte ihn. Er begriff nicht, wo sie immer alle ihre Informationen herhatten, aber dieses Mal ahnte er, wie es zugegangen war. Eine Person wie Ursula Wendt wollte sich bei der Presse einschmeicheln. Sobald sie nur einen Fotoapparat erblickte, drängelte sie sich vor.

Als er zur Baustelle kam, konnte er nur feststellen, dass die ganzen Baumaschinen verschwunden waren. Die beiden Häuser standen verlassen da und sahen aus, als hätten sie schon seit Jahren leer gestanden.

Kjells Atem ging keuchend, und er wackelte mit dem Kopf, als er auf dem Rückweg viel zu schnell durch den Svampakreisel fuhr.

Die beiden Männer näherten sich vorsichtig ihrem Tisch. Sie machten eine feierliche Miene und wirkten gespannt.

»Sind Sie Margit und Alma?«, fragte der größere der beiden.

»Allerdings«, erwiderte Alma fröhlich.

»Ich bin Einar«, fuhr der Mann fort, »und das hier ist Assar, mein Freund und Nachbar.« Er deutete auf den etwas kleineren der beiden.

»Setzen Sie sich doch«, sagte Margit. »Ich will nur rasch den Kellner bitten, den Kaffee zu bringen. Wir haben schon bestellt.«

»Ich hoffe, Sie mussten nicht zu lange warten«, meinte Assar und schaute besorgt auf die Uhr.

»Überhaupt nicht. Wir sind zu früh gekommen. Ich bin übrigens Alma.«

Noch ehe Margit aufstehen konnte, kam der Kellner und fragte, ob es recht sei, wenn er jetzt den Kaffee serviere.

»Wunderbar«, sagte Margit.

Alma fand die ganze Situation sehr merkwürdig. Da saß sie nun im Stadthotel von Tomelilla mit zwei unbekannten Männern, die nur Margits und ihretwegen gekommen waren. Sie fand das nicht weiter unangenehm, im Gegenteil. Die Männer wirkten sympathisch, und die Unterhaltung kam sofort in Gang.

»So sehen also zwei sirile Gentlemänner aus«, scherzte Einar. »Wir mussten lachen, als wir das gelesen haben.«

Alma und Margit sahen sich erstaunt an.

»Auch bei Zeitungen schleichen sich manchmal Druckfehler ein«, fuhr Einar fort. »Wir vermuteten, dass da ›viril‹ hätte stehen sollen, oder?«

»Natürlich!« Margit lächelte und blinzelte Alma zu, damit diese den Mund hielt.

Die beiden Herren hatten helle Hosen und gestreifte Sommerhemden an. Einar trug eine hübsche Wolljacke und Assar eine Weste. Richtig fesch sahen die beiden aus! Einar war fast einen Kopf größer als Assar. Beide hatten dunkle Haare. Einar war der gesprächigere von beiden, und Alma hatte sofort das Gefühl, dass sie ihn ohne Weiteres Margit überlassen könnte, falls diese ihn wollte. Er war natürlich nett, aber Assar hatte so warme, freundliche Augen. Alma hatte sofort ein Gefühl der Zusammengehörigkeit für ihn empfunden.

»Ich bin diejenige, die hinkt«, sagte Alma ernst. Obwohl das in der Anzeige gestanden hatte, wollte sie das noch einmal klarstellen.

»Wir haben alle unser Päckchen zu tragen«, sagte Einar. »Dafür habe ich Schuppen.« Dann lachten sie alle vier.

Plötzlich wurde Einar ernst und fuhr fort: »Ich will Ihr Problem damit natürlich nicht lächerlich machen …«

»Für mich ist das kein Problem.« Alma lächelte ihr schönstes Lächeln. »Außer dass mein linkes Hosenbein gekürzt werden musste, als ich mir eine Hose gekauft habe.«

Alma und Margit erzählten, wie man sie gezwungen hatte, ihre Häuser zu räumen. Die Männer fanden das schrecklich, gaben dann aber ihrer Hoffnung Ausdruck, dass sich eine gute Lösung finden würde.

»Ganz bestimmt«, sagte Alma mit Nachdruck, und Margit sah sie besorgt an.

Einar und Assar erzählten, dass sie mitten in Sjöbo wohnten, in kleinen Häuschen mit einem Garten dahinter.

»Wir sind beide schon sehr lange verwitwet«, sagte Einar. »Manchmal fehlt uns einfach ein schöner Anblick.« Margit und Alma wurde warm ums Herz.

»Ich war nie verheiratet«, meinte Alma. »Ich habe mich um meinen Bruder gekümmert. Gekümmert ist vielleicht der falsche Ausdruck. Er kam sehr gut alleine zurecht, aber ich habe ihm trotzdem den Haushalt geführt.«

Nach einer guten Stunde fand Margit, es sei an der Zeit, aufzubrechen. Wenn die beiden Herren sie wiedersehen wollten, musste schließlich noch Gesprächsstoff übrig sein.

»Wir danken Ihnen für die nette Gesellschaft«, sagte Margit freundlich, »aber wir müssen zurück, sonst glauben die noch, wir seien aus dem Heim ausgerissen.«

»Ich zahle.« Einar zog seine Brieftasche hervor. »Sie können uns zum Kaffee einladen, wenn Sie Ihre neuen Wohnungen bezogen haben.«

»Der Kaffee ist bereits bezahlt«, sagte Alma stolz. »Wir haben doch gesagt, dass wir Sie einladen würden.«

»Da waren Sie aber fix, das muss ich sagen, aber trotzdem …«

»Dann danken wir vielmals«, sagte Assar und stand auf, »und bestehen darauf, Sie zum Altenheim zurückzufahren.«

Alma und Margit sahen sich an.

Assar fuhr fort: »Sie haben das mit dem Kaffee entschieden, und das hier entscheiden wir, nicht wahr, Einar?«

»Aber sicher. Unser Wagen steht um die Ecke.«

Alma und Margit stiegen hinten ein. Sie hatten keine große Lust darauf, von irgendwelchen Bekannten gesehen zu werden.

»Einfach nur die Tomegatan geradeaus«, sagte Alma.

»Ich kenne mich aus«, erwiderte Einar und fuhr gemächlich zum Altenheim.

»Sie wollen sich vielleicht ansehen, wie wir wohnen?«, fragte Alma, und Margit stieß sie in die Seite.

»Da gibt es nicht viel zu sehen«, sagte Margit rasch. »Es ist ja auch nur ein Provisorium. Zwei Betten, ein Sofa und ein Tisch. Das war's schon.«

»Und ein Fernseher«, warf Alma ein.

»Wir können ja mit reinkommen und schauen, in welchem Zimmer Sie wohnen, damit wir es finden, falls wir Sie mal abholen«, meinte Assar.

»Falls Sie uns überhaupt noch mal treffen wollen«, scherzte Einar und betrachtete die beiden Damen im Rückspiegel.

»Aber gerne doch.« Margit lächelte.

Einar fuhr auf den Gästeparkplatz und öffnete ihnen die hinteren Türen. Alma pflegte ihr linkes Bein aus dem Auto zu heben, aber jetzt gelang ihr das etwas anmutiger. Sie war stolz und versuchte, nicht zu fest aufzutreten, als sie auf den Haupteingang zugingen.

»Hier ist unsere Residenz«, sagte Margit, als sie die Zimmertür öffnete. Sie war froh, dass sie aufgeräumt hatten, bevor sie gegangen waren.

»Es sieht doch sehr nett aus«, sagte Assar freundlich und lächelte Alma an.

»Sitzgruppe, Kommode und Fernseher haben wir mitgebracht, aber alles andere steht noch in den Häusern, die abgerissen werden sollen«, sagte Margit wehmütig.

»Ein saurer Drops gefällig?« Alma hielt den beiden Herren die Bonbonniere hin. »Sie dürfen gerne einen Augenblick Platz nehmen«, fuhr sie fort und deutete aufs Sofa.

»Tja, zu Hause wartet niemand auf uns ...« Einar nahm auf dem Sofa Platz, und Margit setzte sich neben ihn.

»Das ist ein Vierersofa«, erklärte Alma und setzte sich mit Assar zu ihnen.

»Das war wirklich ein schöner Tag«, stellte Assar freundlich fest. »Richtig nett ... alles so einfach und unkompliziert. Als würden wir uns schon ewig kennen.«

»Da kann ich nur zustimmen«, meinte Einar. »Ich hoffe wirklich, dass Sie sich einmal ansehen, wie wir wohnen.«

Die Unterhaltung verlief unbeschwert. Sie erzählten von sich und davon, wie ihr Leben ausgesehen hatte. Plötzlich klopfte es dreimal, und die Tür wurde geöffnet. Margit versuchte vergeblich, sich zu erheben, während Alma mit demselben Lächeln, das sie schon den ganzen Nachmittag auf den Lippen hatte, sitzen blieb.

»Das hier sind Assar und Einar aus Sjöbo«, sagte sie stolz. »Wir waren zusammen im Stadthotel.«

»Sie sind verwitwet«, erklärte Margit mit schwacher Stimme, als wollte sie damit die Situation entschärfen. »Und das hier ist mein Sohn Axel mit seiner Frau Greta.«

Axel und Greta standen mit großen Augen in der Tür und betrachteten die vier, die aufgereiht auf dem Sofa saßen.

»Angenehm.« Einar erhob sich und gab Axel und Greta die Hand.

Nach der Begrüßung breitete sich ein betretenes Schweigen im Zimmer aus. Alle lächelten etwas starr, und Margit fand die Situation ungemein peinlich.

»Wir wollen nicht weiter stören«, sagte Axel.

»Es gibt ohnehin keine Sitzgelegenheit mehr«, scherzte Greta.

»Wir können auf den Betten sitzen.« Margit ging auf ihr Bett zu.

»Nein, nein.« Axel hielt sie auf. »Wir kommen ein andermal wieder, wenn ihr keinen Besuch habt.«

»Keine Sorge«, meinte Einar. »Wir werden uns schon um diese beiden charmanten Damen kümmern.«

»Das bezweifle ich nicht«, erwiderte Greta freundlich, und Margit fand, dass sie leicht amüsiert aussah.

Nachdem Axel und Greta gegangen waren, unterhielten sie sich noch eine Weile. Margit war jedoch schweigsamer geworden. Bevor die Männer gingen, gab Assar ihnen noch seine Telefonnummer, und Margit schrieb sie feierlich in ihr Telefonverzeichnis.

Dann begleiteten sie ihren Besuch nach draußen und stellten zufrieden fest, dass die Heimleiterin sie mit ihren Kavalieren aus ihrem Zimmer kommen sah. Auf dem Parkplatz winkten Margit und Alma den Männern hinterher. Dann standen sie eine Weile schweigend da, nachdem das Auto verschwunden war.

»Das war's also«, sagte Alma fröhlich und klatschte in die Hände. Margit entgegnete nichts.

Als sie wieder zum Eingang kamen, standen ein paar Altenpflegerinnen davor und rauchten.

»Es hat also doch endlich jemand angebissen«, scherzte Carina. »Glauben Sie bloß nicht, ich hätte Sie nicht kommen sehen.«

»Wir haben sie aber nicht übers Internet kennengelernt, sondern über eine Anzeige«, sagte Alma stolz und hörte, wie Margit damit begann, mit ihrem Nagel an ihrem Kleid zu kratzen.

»Sie sind schon zwei coole Frauen«, meinte Carina. »Das habe ich schon am ersten Tag gefunden.« Sie sah ihre Kolleginnen an, und diese nickten.

»Das war doch wohl nicht nötig, Alma, zu erzählen, dass wir sie über eine Anzeige kennengelernt haben«, meinte Margit, als sie wieder in ihrem Zimmer waren.

»Aber Carina hat uns doch gesehen ...«

»Meine Güte! Die beiden hätten doch unsere Brüder oder andere Bekannte sein können.«

»Das sind sie ja auch.«

»Was?«

»Bekannte.«

»Du hättest aber nicht erzählen müssen, dass wir sie über eine Anzeige kennengelernt haben.«

»Ist doch egal. Passiert ist passiert ...«

Margit warf einen Blick in ihr Telefonverzeichnis.

»Das waren zwei richtig nette und fesche Männer, findest du nicht auch, Margit?«

»Doch. Es war nur Pech, dass Axel und Greta ausgerechnet jetzt kommen mussten.«

»Ach was, falls wir sie wiedersehen, werden Axel und Greta es ohnehin früher oder später erfahren.« Als Margit nichts erwiderte, fuhr Alma fort. »Du willst sie doch wohl wiedersehen?«

»Natürlich will ich das.«

Ein schwacher Duft von Rasierwasser hing noch in der Luft – als Beweis, dass zwei sirile Gentlemänner eben erst das Zimmer verlassen hatten.

Auf der Autofahrt nach Hause wirkte Axel etwas angespannt. »Was sagst du dazu, Greta?«

»Nett finde ich das. Ich hoffe, dass ich in diesem Alter auch noch so unternehmungslustig bin. Hast du die Urkunden auf ihren Nachttischchen gesehen?«

»Urkunden?«

»Ja, dass sie einen Computerkurs besucht haben. Das ist doch fast eine Schlappe für dich, Axel, dass die beiden sich mit Computern auskennen und du jedes Mal Christer um Hilfe bitten musst, wenn du ihn anschaltest.«

»Ach was.«

»Ich finde es nett, dass sie jemanden kennengelernt haben, und damit basta.«

»Klar finde ich es auch nett, aber irgendwie auch komisch.«

»Du wirst dich schon daran gewöhnen. Höflich waren die beiden Herren jedenfalls.«

»Das schon. Aber wo haben sie sie nur aufgegabelt, was meinst du?«

»Du hast doch gehört, was Christer neulich erzählt hat, nachdem wir sie besucht hatten. Er hatte doch den Entwurf einer Kontaktanzeige auf dem Couchtisch liegen sehen.«

Plötzlich musste Axel lachen. Sein Verdruss war wie weggeblasen. »Was sind das nur für Weiber!« Sein Lachen war vielleicht nicht gerade sein normales, entspanntes Lachen, aber es war echt.

17

»Welcher von den beiden wäre dir lieber, wenn du dir einen aussuchen könntest?«, fragte Alma nach dem Zubettgehen.

»So kann man diese Frage doch wohl nicht stellen. Sie wollen vielleicht, dass wir alle vier zusammen etwas unternehmen.«

»Alle vier?« Alma richtete sich wie immer auf dem Ellbogen auf, um Margit in die Augen schauen zu können, während sie sich unterhielten. Jedes Mal, wenn ihnen wieder etwas einfiel, worüber sie sprechen mussten, knipsten sie die Nachttischlämpchen an.

»Na ja, vielleicht wollen sie ja nur, dass wir alle miteinander Freunde werden«, meinte Margit vernünftig.

»Das geht doch auch, wenn wir jeweils zu zweit sind.« Almas Stimme klang enttäuscht. Wo sie jetzt endlich die Möglichkeit sah, einen Mann zu bekommen, wenn auch nur als Freund, wollte sie ihn nicht mit Margit teilen. Sie wollte, dass er sie anrief, wenn etwas war, und nicht, dass Margit als Telefonistin fungierte. Alma sah ihre Freundin finster an.

»Warum schaust du so böse?«, fragte Margit gereizt.

»Ich schaue nicht böse ... Wenn ich wählen dürfte, dann würde ich vermutlich Assar nehmen. Ich habe das Gefühl, dass wir irgendwie gut zusammenpassen.« So, jetzt war es raus. Alma war erleichtert.

Margit lachte höhnisch. »Zusammenpassen, was für ein Unsinn! Wir haben uns erst eine Stunde im Stadthotel unterhalten«, sagte sie.

»Und eine Stunde hier«, sagte Alma scharf.

»Andere Leute sind jahrelang zusammen und wissen immer noch nicht, ob sie zusammenpassen.« Margit löschte das Licht.

Schon bald bereute sie es, so schnippisch gewesen zu sein. Sie waren vor dem Treffen gespannt und voller Erwartungen gewesen, und sie neigten beide zu Gereiztheit, wenn sie müde wurden.

Margit machte wieder Licht und sagte freundlich: »Es war aber ein schöner Tag, findest du nicht auch, Alma?«

»Das haben wir doch bereits festgestellt.« Alma schien Margits freundlichem Tonfall zu misstrauen.

»Stimmt. Es war aber wirklich sehr schön, und du hast so hübsch ausgesehen in deinem Sommerkleid, Alma.«

Alma wurde etwas gnädiger. »Weißt du, woran ich gestern gedacht habe, als ich zu Bett ging?«

»Nein«, erwiderte Margit neugierig.

»Ich habe mir gedacht, dass wir heute Abend beim Zubettgehen wissen würden, wie es gewesen ist.«

»Wie meinst du das?«

»Dass wir hier liegen und besprechen würden, ob das Treffen gut oder schlecht verlaufen sei.«

»Ach.« Margit kicherte.

»Ja, und jetzt liegen wir hier und wissen nicht ...«

»Das sage ich ja.« Margit seufzte. »Sie sind etwas zu alt, als dass sie mehr als Freunde werden könnten, davor brauchen wir also keine Angst zu haben.«

»Angst! Ich habe keine Angst, das ist es nicht, aber du hast recht, Margit. Sie sind wirklich für so etwas ein wenig zu alt.«

»Aber sie können sicher immer noch mit ihrem Glockenspiel läuten«, sagte Margit kichernd. »Wir sind wirklich nicht ganz bei Trost, Alma. Hast du übrigens bemerkt, dass uns die Heimleiterin mit ihnen gesehen hat?«

»Ja, und sie sah richtig baff aus.«

»Sie glaubt vielleicht, dass nur sie was mit Männern hat. Aber wir verstecken uns nicht in irgendwelchen Lagerräumen, nein, unsere sind vorzeigbar.«

»Ja, und wenn nötig, selbst im Scheinwerferlicht«, sagte

Alma mit Nachdruck. »Aber was haben sie wohl mit den ›sirilen Gentlemännern‹ gemeint, und warum haben sie gelacht?«

»Offenbar heißt es nicht so.«

»Was bedeutet es denn dann? Wenn es nur nichts Anzügliches ist.« Alma war besorgt.

»Sie haben sich amüsiert ... Aber wir kriegen vielleicht noch raus, was es bedeutet.«

»Vielleicht lassen wir es besser auf sich beruhen. Jetzt müssen wir aber wirklich schlafen, Margit.«

»Wenn das geht.«

»Der Schönheitsschlaf ist jetzt wichtiger als je zuvor!«

»Ach was, der Lack ist doch schon lange ab. Aber ich habe irgendwo mal gelesen, dass sich die Schönheit nach innen verlagert, wenn man älter wird.«

»Aber charmant sind wir, das hast du doch gehört.«

Den ganzen Abend gingen bei Alma und Margit die Nachttischlampen an und wieder aus. Wäre es nicht ein Zimmer im Seniorenheim gewesen, dann hätten Leute, die zufällig vorbeikamen, meinen können, hinter dem Rollo befinde sich eine Disko.

Schließlich schlief Alma mit weit offenem Mund ein. Ihr Schnarchen füllte jeden Winkel des Zimmers. Margit lag noch eine Weile wach und überlegte sich, wie sie Axel und Greta das Ganze erklären sollte. In dem Augenblick, in dem sie einschlief, fiel alle Anspannung von ihr ab, und sie zuckte ein paarmal, bis auch sie mit weit offenem Mund dalag.

Majestätisch schritt Ursula Wendt über ihren Rasen. Obwohl es schon spät war, schaute sie noch in den Briefkasten, bevor sie ins Haus ging. Nils saß in seinem Fernsehsessel und war schon halb eingeschlafen. Er zuckte zusammen, als er sie kommen hörte.

»Vielleicht solltest du ja gleich dort drüben einziehen«, meinte er ungnädig.

»Du hättest ja mitkommen können.«

»Nie im Leben. Dass du da ständig rüberrennst, ist schon richtig peinlich.«

»Dir würde ein wenig kultivierte Unterhaltung auch nicht schaden.« Ursula machte eine Leidensmiene.

»Kultiviert, dass ich nicht lache«, erwiderte Nils. »Sich dieses Geschwätz über irgendwelche Prominente anzuhören, denen sie begegnet sein wollen.«

»Oskar hat von einer Einladung erzählt, auf der nicht nur Schriftsteller waren, sondern auch einer aus der Regierung«, sagte Ursula.

»Ach was! Dann ruf sofort bei der ›Ystads Allehanda‹ an und sag, dass du jemanden kennst, der jemanden kennt, der einen Regierungsposten hat. Was für eine Sensation! Hörst du denn nicht selbst, wie bescheuert das klingt? Kennst du denn den von der Regierung?«

»Nein«, antwortete Ursula und senkte den Blick.

»Na dann. Man wird nicht braun, wenn man sich immer nur in den Erfolgen anderer sonnt.«

»Bald sonne ich mich in meinen eigenen Erfolgen.« Ursula war enttäuscht, dass Nils sie nicht fragte, was sie damit meinte. Aber für den nächsten Tag war eine außerordentliche Gemeinderatssitzung anberaumt worden, und wenn ihr Vorschlag Gehör fand, würde sich die gesamte Aufmerksamkeit auf sie richten. Die Presse würde sicherlich kommen, und wenn sie Glück hatte, auch der örtliche Radiosender.

Oskar und Lotta hatten sie gelobt und gesagt, sie seien stolz darauf, ihre Nachbarn zu sein. Das war für sie mehr als genug. Was Nils sagte oder eben nicht sagte, bedeutete nicht so viel. Wenn Thomas und sie erst einmal in dem neuen Lokal arbeiteten, würde er schon stolz auf sie sein. Ursula blieb vor dem Spiegel in der Diele stehen und lächelte zufrieden.

Kjell hatte das Gefühl, sich für seine eigene Beerdigung zu kleiden, während er sich auf die außerordentliche Sitzung des Gemeinderats vorbereitete. Die Unterlagen waren allen wie immer vorher zugegangen, und Kjell hatte bestürzt den neuen Vorschlag zur Kenntnis genommen: eine Zufahrt von der Reichsstraße 11 aus, ein Parkplatz vor dem neuen Lokal und eine Informationstafel für das Gebiet, in dem sich die Feriensiedlung, das Vereinshaus des Motorsportklubs und der Campingplatz befanden. Der Freizeitpark hatte bereits eine eigene Zufahrt, daran sollte nichts geändert werden. Der Verkehr auf der Zufahrtsstraße würde zu rege werden, wenn auch noch die Besucher des Freizeitparks sie benutzten. Die Feriensiedlung lag am weitesten im Süden, und vermutlich war das einer der Gründe, warum der neue Vorschlag bislang nicht diskutiert worden war. Die Zufahrt, die an den Häusern der älteren Damen vorbeiführte, war kürzer und würde außerdem zur Folge haben, dass sich der Verkehr zur Feriensiedlung, zur Gokartbahn und zum Campingplatz aufteilte.

Der erste Vorschlag war ganz eindeutig am besten, fand Kjell, aber die neu geschaffenen Arbeitsplätze in dem neuen Lokal waren natürlich auch nicht zu unterschätzen, das durfte keine Partei unberücksichtigt lassen. Sein eigener Vorschlag einer Zufahrt über das Grundstück von Algot Karlsson wurde nur am Rand erwähnt. Kjell hatte das deutliche Gefühl, dass der Vorschlag von Ursula Wendt mehrheitsfähig war. Algot Karlsson würde nicht gerade begeistert sein ... Schließlich hatte er ihm und seiner Frau so gut wie versprochen, ihnen das Land für den Bau ihres Hofladens zur Verfügung zu stellen.

Am Vorabend hatte er beschlossen, sich im Falle einer Abstimmung der Stimme zu enthalten. Ihm waren keine weiteren Argumente für seinen eigenen Vorschlag eingefallen. Im Dunkel der Nacht hatte er überlegt, dass ihm Ulla mit dem Foto, das die alten Damen aufgenommen hatten, ganz umsonst Angst gemacht hatte. Niemand würde ein paar alten, verwirrten Frauen Glauben schenken, und er würde sicher, wenn es darauf ankam, einen stichhaltigen Grund dafür finden, warum er sich in dem Lagerraum aufgehalten hatte. Er würde mit Eva-Britt in den sonnigen Süden fahren und die ganze Sache hinter sich lassen.

Er fühlte sich erbärmlich, so viel war sicher. Aber heute Abend würde er sich nicht unterkriegen lassen. Die anderen Delegierten würden zwar staunen, dass er seinen eigenen Vorschlag nicht weiterverfolgte. Wenn sie ihn verhöhnten, dann bitte. Das gehörte zur Politik, und er war nicht der erste Verlierer in der Arena.

»Eva-Britt, wo ist mein beigefarbener Schlips?«, fragte Kjell in einschmeichelndem Ton.

»Im Kleiderschrank. Wolltest du nicht zur Gemeinderatssitzung?«

»Doch, aber gut angezogen zu sein schadet auch dort nicht.«

»Du trägst doch sonst nie einen Schlips«, meinte Eva-Britt.

»Ich muss den Schlips auch mal ausführen. Bald muss ich dir ein Geheimnis verraten, und da könnte ich den Schlips eigentlich auch wieder tragen.«

»Willst du mich ins Restaurant ausführen?« Eva-Britt sah erwartungsvoll aus.

»Noch besser, mein Kleines ... Ich erzähle es dir in ein paar Tagen.« Er ging auf seine Ehefrau zu und umarmte sie. »Ich muss los.«

Eva-Britt begleitete ihn zur Tür.

»Warum kannst du es mir nicht schon jetzt erzählen?«, quengelte sie.

»Das geht nicht ... Bussi!« Kjell verschwand zu seinem Wagen.

Er empfand eine seltsame Vorfreude, was den geplanten Urlaub mit Eva-Britt anging, und das erstaunte ihn. Das verlieh ihm neue Kraft, und er hatte auf einmal das Gefühl, dass alles irgendwie wieder gut werden würde – irgendwie. Er würde sich wirklich Mühe geben. Er wollte der Wahrheit nicht mehr ausweichen. Kjell Johansson würde für das, was er angerichtet hatte, geradestehen. Er begann mit dem Kopf zu wackeln, und ein leises Pfeifen war aus seiner Luftröhre zu hören, als er an Ulla dachte. Sie hatte in den letzten Tagen ein paarmal bei ihm angerufen, aber er wollte sich vor der anstehenden Sitzung nicht beeinflussen lassen und hatte nicht abgehoben. Algot Karlsson stellte ein Problem dar, aber Ulla war noch schlimmer. Bei ihr biss er auf Granit.

Vier Minuten vor sieben leerte sich der Korridor in der Gemeindeverwaltung von Tomelilla. Alle Politiker, Kommunalbeamten und Journalisten verschwanden im Konferenzraum. Das rote Bitte-nicht-stören-Lämpchen leuchtete auf, und auf dem Korridor wurde es so still, dass man den Minutenzeiger der großen Uhr weiterrücken hörte. Der Schlag des Hammers aus dem Konferenzraum verkündete, dass die Sitzung begonnen hatte.

Ulla saß in ihrem Büro. Sie musste vor ihrem Urlaub noch ein paar Abende Überstunden machen. Der Tag war chaotisch gewesen. Sie hatte eine außerplanmäßige Personalversammlung einberufen müssen, um Probleme unter den Angestellten zu besprechen. Jetzt zu abendlicher Stunde schien jedoch alles ruhig zu sein, und Ulla hoffte, einiges vom Tisch zu bekommen.

Sie war müde und beschloss, sich eine Tasse Kaffee zu holen. Als sie auf den Korridor trat, tauchte Bojan mit ihrem Rollator auf. Ausnahmsweise bewegte sie sich ruhig vorwärts, aber ihr Blick war alles andere als gelassen.

»Ich habe doch gesagt, dass ich dieses Kleid nicht mehr anziehen will«, sagte Bojan resigniert.

»Das ist kein Kleid, Bojan, das ist ein Nachthemd«, erwiderte Ulla belustigt. »Die Schwestern haben Sie ins Bett gebracht. Ich schaue mal, ob Sie jemand wieder in Ihr Zimmer bringen kann.«

»Ich will mich nicht hinlegen, ich bin doch gerade erst aufgestanden.«

»Ja, ja«, sagte Ulla leicht verärgert.

»Nicht in diesem Ton«, sagte Bojan wütend. »Glauben Sie bloß nicht, dass Sie bei mir zu Hause das Sagen haben.«

»Sie sind nicht zu Hause, Bojan. Sie sind in einem Altenheim, und hier habe ich das Sagen, denn ich bin die Leiterin.«

»Sie sind gemein ... und hässlich sind Sie auch.« Bojan beschleunigte ihren Schritt, als hätte sie bei ihrem Rollator einen höheren Gang eingelegt. Mit flatterndem Nachthemd jagte sie den Korridor entlang.

Ulla blieb schwer atmend stehen. Dann nahm sie eine aufrechtere Haltung ein und ging in den Pausenraum. Als sie eintrat, sprangen die vier Altenpflegerinnen wie ertappt von ihren Stühlen auf.

»Bojan geistert im Nachthemd auf dem Korridor herum.« Ulla sah sie finster an. »Vielleicht hat eine von Ihnen Zeit, sie wieder ins Bett zu bringen.«

»Bojan, Bojan«, sagte eine der jüngeren Altenpflegerinnen lächelnd. »Sie ist wirklich unser Original.«

Ulla schnaubte verächtlich, goss sich einen Kaffee ein und verschwand wieder in ihrem Büro. Zerstreut blätterte sie in einem Ordner. Sie war verärgert: erst Bojan und dann die vier Angestellten, die ständig im Pausenraum saßen und Kaffee tranken. Nach einer Weile glätteten sich ihre Züge, und sie lehnte sich zurück.

Sie hatte Kjell schon lange nicht mehr getroffen. Er fehlte ihr. Sie hatte sich zwar in letzter Zeit über ihn geärgert, aber das lag nur an ihrer Unruhe wegen dieses Fotos. Sie wusste, dass gerade eine außerplanmäßige Sitzung des Gemeinderats stattfand. Wahrscheinlich wurde über die Frage der Zufahrt entschieden. Bald würden die Häuser der Feriensiedlung fertig sein. Kjell hatte versprochen, dass sie sich dort treffen konnten.

Plötzlich überwältigte sie ihre Sehnsucht. Sie mochte Männer wie Kjell, bei denen sie die Oberhand besaß. Die Freundin mit dem Kleingartenhäuschen wollte wieder mal ein paar Tage verreisen, und sie hatte ihr versprochen, im Schrebergärtchen die Blumen zu gießen. Dorthin würde sie Kjell einen Abend einladen! Sie brauchte etwas Spannung im Leben.

Sie knöpfte die beiden obersten Knöpfe ihres Kittels auf und drückte die Brüste vor, sodass sie zwei Sonnenuntergängen in der Dämmerung glichen.

Am nächsten Morgen las Margit die Zeitung, während Alma noch duschte.

»Alma! Die Zufahrt führt jetzt doch nicht an unseren Häusern vorbei.«

»Was sagst du da?«

»Die Zufahrt soll von der Reichsstraße 11 abgehen.«

Alma trat in ihrem hellblauen Frotteebademantel aus dem Badezimmer.

»Sieh mal einer an«, sagte sie siegesgewiss. »Dann bleibt nur noch abzuwarten, ob sich der Rest auch noch erledigt.«

»Was meinst du damit, Alma?« Noch ehe Alma antworten konnte, klingelte das Telefon. »Was soll ich Axel bloß sagen, falls er sich nach Assar und Einar erkundigt?«, wollte Margit wissen.

»Sag ihm einfach, was Sache ist.«

Es klingelte noch zweimal, bevor Margit sich traute abzuheben. Sie holte tief Atem und hielt dann die Luft an. Während sie antwortete, atmete sie langsam aus.

»Hier ist Margit.« Sie hatte immer noch so viel Luft in den Lungen, dass die Backen ganz aufgeblasen waren. Alma betrachtete sie gespannt. »Das fanden wir auch«, sagte Margit plötzlich, und alle Luft entwich plötzlich wie ein lauer Wind.

»Keine Ursache … Danke auch, dass Sie uns hergebracht haben.«

Jetzt verstand Alma plötzlich, wer am anderen Ende war, und sie ließ ihren Bademantel los. Darunter war sie nackt. Alma zuckte zusammen, als sie sich dessen bewusst wurde.

»Sind sie das?«, flüsterte sie und hielt sich den Bademantel wieder zu.

Margit bedeutete ihr, zu schweigen.

»Das klingt nett. Ich muss natürlich erst noch Alma fragen. Können wir später zurückrufen? Alma duscht gerade. Doch, auch hier scheint die Sonne … Es soll die ganze Woche nicht regnen.«

Margits Wangen waren gerötet, und Alma wurde plötzlich von einem Gefühl tiefer Zuneigung überwältigt. Erst die Angst ihrer Freundin, dass vielleicht Axel anrufen könnte, dann ihr Erstaunen und jetzt dieses verlegene Lächeln, das Alma so gut kannte. Sie war so froh und dankbar für ihre Freundschaft mit Margit, denn ohne sie hätte sie niemanden gehabt. Überhaupt niemanden auf der ganzen Welt. Sie schloss die Augen und versuchte die Tragweite dieses Gedankens zu ermessen. Lieber Gott, lass mich vor Margit sterben, dann muss ich nicht allein bleiben, und sie kann sich um meine Beerdigung kümmern und sagen, dass ich keine Kunstseide in meinem Sarg haben will.

»Geht es dir nicht gut, Alma?«, fragte Margit besorgt, nachdem sie den Hörer aufgelegt hatte.

»Doch. Ich dachte nur daran, wie sehr ich dich mag, Margit.«

Margit trat einen Schritt auf sie zu. Die beiden alten Damen umarmten sich. Margit wischte sich eine Träne ab, bevor sie Alma losließ.

»Ich mag dich auch, du altes Gestell«, scherzte sie. »Willst du nicht wissen, wer da eben angerufen hat?«

Erneut schloss Alma die Augen. Diese plötzliche Zärtlichkeit, die in ihr aufgeflammt war, war sogar stärker gewesen als ihre Neugier, was den Anruf betraf. Sie vermutete natürlich, dass es ihre neuen Freunde gewesen waren.

»Waren sie das?«

»Ja. Sie haben uns zum Kaffeetrinken nach Sjöbo eingeladen.« Margit lächelte.

»Heute Nachmittag?«

»Ja. Sie wollen uns abholen, aber wir nehmen lieber den Bus, Alma, oder?«

»Natürlich. Ich habe den neuen Fahrplan hier irgendwo hingelegt.« Sie suchte im Häkelkorb. »Hier liegt Holger Blad und vergammelt«. Alma lachte. »Der ist doch jetzt eigentlich zu nichts mehr gut, oder?«

»Wir müssen das Foto beseitigen, Alma, damit es niemand findet ... Eigentlich schade um einen so netten und gut aussehenden Mann. Er sollte wirklich jemanden finden, der zu ihm passt.«

»Können wir das Foto hier nicht einfach ans Schwarze Brett hängen? Hier gibt es doch so viele einsame und nette Frauen. Ester zum Beispiel.« Doch Alma sah Margit an, dass sie dies nicht für eine gute Idee hielt. Da fiel Almas Blick wieder auf die Tageszeitung, und sie begann die Reportage zu lesen. »Was sie da über die Zufahrt beschlossen haben, glaube ich erst, wenn ich es mit eigenen Augen sehe.«

»Hier ist der Fahrplan«, sagte Margit und hielt eine kleine rote Broschüre in die Höhe. Sie blätterte fieberhaft. »Dass es so verdammt schwer sein muss, sich in diesen Fahrplänen zurechtzufinden.« Sie seufzte. »Warte ... Bus 338. Der fährt am Bahnhof von Tomelilla um 13.02 Uhr ab und ist um 13.52 Uhr in Sjöbo.«

»So lange dauert das doch nie im Leben nach Sjöbo?«

»Doch, man fährt über Äsperöd, Vanstad, Lövestad und Tolånga.«

»Ist 13.52 Uhr für den Nachmittagskaffee nicht etwas früh?«, meinte Alma.

»Wir müssen ja nicht gleich Kaffee trinken.«

»Hast du den Fahrplan auch richtig gelesen, Margit? Verkehrt der Bus auch mittwochs?«

Margit wirkte plötzlich unsicher und nahm den Fahrplan nochmals zur Hand.

»›Montag bis Freitag‹ steht hier. Soll ich zurückrufen und Bescheid sagen, dass wir diesen Bus nehmen?«

»Tu das«, meinte Alma gut gelaunt.

Bereits eine halbe Stunde vor Abfahrt des Busses nach Sjöbo saßen die beiden Damen am Bahnhof und warteten. Sie hatten lange darüber gesprochen, was sie anziehen sollten, und sich schließlich für ihre neuen Hosen und ihre Strickjacken entschieden. Sie waren sich einig, dass Einar und Assar so modern wirkten, dass sie Frauen in Hosen akzeptieren würden. Beinahe wären sie sich in die Haare geraten, als es um die Frage ging, ob sie ihren neuen Freunden etwas mitbringen sollten. Margit hatte das unnötig gefunden, aber Alma hatte für einen Blumenstrauß plädiert. Nach vielem Hin und Her hatten sie sich schließlich auf eine Schachtel Pralinen geeinigt, da ihnen das irgendwie neutraler vorkam.

Beim Erklimmen der hohen Stufe in den Bus half Alma ihrem linken Bein mit der Hand nach. Als sie ihre Fahrkarten gelöst hatten, nahmen sie nebeneinander im Bus Platz. Der Fahrer verließ routiniert den Busbahnhof und blieb dann an der Ampel stehen. Margit sah aus dem Fenster. Da entdeckte sie Axel, der neben dem Bus in seinem Firmenauto saß und hochschaute. Die beiden Damen winkten ihm zu, und Axel winkte erstaunt zurück.

Alma und Margit genossen die Busfahrt. Schweigend betrachteten sie die hügelige Landschaft Österlens. Ein Dorf folgte auf das andere, und überall stand die Ernte bevor. Nur ein paar kleine Wölkchen segelten vorbei, sonst war der Himmel blau.

»Du findest es doch nicht unanständig, dass wir sie zu Hause besuchen, oder?«, fragte Margit besorgt.

»Ach was«, entgegnete Alma. »Schließlich waren sie auch bei uns.«

»Das ist ein Unterschied. Wir wohnen schließlich im Altenheim, und da sind noch andere Leute.«

»Ich finde nicht, dass das einen Unterschied macht. Schließlich waren sie bei uns auf dem Zimmer.«

Der Bus fuhr nach Sjöbo hinein, und als sie sich dem Bahnhof näherten, leuchtete die Erwartung wie ein Feuerwerk in Almas Augen.

»Da stehen sie«, sagte Alma und deutete auf die Männer.

»Man zeigt nicht mit dem Finger auf Leute«, fauchte Margit, aber Almas Finger war wie an der Fensterscheibe festgeklebt.

Sie freuten sich alle über das Wiedersehen, und die Unterhaltung war ebenso unbeschwert wie beim ersten Mal. Erst gingen sie zu Einar und überreichten dort wie vereinbart gemeinsam die Pralinen.

»Die Pralinen sind auch für Assar«, erklärte Margit.

»Hier wohne ich also«, meinte Einar nicht ohne Stolz. Das Haus war klein und gemütlich. Es standen schöne Möbel darin, und an den Wänden hingen bunte Gemälde. Im Bücherregal befanden sich viele Bücher, aber auch einige Ziergegenstände, darunter ein altes, vergilbtes Hochzeitsfoto von Einar und seiner Frau neben Fotos von Kindern und Enkeln. Die Damen sahen sich neugierig um und stellten fest, dass alles sauber und ordentlich war. Hübsche Blumen standen in den Fenstern, obwohl in dem Haus ein alleinstehender Mann wohnte.

»Wir trinken den Kaffee wohl am besten im Garten«, meinte Einar, und Assar half ihm dabei, das Tablett nach draußen zu tragen, das vorbereitet auf dem Küchentisch stand.

»So schöne Blumen und Pflanzen«, sagte Margit überschwänglich.

»Ein Teich!«, sagte Alma und klatschte in die Hände.

»Da sind auch Fische drin, aber ich kaufe den Fisch fürs Mittagessen lieber im Laden«, scherzte Einar.

Dann saßen sie alle vier in der Sonne, tranken Kaffee, unterhielten sich und lachten.

»Da wohnt ein Ferkel«, flüsterte Assar und deutete vorsichtig auf ein gelbes Haus in der Nähe.

»Ein Ferkel?«, fragte Margit.

»Ein alter Junggeselle, der es mit dem Putzen und seiner eigenen Reinlichkeit nicht so genau nimmt«, erläuterte Einar. »Aber nett und zuverlässig ist er.«

»Einmal, als ihn Einar zum Kaffeetrinken eingeladen hat, hat er mit dem Bügel seiner schmutzigen Brille in der Tasse gerührt.« Assar lächelte und schüttelte den Kopf.

»Igitt!«, sagte Margit, aber Alma kicherte nur. Man hätte glauben können, dass sie etwas Alkoholisches getrunken hatte, so albern war sie, seit sie in Sjöbo eingetroffen waren.

»Aber seine Schwester ist ganz vornehm. Es ist kaum zu glauben, dass sie überhaupt einen Fuß in sein Haus setzt. Sie spitzt immer so missbilligend die Lippen, dass sie sie mühelos in eine Limoflasche stecken könnte«, meinte Einar lächelnd.

»Ha, ha.« Alma schlug sich vor Lachen auf die Schenkel. Margit musste ihr einen warnenden Blick zuwerfen, damit sie sich wieder etwas mäßigte.

Der Nachmittag verging rasch. Sie gingen auch noch bei Assar vorbei, und dort war es ebenso schön und ordentlich wie bei Einar. Alma betrachtete verstohlen das Hochzeitsfoto von Assar und seiner Frau. Eine Schönheit, konstatierte sie.

Als sie gingen, sagte Alma: »Vier einsame Menschen und vier Häuser. Ist das nicht ein ziemlicher Luxus?«

»Wir haben doch keine Häuser mehr«, meinte Margit resigniert.

»Wer weiß?«, erwiderte Alma geheimnisvoll.

»Ja, das ist wirklich Luxus«, erwiderte Einar mit Nachdruck.

Als sie sich auf den Weg zum Bus machen wollten, trat Assar plötzlich auf Alma zu und nahm sie in die Arme.

»Danke für diesen Nachmittag, Alma. Es war wirklich ganz wunderbar.«

Einar trat auf Margit zu und umarmte sie ebenfalls. Anschließend gab er Alma die Hand, und Assar gab Margit die Hand zum Abschied. Es war, als duftete es stärker nach Blumen und als zwitscherten die Vögel lauter als je zuvor, als wären ihre Herzen voller Blumenduft und Vogelgezwitscher.

Die beiden Herren brachten sie zum Bus, und man vereinbarte fürs kommende Wochenende einen Ausflug in ein nettes Café.

Als sie wieder im Bus saßen, sagte Alma fröhlich: »Schau, so ist uns die Entscheidung erspart geblieben.«

»Du hast recht, Alma ... Aber genau genommen hatten wir uns ja ohnehin schon entschieden, oder?«

»Das hatten wir«, erwiderte Alma und tätschelte ihr das Bein.

Die Fahrt nach Tomelilla ging schnell. Keine der beiden nahm von der vorbeihuschenden Landschaft Notiz. Der Sommer und die Natur dort draußen stellten verglichen mit ihren Gedanken nur Kulissen dar.

18

Ulla Ström stellte ihr Fahrrad neben der üppig blühenden Pfingstrose vor dem Kleingartenhäuschen ab. Im Fahrradkorb lag nur ihre Handtasche, denn sie war bereits vorher mit dem Auto dort gewesen und hatte alles Nötige vorbeigebracht. Ihrem Mann hatte sie erzählt, sie wolle mit ein paar Freundinnen eine Fahrradtour unternehmen und vielleicht irgendwo einkehren.

Dieser Abend gehörte ihr, nichts durfte schiefgehen. Ulla hatte in einem verschlossenen Umschlag eine Mitteilung in Kjells Büro hinterlassen und ihn gebeten, gegen sieben in das Schrebergartenhäuschen zu kommen. Sie hatte geschrieben, es sei wichtig, und sie war überzeugt, dass er kommen würde. Am Nachmittag hatte sie sich neue Spitzendessous gekauft und mit einer Flasche Wein, Käse und Brot in den Schrebergarten gebracht. Das Problem war nur Kjells Auto. Schließlich hatte sie nicht schreiben können, er solle mit dem Rad kommen, dann hätte er verstanden, worum es ging, und es wäre keine Überraschung mehr gewesen.

Das Haus hatte sich aufgeheizt. Sie öffnete als Erstes beide Fenster und ließ auch die Tür offen stehen. Die dünnen Tüllgardinen flatterten im Durchzug, und der Sommer drang in das kleine Zimmer. Sie legte eine rot karierte gebügelte Tischdecke auf den Tisch. Dann deckte sie mit Tellern und Besteck und faltete sorgfältig die Servietten. Sie hatte ein Paket Teelichter mitgebracht und stellte sie überall im Zimmer auf. Ihre Erwartung nahm zu. Draußen dämmerte es. Die Nachbarhäuschen leerten sich. Die Schrebergärtner gingen nach Hause, um fernzusehen. Einige Hummeln umsummten die Kletterrosen an der Hauswand, und die alles verzehrenden Schnecken krochen den Kiesweg entlang und ahnten nicht, dass sie die schlimmsten Feinde der Hobbygärtner waren.

Ulla schaute aus dem Fenster. Signe Kvist! Es schauderte sie. Ein größeres Klatschmaul als diese Frau gab es nicht. Alle anderen Kleingärten schienen verlassen zu sein. Es war typisch, dass diese geschwätzige Alte sich ausgerechnet an diesem Abend an ihren Beeten zu schaffen machte.

Um Viertel vor sieben war alles fertig. Ulla schaute abwechselnd auf die Uhr und durch das Fenster auf Signe. Jetzt befand sie sich offenbar auf der Rückseite ihres Häuschens. Ulla hoffte, dass Kjell bald eintraf, damit Signe nicht sehen würde, wie er das Haus betrat. Ulla hatte ihre Kleider über den alten Schaukelstuhl gehängt, der in einer Ecke stand, und die neue Wäsche angezogen. Der Slip war winzig, aber sie ging nicht davon aus, dass sie ihn sonderlich lange anbehalten würde. Sie konnte bereits spüren, wie Kjells eifrige Hände ihn herunterrissen. Der BH war ebenfalls winzig, und Ulla hatte Mühe, ihren Busen darin unterzubringen. Die Wäsche war aus weinroter Seide mit schwarzem Spitzenbesatz. Noch nie hatte sie so aufreizende Dessous besessen. Ulla sah bereits Kjells Miene vor sich, wenn er die Tür öffnete. Er hatte diesen Abend verdient.

Sie wusste, dass er alles unternommen hatte, um einen Skandal zu vermeiden. Obwohl sein Vorschlag sich letztlich nicht durchgesetzt hatte, war sich Ulla klar darüber, dass er sich viel Mühe gegeben hatte. Jetzt stand die Entscheidung fest. Die Zufahrt würde nicht mehr an den Häusern der beiden Alten vorbeiführen, und sie ging davon aus, dass die Gemeinde vom Kauf der beiden Anwesen zurücktreten würde. Damit war die Gefahr gebannt, und das würden sie heute Abend feiern.

Ulla stand lange vor dem Spiegel und bewunderte ihre neue Unterwäsche. Sie wusste nicht recht, wie sie sie am besten zur Geltung bringen sollte, und erwog, verführerisch auf dem Sofa zu liegen, wenn Kjell eintrat, entschied sich dann aber dafür, ihm leicht bekleidet und noch dazu in ihren hochhackigen schwarzen Lacklederpumps die Tür zu öffnen.

Ulla lächelte und schaute auf die Uhr. Viertel nach sieben. Eine leichte Unruhe bemächtigte sich ihrer. Sie öffnete die Weinflasche und goss sich ein Glas ein, nippte zufrieden und schob dann ihren Busen zurecht, der aus dem eleganten BH zu rutschen drohte.

Kjell bremste so abrupt, dass sein Auto auf dem Kies ins Schleudern geriet. Jetzt hatte er genug von dieser Geheimniskrämerei! Als er Ullas Nachricht gelesen hatte, wollte er sie erst ignorieren, aber dann war er zu dem Schluss gekommen, dass er dieser Heimlichtuerei ein für alle Mal ein Ende bereiten musste.

In den letzten Tagen war seine Lust auf Eva-Britt wieder zum Leben erwacht, und zwar nicht wie früher nur aufgrund ihres Geldes, sondern ihrer selbst wegen. Das war eine angenehme Entwicklung. Seine Affäre mit Ulla kam ihm irgendwie sehr fern vor. Ullas fordernde und unfreundliche Art gefiel ihm nicht mehr. Nach der Sitzung des Gemeinderats fühlte er sich gestärkt. Er hatte sich nicht mehr für seinen Vorschlag eingesetzt, sondern nur noch unauffällig verhalten. Ursulas Vorschlag war ohne Abstimmung angenommen worden, es war ihm also erspart geblieben, Farbe zu bekennen, und er hatte die Sitzung hoch erhobenen Hauptes verlassen können. Mit dem Problem Algot Karlsson würde er sich später befassen, Ulla hatte nichts mehr gegen ihn in der Hand. Kjell schaute voller Zuversicht in die Zukunft. Jetzt musste er nur noch mit Ulla Schluss machen.

Seine Wut hatte im Verlauf des Tages immer weiter zugenommen und schwebte jetzt über ihm wie eine Gewitterwolke. Er erreichte sie nicht auf ihrem Handy. Schließlich hatte er sich entschlossen, mit einem Brief zum Schrebergarten zu fahren. Er hatte nicht die Absicht, anzuklopfen, wenn er ihn ablieferte. Schließlich hatte sie ihre Mitteilung auch einfach nur auf seinen Schreibtisch gelegt, und er würde es genauso machen.

Kjell schlich vorsichtig auf das Kleingartenhäuschen zu. Er hoffte, dass ihn Ulla nicht entdecken würde. Als er zur Pforte kam, sah er dort ihr Fahrrad stehen. Er zögerte. Konnte er es wirklich wagen? Er blickte sich verängstigt um. Dann ging er die letzten Schritte auf das Fahrrad zu und legte seinen Brief in den Fahrradkorb. Gerade wollte er zu seinem Auto zurückkehren, als er plötzlich Signe Kvist entdeckte. Sein Kopf wackelte ein paarmal heftig, und er hörte sein Blut in den Ohren brausen. Jetzt bin ich erledigt, dachte er, ausgerechnet Signe Kvist! Die Spatzen würden es bald von den Dächern pfeifen, und alle, die es wissen wollten, würden es erfahren, und die, die es nicht wissen wollten, auch. Sollte er sich erklären oder einfach davonschleichen? Aber schließlich konnte das ja irgendein Brief sein. Er versuchte Mut zu fassen. Verdammte Ulla, verdammte Signe Kvist, murmelte er, als er zu seinem Auto zurückging.

Die Teelichter flackerten im Kleingartenhäuschen, und der Tisch war fertig gedeckt. Ulla begann in ihrer leichten Kleidung zu frieren, wusste aber, dass ihr bald warm werden würde. Als sie sich das dritte Glas eingeschenkt hatte, klopfte es an der Tür. Ulla rückte ihre Brüste ein weiteres Mal zurecht und ging auf unsicheren Beinen zur Tür.

»Willkommen«, sagte sie verführerisch, stutzte dann aber, als sie geradewegs in Signe Kvists dunkle Augen schaute.

Ausnahmsweise sagte Signe Kvist kein Wort. Sie rang einfach nur nach Luft und starrte Ullas leichte Kleidung und ihre hohen Absätze an.

»Ein Mann von der Kommunalverwaltung hat einen Brief in Ihren Fahrradkorb gelegt, und … ich dachte, es sei vielleicht wichtig, und hatte Angst, jemand könnte ihn stehlen.«

Ulla stand in all ihrer Pracht da und wäre am liebsten im Erdboden versunken. Signe Kvist hatte sie gesehen, und bald würde es der ganze Ort wissen.

»Erwarten Sie jemanden?«, fragte Signe Kvist, als sie die

Sprache wiedergefunden hatte. Sie stand auf der Fußmatte und beugte sich vor, um einen eingehenden Blick auf den gedeckten Tisch und die Kerzen zu werfen.

Ulla hängte sich rasch eine Decke um, während sie versuchte, die richtigen Worte zu finden.

»Gut, dass er das Protokoll vorbeigebracht hat«, sagte sie rasch.

Signe Kvist sah sie fassungslos an und meinte dann vertraulich: »Die Männer haben wirklich keine Manieren mehr heutzutage. Er hätte zumindest anklopfen können, dann hätte er vielleicht sogar ein Glas Wein bekommen oder so.« Letzteres klang recht sarkastisch. Inzwischen hatte sie sich auf das, was sie gesehen hatte, ihren Reim gemacht. »Einen schönen Abend noch«, sagte sie anzüglich und ging.

Ulla sah durch das Fenster, wie Signe Kvist rasch ihre Arbeit im Schrebergarten beendete und dann auf ihrem Fahrrad mit flatterndem Sommerkleid davonfuhr.

Ulla streckte die Hand nach ihrem Weinglas aus und trank es in einem Zug leer. Dann setzte sie sich in den Schaukelstuhl und öffnete vorsichtig den Umschlag. Sie las die kurze Mitteilung, lehnt sich dann zurück und ließ den Brief auf ihren Schoß fallen. Dann nahm sie ihn rasch wieder auf, als könne sie nicht glauben, was sie gerade gelesen hatte: »Hallo, Ulla, ich habe mich entschieden, auf dieselbe Art zu kommunizieren wie du, nämlich schriftlich. Unsere Beziehung ist nicht wie früher, und deine widerborstige Art macht mir Angst. Ich will dir auf diesem Weg mitteilen, dass ich an einer Beziehung im Verborgenen nicht mehr interessiert bin. Ich bitte dich, das zu respektieren. Demnächst fahre ich mit Eva-Britt ins Ausland. Mit freundlichen Grüßen, Kjell.«

Ulla war gekränkt. »Im Verborgenen«, schnaubte sie verächtlich. Nur Kjell konnte sich so ausdrücken. Und was hatte die Reise mit Eva-Britt zu bedeuten? Warum schrieb er das? Sie hatte ihn nicht darum gebeten, ihr die Urlaubspläne seiner Familie darzulegen. Einen ganzen Tag lang hatte sie sich vorbereitet und wurde nun derart verschmäht! Das war ihr noch nie passiert. Sie spürte den Schmerz in jeder Faser ihres Körpers …

Und dann noch die Begegnung mit Signe Kvist. Sie war ihr in ihrer unzureichenden Bekleidung vollkommen ausgeliefert gewesen. Und wenn Signe Kvist es überall herumerzählte? Natürlich würde sie das tun, das verstand sich von selbst. Die Ohnmacht stieg in Ulla auf wie die Kohlensäure in einer geschüttelten Mineralwasserflasche.

Noch als es draußen dämmerte, saß sie in dem Schaukelstuhl. Die Weinflasche war leer, und der Tanga begann zu scheuern. Langsam zog sie sich die Unterwäsche aus und legte sie in die Tüte zurück. Dann zog sie sich, leicht schwankend, wieder ihren Baumwollslip an. Sie kam sich plötzlich lächerlich vor. Sie legte die Lacklederpumps in ihre Tasche und schob die Füße in ihre Badelatschen. Dann steckte sie sich ein Stück Camembert in den Mund, kaute und starrte ins Leere.

Im Garten trieben immer noch die Schnecken ihr Unwesen und hinterließen ihre Schleimspur. Auf Ullas Fahrradkorb kroch ein einsamer Marienkäfer über den Metallbügel: ein Hochseilakt ohne Zuschauer. Im Kleingartenhäuschen war die abendliche Vorstellung vorüber, doch eine Wiederholung war nicht vorgesehen.

Ursula Wendt saß am Küchentisch und klebte einen Zeitungsausschnitt in ihr Album. Es erfüllte sie mit Stolz, dass es fast voll war.

Sorgfältig schnitt sie dann den neuesten Artikel über die letzte Gemeinderatssitzung aus der »Ystads Allehanda« aus. Sie legte den Kopf zur Seite und betrachtete das Foto, auf dem sie neben dem Vorsitzenden zu sehen war. Dann las sie ein weiteres Mal den Text durch:

Die endgültige Entscheidung über die Zufahrt zur geplanten Feriensiedlung fiel bei der Gemeinderatssitzung am Dienstag. Der Vorschlag Kjell Johanssons wurde nicht mehr debattiert. Mit einem gewissen Erstaunen wurde zur Kenntnis genommen, dass dieser sich nicht mehr für seinen Vorschlag einsetzte. Der erste Beschluss, der im Übrigen bereits teilweise umgesetzt worden war, wurde zugunsten von Ursula Wendts neuem Vorschlag, der eine Zufahrt von der Reichsstraße 11 aus vorsieht, aufgehoben. Diese Alternative ist billiger, da dort bereits eine ausreichend breite Straße existiert, die nur noch asphaltiert werden muss, um den Erfordernissen zu genügen. Die Zentrumspartei war von dem Vorschlag nicht sonderlich angetan, da er das Projekt verzögere. Weiterhin erstaunte, dass diese Alternative bislang nicht diskutiert worden war. Ursula Wendts Vorschlag betrifft im Übrigen nicht nur die Zufahrt, sondern legt auch einen fundierten Plan zum Bau eines Lokals an ebendieser Zufahrt vor. Das Lokal wird zur Schaffung neuer Arbeitsplätze in der Gemeinde beitragen, weshalb Ursula Wendts Vorschlag ohne Abstimmung vorbehaltlos angenommen wurde.

Ursula war außerordentlich angetan von dem Artikel. Sie hatte in der Gemeinde etwas bewirkt, und ihr Name würde für alle Zeiten mit der Zufahrt zur Feriensiedlung verbunden bleiben. Vielleicht würden sie diese Straße nach ihr benennen: Wendtstraße. Sie sagte sich das ein paarmal laut vor, um zu hören, wie es klang.

»Hast du jetzt auch noch angefangen, Selbstgespräche zu führen?« Nils schüttelte den Kopf und beugte sich über ihre Schulter. Auf der gegenüberliegenden Seite in ihrem Album war ein Foto von Henning Mankell zu sehen, hinter dem Ursulas Kopf merkwürdig unnatürlich hervorragte.

»Warum hast du das ausgeschnitten?«, wollte Nils wissen.

»Siehst du nicht, dass das Henning Mankell ist?«

»Dann gehört das Foto aber in sein Album und hat in deinem nichts zu suchen.« Als Ursula nichts erwiderte, fuhr Nils fort: »Hat das irgendwie mit dir zu tun?«

»Du siehst doch wohl, dass ich neben ihm stehe.« Ursula war verärgert.

»Wenn ich mich recht entsinne«, meinte Nils gelassen, »hast du zufällig im selben Laden eingekauft wie Henning Mankell. Jemand hat ein Foto von ihm gemacht, auf dem du auch drauf bist, und es ist dir gelungen, dieses Foto zu beschaffen. Also: Warum klebt es in deinem Album?«

Ursula klappte das Album zu und stellte es ins Bücherregal. Konnte er denn nie etwas Positives sagen und ihren Ideenreichtum loben – so wie die anderen auch?

Nils verließ das Haus und knallte dabei die Tür hinter sich zu. Die magische Stimmung, die sie erfüllt hatte, als sie in ihrem Album geblättert hatte, war wie weggeblasen. Ursula schaute aus dem Fenster. Nils stand am Zaun und band ein paar Klematisranken an einem Spalier fest. Lotta und Oskar kamen nach draußen und begannen, sich mit Nils zu unterhalten. Nils lächelte und antwortete. Falscher Fuffziger, dachte Ursula und versuchte vorsichtig das Küchenfenster einen Spaltbreit zu öffnen, um etwas von der Unterhaltung mitzubekommen. Kontrolle war ihr schon immer wichtig gewesen. Sie wollte über alles Bescheid wissen, hauptsächlich über die Nachbarn natürlich, aber auch über Nils. Leider stieß sie an einen Blumentopf, der daraufhin gegen die Scheibe fiel. Nils und die Nachbarn drehten sich zum Küchenfenster der Wendts um.

Ursula winkte verlegen und entschuldigte sich: »Ich wollte nur eben etwas lüften …« Doch Nils hatte sie durchschaut. Sein Blick sprach eine deutliche Sprache.

»Wir haben uns gerade über dich unterhalten«, sagte Lotta.

»Über mich?« Ursula machte das Fenster weiter auf.

»Über deinen Mut, Entschlüsse zu fassen«, fuhr Oskar fort. »Wenn es hier mehr Leute von deinem Kaliber gäbe, würde dieser Ort aufblühen.«

»Ach was«, erwiderte Ursula. »Arbeitsplätze werden immer gebraucht, und innovatives Denken schadet nie.« Von innovativem Denken hatte ein Politiker in einer Talkshow im Fernsehen gesprochen, und sie verwendete diesen Ausdruck in letzter Zeit immer öfter. Er klang aktiv und modern, und Ursula wollte beides sein.

Sie sah, dass Nils an seine Arbeit zurückkehrte und fortfuhr, die Klematis hochzubinden. Rasch schloss sie das Fenster, um zu einer Unterhaltung mit den Nachbarn nach draußen zu eilen. Ihre Enttäuschung war groß, als sie um die Hausecke verschwanden, gerade als sie ins Freie trat.

»Wenn es dir möglich wäre, dein innovatives Denken auch zu Hause anzuwenden, so würde ich mich über einen Vorschlag hinsichtlich des zugewachsenen Gemüsebeetes freuen«, meinte Nils.

Ursula antwortete nichts, sondern kehrte Türen schlagend ins Haus zurück.

Die Wellen verebbten langsam an der Küste von Österlen. Alma hatte Mühe mit ihrem linken Fuß. Der Spaziergang im Sand fiel ihr schwer, und sie hinkte hinter den anderen her.

»Soll ich dich tragen?«, fragte Assar und kam auf sie zu.

»Ach was. Mein Bein ist einfach keine Strandspaziergänge gewöhnt. Aber es geht schon.« Sie lächelte. Assar hakte sie unter, und so ging es gleich viel besser.

»Hier ist es schön«, sagte Margit schwärmerisch. »Es ist lange her, dass ich hier war.«

»Die Apfelblüte in Kivik ist vorbei, aber nächstes Jahr können wir wieder herkommen, wenn die Apfelbäume blühen.«

Sie setzten sich auf eine Bank.

»Will jemand zum Stenshuvud hochkraxeln?«, scherzte Einar.

»Um Gottes willen, nein«, sagte Alma, »aber ich war da schon mal, zusammen mit Ove … meinem Bruder«, fügte sie rasch hinzu. »Ich weiß sogar, wie hoch der Stenshuvud ist«, sagte sie stolz.

»Ach?« Assar schien beeindruckt zu sein.

»Siebenundneunzig Meter. Das ist wie mit den Kirchenliedern. Was man einmal gelernt hat …«

»Bei klarem Wetter kann man bis nach Bornholm schauen«, warf Margit ein. »Und außerdem ist der Stenshuvud ein Nationalpark.«

»Alle Achtung«, meinte Assar. »Was unsere Damen alles wissen, Einar.«

»Und charmant sind sie auch«, meinte Einar. »Aber wisst ihr auch, wann der Stenshuvud zum Nationalpark ausersehen wurde?«

Die sich ausbreitende Stille war ebenso kompakt wie die sandige Heide zu ihren Füßen.

»Nein«, sagte Margit dann. »War der Stenshuvud denn nicht immer ein Nationalpark?«

»Nein, er wurde irgendwann in den Achtzigern zum Nationalpark erklärt, aber ganz sicher bin ich mir nicht«, sagte Alma.

»Jetzt haben wir uns jedenfalls einen Kaffee verdient«, sagte Margit und erhob sich.

Als sie wenig später das Café betraten, war es dort angenehm kühl. Es dauerte eine Weile, bis sich ihre Augen an das Halbdunkel gewöhnt hatten. Das Café war altmodisch und geschmackvoll eingerichtet, und an den alten Holztischen saßen zahlreiche Gäste. Sie bahnten sich einen Weg zu einem freien Tisch.

Alma ließ sich schwer auf einen Stuhl fallen. In ihrem Bein pochte es, aber als sie das große Kuchenbüfett entdeckte, war der Schmerz wie weggeblasen. Dass man so viel essen durfte, wie man wollte! Sie hatte sich sagen lassen, dass es Leute gab, die sich noch Kuchen zum Abendkaffee einpackten. Unglaublich, dachte sie gerade, als ihr Assar eine Hand auf die Schulter legte.

»Bitte schön, meine Damen, der Kaffee ist serviert.« Sie luden sich ihre Teller mit dem guten Gebäck voll. Nach dem Spaziergang schmeckte der Kaffee ganz ausgezeichnet. Alma und Margit hatten sich darauf geeinigt, dass sie bezahlen würden, da die Herren das Auto gestellt hatten. Diese waren jedoch nicht dazu zu bewegen, sich einladen zu lassen, und meinten, dass nächstes Jahr bei der Apfelblüte möglicherweise daran zu denken sei.

Als sie zum Auto zurückkehrten, war es darin sehr heiß, und Einar öffnete alle vier Türen, um zu lüften. Dann bot er Margit an, auf dem Beifahrersitz Platz zu nehmen. Diese warf Alma einen besorgten Blick zu, um sich bestätigen zu lassen, dass diese damit einverstanden war. Alma nickte ihr freundlich zu, und Margit stieg vorn ein. Alma und Assar setzten sich nach hinten. Alma verspürte ein Kribbeln, als ihr Assar dabei behilflich war, den Sicherheitsgurt anzulegen.

»Wenn wir beide nun schon zauberhafte Frauen gefunden haben, müssen wir auch dafür sorgen, dass ihnen nichts zustößt«, erklärte Assar und schnallte sich ebenfalls an. Dann nahm er plötzlich ihre Hand, und es fühlte sich an wie damals in ihrer Kindheit, als sie einmal versehentlich gegen den Elektrozaun auf der Weide ihres Onkels gekommen war.

Die Damen wären fast zu spät zum Abendessen im Altenheim eingetroffen. Der Speisesaal war fast leer. George verließ ihn gerade und sah sie besorgt an.

»Ich dachte, Sie seien schon umgezogen.«

»Noch nicht«, entgegnete Margit. »Bis die Seniorenwohnungen fertiggestellt werden, dauert es noch eine Weile.«

»Mal sehen, was überhaupt daraus wird«, meinte Alma, und George sah sie fragend an.

Sie waren nicht hungrig, aßen aber trotzdem Pfannkuchen

mit Speck. Als sie den Speisesaal verließen, stießen sie mit Carina zusammen.

»Soll die Hochzeit hier im Heim stattfinden?«, scherzte sie.

»Was Sie immer reden, Carina«, meinte Margit freundlich. »Eigentlich ist es ja Ihre und Hannas Schuld. Sie haben uns da einen Floh ins Ohr gesetzt.«

»Aber die Männer haben Sie alleine gefunden. Erzählen Sie doch mal, wie Sie das angestellt haben, denn wir sind bislang nur auf vollkommen perverse Typen gestoßen.«

Margit und Alma konnten sich nichts unter perversen Typen vorstellen und lächelten daher nur.

Später, kurz vor dem Einschlafen, fragte Margit: »Bist du glücklich, Alma?«

»Ja, das bin ich wirklich.« Alma seufzte. »Bist du auch glücklich, Margit?«

»Ja, ich bin auch glücklich. Ich habe mir überlegt, dass wir es ja eigentlich dem Umstand, dass wir hier im Heim gelandet sind, zu verdanken haben, dass alles so gekommen ist.« Alma entgegnete nichts, und Margit richtete sich auf dem Ellbogen auf. »Oder?«

»Auch schlechte Dinge haben manchmal ihre guten Seiten. Assar hat heute meine Hand gehalten, Margit.«

»Ach! Aber Alma …«

»Und weißt du was? Es kam mir ganz natürlich vor.«

»Wirklich?« Margits Stimme klang fast eifersüchtig. »Einar saß ja am Steuer, er … er musste wohl an anderes denken.«

»Er hat sicher an dich gedacht, Margit, und daran, dass er gern deine Hand gehalten hätte.«

»Glaubst du?«

»Sicher. Er hat dich so bewundernd angeschaut.«

»Dann bin ich ja beruhigt«, meinte Margit kichernd.

»Findest du nicht auch, dass Geld eklig ist?«, fragte Alma plötzlich.

»Wieso eklig?«

»Manchmal denke ich darüber nach, wie viele Leute es vor einem in der Hand gehabt haben. Vielleicht haben sie sich in die Hände gespuckt oder waren auf der Toilette und haben sich anschließend nicht die Hände gewaschen, und dann zählen sie ihr Geld.«

»Aber Alma, wie kommst du darauf?«

»Es ist mir nur so eingefallen, als die beiden Herren den Kaffee bezahlt haben. Einer der Zwanzigkronenscheine war so zerknittert und fleckig.« Alma verzog das Gesicht. »Genauso ist es mit Geländern und Haltestangen im Bus. Wenn man sich vorstellt, wie viele Leute sie mit verschwitzten und schmutzigen Fingern angefasst haben.«

»Meine Güte«, sagte Margit, »daran habe ich noch nie gedacht, aber du hast recht. Keine angenehme Vorstellung. Du, Alma?« Margit stützte sich wieder auf den Ellbogen. »Nach dem Umzug werden mir unsere Unterhaltungen abends im Bett fehlen.«

»Daran habe ich auch schon gedacht.«

»Aber es wird schön sein, wieder selbst kochen und sauber machen zu können. Man wird hier wirklich etwas rastlos. Immer nur essen und schlafen. Ein Glück, dass wir diese Hosen mit Gummizug in der Taille gekauft haben, Alma. Ich glaube nämlich, ich habe zugenommen ... Aber es ist schon ein Glück, dass es solche Heime gibt. Denk nur mal an Bojan und an all die anderen.«

»Wir gehen ja auch spazieren, und außerdem häkeln wir in der Therapie. Und es gibt die Patience am Computer«, wandte Alma ein, »aber essen tun wir auch viel.«

Plötzlich wurde es im Zimmer still. Dann war ein Brummen zu hören.

»Was war das, Alma?«

»Ich spüre heute Abend die Schussverletzung im Bein.« Das Brummen hielt an, und das Fußende von Almas Bett hob sich langsam.

»So hörte sich das an unserem ersten Abend hier auch an.« Margit lachte.

»Und jetzt kommt bald unser letzter … glaube ich jedenfalls.«

»Wieso letzter?«

»Ach was, schlaf jetzt, Margit.«

Auf dem Heimweg von der Arbeit hielt Kjell am Blumenladen an und kaufte einen Blumenstrauß für Eva-Britt. Er hatte sie am Nachmittag angerufen und sie gebeten, ein Paket Krabben aus dem Tiefkühlschrank zu nehmen. Anschließend fuhr er bei der Bäckerei vorbei und kaufte Weißbrot, das getoastet zu Krabben besonders gut schmeckte. Heute Abend wollte er Eva-Britt von dem Urlaub erzählen. Er hatte eine Reise in die Türkei gebucht. Das Hotel war zwar billig, aber in der Broschüre hatte es recht charmant gewirkt. Er war schon ganz erwartungsvoll und sehnte sich regelrecht danach, das Erstaunen in Eva-Britts Gesicht zu sehen.

Nachdem er in der Auffahrt geparkt hatte, stieg er aus, obwohl Axel und Greta im Nachbargarten standen.

»Schöner Abend, aber etwas Regen hätte auch nicht geschadet«, sagte Kjell gut gelaunt.

»Der kommt sicher am Wochenende«, meinte Axel, »und hört dann gar nicht mehr auf. So ist es immer.« Er runzelte die Stirn. Wieso diese plötzliche Veränderung? Kjell war ihm seit über einem Monat aus dem Weg gegangen, und jetzt war er wieder wie immer.

Kjell zog sich in der Diele die Schuhe aus und lauschte. Wie still es war. Und wenn Eva-Britt jetzt nicht zu Hause war, wenn sie seiner überdrüssig war? Er war in letzter Zeit nicht sonderlich umgänglich gewesen, das sah er selbst ein. Es war, als würde sein Körper immer mehr zu Eis erstarren. Er wagte es kaum, in die Küche zu gehen. Seine Füße waren auf dem Klinkerboden wie festgefroren. In diesem Augenblick hörte er ein Geräusch aus dem Obergeschoss, und wenig später stand sie vor ihm.

»Liebling, ein kleiner Blumenstrauß.« Kjell reichte ihr die Blumen. Er hatte nicht einmal das Papier entfernt.

»Aus welchem Anlass?« Eva-Britt wirkte erstaunt.

Kjell sah sie mit großen Augen an und schien einen Augenblick nachzudenken.

»Weil ich dich lieb habe«, sagte er dann und war erleichtert, dass ihm so rasch eine Antwort eingefallen war. Eva-Britt küsste ihn auf die Wange.

»Das ist nett von dir. Ich dachte schon fast, du hättest eine andere, weil du in letzter Zeit so unnahbar warst«, scherzte Eva-Britt.

Kjell wurde verlegen. Wenn sie nur wüsste! Er hörte den Herzschlag in den Ohren pochen. Er hatte schon seit über einer Woche seinen Blutdruck nicht mehr gemessen ...

»Für mich gibt es nur dich, Eva-Britt!« Und in diesem Augenblick war er froh, dass es so war.

Eva-Britt wickelte die Blumen vorsichtig aus dem Papier. Kjell bemerkte ihre Enttäuschung.

»Sind sie nicht schön?«

»Sehr schön, Kjell, ich bin nur etwas überrascht«, log sie, denn sie brachte es nicht übers Herz, ihm zu sagen, dass sie nichts Hässlicheres wusste als blaue Nelken. Und als sei das nicht genug, waren die Nelken auch noch mit einem seltsam goldenen Blatt verziert.

Sie stellte die Blumen in eine Vase und musste dabei fast lachen. Gleichzeitig erfüllte sie eine große Zärtlichkeit. Kjell hatte ihr Blumen gekauft, und über diese Tatsache freute sie sich wirklich.

Kjell trat hinter sie und legte ihr die Hände auf den Busen. Sie drehte sich hastig um und küsste ihn innig. Er erwiderte ihren Kuss. Dann stellte sie sich auf die Zehenspitzen und küsste ihn aufs Ohr, aber er machte sich sofort los. Er hasste es, aufs Ohr geküsst zu werden.

»Spielst du jetzt etwa den Schüchternen?«, scherzte Eva-Britt. »Die Krabben sind noch nicht ganz aufgetaut, wir sollten also vielleicht …« Sie zog Kjell Richtung Schlafzimmer.

In diesem Augenblick klingelte es an der Tür. Kjell fluchte und öffnete.

»Karlsson?«, sagte er erstaunt.

Algot Karlsson wartete nicht darauf, zum Eintreten aufgefordert zu werden. Er entledigte sich seiner Holzschuhe, betrat das Haus des Kommunalpolitikers Kjell Johansson und knallte die Tür hinter sich zu.

Axel und Greta saßen zufrieden in ihrem Garten. Plötzlich hörten sie laute Stimmen und sahen sich erstaunt an.

»Meine Güte, Greta! Wie die da drüben schreien!« Axel spitzte die Ohren. »Hörst du, wer das ist?«

»Nein.« Greta stand auf und blickte zu Kjells Einfahrt hinüber. »Neben ihrem Auto steht ein blauer Volvo. Ich weiß aber nicht, wem der gehört.« Dann waren die Stimmen plötzlich deutlicher zu hören.

»Sie hatten mir das zugesagt!«, brüllte Algot Karlsson.

»Da irren Sie sich. Ich hatte Ihnen zugesagt, mich dafür einzusetzen …«

»Sie verlogenes Etwas!«, fuhr Algot Karlsson fort. »Nicht nur mir fehlt es an Respekt, was Sie betrifft. Vielleicht hatten Sie ja einfach keine Zeit? Ich habe mir sagen lassen, dass Sie mit Ihren Affären alle Hände voll zu tun haben.«

»Affären!« Greta stieß Axel an.

»Verheiratete, halb nackte Weiber aufzusuchen … Wie soll man solche Politiker respektieren können? Aber Ihre Wähler werden es schon noch erfahren …«

»Stimmt das, Kjell? Antworte mir!«, war plötzlich Eva-Britts schrille Stimme zu vernehmen.

Dann schlug ein Windstoß Kjells Terrassentür zu, und Axel und Greta hörten nichts mehr von dem Wortwechsel. Eva-Britts schrille Stimme ging schließlich in lautes Schluchzen über. Dann schlug die Haustür zu. Greta stand auf und schaute aus dem Fenster. Sie sah Eva-Britt mit quietschenden Reifen wegfahren. Ein Weilchen noch drangen laute Stimmen aus dem Haus, dann waren sie vor dem Haus zu hören.

»Ihre Wähler werden es erfahren und Ulla Ströms Mann auch.« Algot schimpfte immer noch, als er in seinem Auto saß und rückwärts aus der Einfahrt fuhr.

Kjell rannte ein Stück mit fuchtelnden Armen hinter dem Auto her. Als alles still war, ging er mit schweren Schritten ins Haus zurück und ließ sich auf einen Sessel fallen. Er saß so reglos da, dass man ihn in Madame Tussauds Wachsfigurenkabinett hätte ausstellen können, sofern man von dem gelegentlichen Nicken seines Kopfes absah.

Die Krabben waren aufgetaut, und das goldene Blatt im Nelkenstrauß funkelte in den Strahlen der untergehenden Sonne, die durchs Fenster fielen.

19

Alma und Margit waren mit ihrer Morgentoilette beschäftigt, als das Telefon klingelte.

»Hier ist Margit. Ja, dir auch einen guten Morgen. Danke für den schönen Tag gestern.« Alma war gerade auf dem Weg ins Bad, blieb dann aber stehen, um zuzuhören. »Doch, sie ist da.« Margit reichte Alma den Telefonhörer. Die wirkte erschrocken, nahm den Hörer dann aber doch entgegen.

»Hier ist Alma. Ja, es war wirklich nett ... Ach herrje!«

Jetzt stand Margit wie angewurzelt da und lauschte.

»Das bekomme ich dann vielleicht bei unserem nächsten Treffen zurück«, fuhr Alma fort. »Das hoffe ich auch ... Ja, allerdings. Dir auch ... Grüß Einar.« Dann legte Alma vorsichtig auf.

»Was wollte Assar?«, fragte Margit.

»Ich habe mein Halstuch im Auto vergessen.«

»Was für ein Glück, dass du es nicht im Café vergessen hast.«

Alma setzte sich ächzend aufs Sofa, und Margit sah sie besorgt an.

»Was ist, Alma?«

»Es ist fast das erste Mal, dass mich überhaupt jemand angerufen hat. Früher rief nur Ove an, und jetzt ...«

Der Tag hatte somit wunderbar begonnen, es würde noch einiges geschehen, das das Leben der Damen ein weiteres Mal verändern würde, aber davon wussten sie noch nichts, als sie sich zum Speisesaal begaben, um zu frühstücken.

Eine der Altenpflegerinnen, die bei der Beschäftigungstherapie arbeitete, gab bekannt, dass demnächst ein Busausflug nach Kåseberga stattfinden würde. Man wolle am Hafen spazieren gehen, dann die Räucherei besuchen und sich die Marktstände ansehen. Anschließend würde man zur

Schiffssetzung Ales Stenar fahren. Zum Schluss solle auf dem Picknickplatz am Hafen Kaffee getrunken werden. Wer mitfahren wolle, solle sich in eine Liste eintragen.

»Das klingt nett«, meinte George gut gelaunt.

»Sehr nett«, sagte eine der kleinen Damen, die immer kleiner zu werden schien. Margit und Alma fanden es schade, dass die beiden Tischnachbarinnen immer so bescheiden auftraten und nie von sich aus etwas sagten.

»Ich komme jedenfalls mit«, sagte die Dame zu Almas Verblüffung. Zum ersten Mal äußerte sie einen Wunsch, ohne abzuwarten, wie sich die anderen entscheiden würden. Der Ausflug war ihr offenbar wichtig. Vielleicht hatte sie ja irgendwelche Erinnerungen an diesen Ort. Alma beschloss, sie bei Gelegenheit danach zu fragen.

»Wir haben gestern einen Ausflug unternommen«, sagte Alma. »Mir tut das Bein immer noch etwas weh. Der Weg zur Schiffssetzung hinauf ist anstrengend.«

»Sie können es sich bis Donnerstag überlegen«, meinte George. »Es wäre nett, wenn Sie mitkämen.«

»Wir denken darüber nach«, sagte Margit.

Alma und Margit beschlossen, nach dem Frühstück einen Spaziergang in den Ort zu machen. Sie brauchten Mineralwasser und Obst. Margit wollte außerdem eine Ansichtskarte kaufen, die ein entlegener Verwandter in Örebro bekommen sollte. Bevor sie gingen, schauten sie noch in den Briefkasten vor ihrer Tür. Darin lagen zwei große weiße Umschläge, für jede von ihnen einer.

»Von der Gemeindeverwaltung in Tomelilla«, sagte Alma, nachdem sie den Absender studiert hatte.

»Es geht bestimmt um die Seniorenwohnungen.«

Sie kehrten ins Zimmer zurück und nahmen auf dem Sofa Platz.

Almas linker Fuß schien regelrecht über die Pflastersteine zu schweben, als sie später durch den Ort gingen. Im Systembolaget kauften sie eine Flasche Sherry. Gewissenhaft teilten sie sich den Betrag. Dann besuchten sie das Café Kringlan, tranken Kaffee und aßen Kopenhagener.

»Wir möchten auch noch eine Torte bestellen«, meinte Margit.

»Für Samstag«, ergänzte Alma.

»Für wie viele Personen?«, fragte der freundliche Verkäufer.

»Etwa siebzig, oder, Margit?«

»Das ist dann aber etwas mehr als nur eine Torte.« Der Mann lachte.

»Können wir Sie nicht anrufen, wenn wir die genaue Personenanzahl wissen? Wir hätten gerne Prinzessinnentorten.« Alma lächelte.

Der Mann notierte sich ihre Telefonnummer.

»Wenn die Feier hier in Tomelilla stattfindet, können wir die Torten liefern«, meinte er.

Am Samstag war strahlendes Wetter. Auf dem Couchtisch standen fünf kleine Plastikbecher und die Sherryflasche. Die beiden Damen hatten geduscht und warteten darauf, dass es zwei Uhr werden würde. Um fünf vor zwei klopfte es dreimal an der Tür, und Axel, Greta und Christer traten ein.

»Willkommen!«, sagten Margit und Alma wie aus einem Mund.

»Was habt ihr euch jetzt wieder einfallen lassen?«, fragte Axel gut gelaunt und betrachtete den Sherry.

»Es handelt sich doch nicht etwa um eine Verlobungsfeier?«, wollte Greta wissen.

Christer lachte.

Die Damen erröteten, und Alma goss Sherry in die Becher.

»Ich muss fahren!« Axel legte eine Hand auf seinen Becher.

»Nur einen Schluck«, meinte Margit.

»Zum Wohl!« Alma hob ihr Glas und nickte allen zu.

»Habt ihr etwas zu feiern?«, wollte Greta wissen.

»Das verraten wir später«, sagte Margit mit Nachdruck.

Sie unterhielten sich über alles Mögliche und warteten darauf, dass es halb drei werden würde. Die Unterhaltung kam jedoch nicht so recht in Gang. Axel sah misstrauisch aus. Bei den beiden Damen konnte man nie wissen …

Um fünf vor halb drei verließen sie das Zimmer.

Ulla saß in ihrem Büro. Sie war gealtert. Ausnahmsweise hatte sie ihre Bluse bis oben zugeknöpft. Erst hatte sie nicht in den Speisesaal gehen wollen. Torte! Sie schnaubte verächtlich. Gleichzeitig wollte sie auch nicht unhöflich wirken. Alma und Margit hatten sie mehrmals gebeten, und schließlich beschloss sie, doch rasch eine Tasse Kaffee zu trinken, bevor sie sich wieder ihrer Urlaubsplanung zuwandte.

Vor dem Speisesaal herrschte Gedränge, aber als Bojan mit ihrem Rollator angewetzt kam, zerstreute sich die Menge. Alle wussten, dass sich Bojan ungeachtet der Hindernisse, die sich vor ihr auftürmten, ihren Weg bahnte. Alma und Margit hatten sich mit Anna in der Küche unterhalten, und sie hatte ihnen versprochen, neben ihrem Tisch einen Zusatztisch aufzustellen, damit auch für Axel und seine Familie Platz war. Margit stellte ihre Familie den übrigen Anwesenden am Tisch vor, und George erhob sich höflich, um allen die Hand zu geben.

Die Torten waren wunderbar, und die rosa Marzipanrose in der Mitte sah richtig echt aus. Als alle ein Stück auf dem Teller hatten, wurde es still im Saal. Axel sah Margit immer wieder besorgt an, da ihm klar war, dass es für diese Tortenschlacht einen Grund geben musste. Plötzlich schlug Alma mit ihrem Löffel an die Kaffeetasse und erhob sich.

»Ich hoffe, die Torte schmeckt Ihnen allen. Es handelt sich nicht um eine Geburtstagstorte, sondern um eine … Freudentorte. Margit und ich haben nämlich erfahren, dass wir unsere Häuser behalten können!« Die meisten Heimbewohner aßen uninteressiert weiter – mit Ausnahme von George, der ihr freundlich zunickte. »Wir werden nicht in die Seniorenwohnungen einziehen, jedenfalls jetzt noch nicht.«

Axel und Greta wirkten verblüfft.

»Teilweise ist es Ulla Ström zu verdanken, dass sich das Problem auf diese Weise gelöst hat.« Alma nickte der Heimleiterin zu, die einen besorgten Blick auf die Tür warf und vermutlich erwog, die Flucht zu ergreifen. »Und es ist natürlich das Verdienst eines Herrn von der Gemeindeverwaltung namens Kjell Johansson«, fuhr Alma fort. »Wären wir nicht hier ins Altenheim gekommen, wäre das Problem vermutlich nie gelöst worden. Die Details möchte ich Ihnen ersparen. Durch Kjell Johanssons Einsatz wurde die Umsetzung des ursprünglichen Vorschlags verzögert, und in dieser Zeit ist ein neuer Vorschlag aufgetaucht. Der endgültige Beschluss hat dazu geführt, dass wir unsere Häuser zurückerhalten. Eigentlich hätte Kjell Johansson ebenfalls hier sein sollen, aber offenbar befindet er sich im Urlaub.« Es klirrte leise, als Ulla Ströms Teelöffel auf ihre Tasse fiel.

»Margit und ich waren sehr gerne hier bei Ihnen im Altenheim. Sie werden uns fehlen.« Margit hatte bei Almas kleiner Rede zustimmend genickt. Alma genoss ihren Auftritt. Die Worte waren ihr einfach so eingefallen. Sie war bei der Vorstellung, vor so vielen Menschen zu sprechen, etwas nervös gewesen. Zwar hörten die meisten nicht zu, sondern interessierten sich nur für die Torte, aber der Auftritt stärkte trotzdem Almas Selbstbewusstsein.

Axel und seine Familie begleiteten sie anschließend wieder auf ihr Zimmer. Margit und Alma tranken noch ein Glas Sherry, aber die anderen lehnten dankend ab.

»Unglaublich«, sagte Axel. »Warum habt ihr uns nichts erzählt?« Er sah Margit an.

»Wir haben es auch gerade erst erfahren und wollten, dass es eine Überraschung wird.«

»Ich hatte mir natürlich auch so meine Gedanken gemacht, jetzt, wo die Zufahrt zur Feriensiedlung nicht mehr an euren Häusern vorbeiführt, aber ich hätte nie geglaubt ... nein, wirklich nicht.«

»Sag mal, Alma, was hatten eigentlich Ulla Ström und Kjell Johansson mit der Sache zu tun?«

»Das ist eine zu lange Geschichte, das Wichtigste ist, dass alles gut ausgegangen ist.«

Margit und Alma hatten sich darauf geeinigt, über die Affäre der beiden kein Wort zu verlieren. Schließlich war Axel Kjell Johanssons Nachbar. Die beiden hatten sich so oder so in die Nesseln gesetzt. Margit erhob sich, zog einen Umschlag aus der Tasche und reichte ihn Christer.

»Heute scheint wirklich der Tag der Überraschungen zu sein.« Greta lächelte.

Als Christer den Umschlag geöffnet hatte, sah er Margit an.

»Aber Oma, ist das dein Ernst?«

»Du wolltest das Haus doch, oder etwa nicht?«

»Das schon, aber ...« Er trat auf sie zu und umarmte sie unbeholfen. »Danke!«

»Noch bekommst du es ja nicht, und ich muss vermutlich einen Anwalt bitten, ein Testament aufzusetzen, damit alles seine Richtigkeit hat. Alma und ich wollen noch lange in unseren Häuschen wohnen, nicht wahr, Alma?«

Alma hob ihr Glas, und sie tranken sich zu. Obwohl Axel und Greta gerade einen Teil ihres Erbes verloren hatten, lächelten sie und schienen sich aufrichtig für Christer zu freuen.

»Kannst du für uns die Schlüssel abholen, Axel?«, fragte Margit.

»Die Schlüssel?«

»Im Brief stand, dass wir die Schlüssel für unsere Häuser nächste Woche abholen können.«

»Natürlich. Ich helfe euch auch, die Sachen zurückzubringen, die ihr hierher mitgenommen habt.«

Die Stimmung im Zimmer war ausgelassen. Sie lachten

und schmiedeten Pläne, und Greta verkündete, dass sie die Blumen zurückbekommen würden, die sie in der Zwischenzeit gewissenhaft gegossen hatte. Axel versprach, Bescheid zu geben, dass sie die Seniorenwohnungen nun doch nicht bräuchten. Dass Axel glücklich war, auch in Zukunft wieder das Haus besuchen zu können, in dem er aufgewachsen war, war nicht zu übersehen. Und Christer las immer wieder den Zettel, auf dem stand, dass es Margits Wunsch sei, dass er nach ihrem Tod ihr Haus erben würde.

Als Margit und Alma schließlich allein waren, vibrierte die fröhliche Stimmung immer noch im Zimmer. Alma beugte sich über den Häkelkorb und zog einen Umschlag daraus hervor. Sie trank einen Schluck Sherry und ging zur Tür.

»Wohin willst du?«, fragte Margit misstrauisch.

»Ich bin gleich zurück. Ich muss noch rasch etwas erledigen.« Alma verschwand mit dem Umschlag in der Hand.

Sie war etwas unsicher auf den Beinen, als sie den Korridor entlangging. Der Sherry war ihr gewissermaßen in die Beine gelaufen, und die wollten ihr nicht so recht gehorchen. Vorsichtig klopfte sie an Ulla Ströms Tür.

»Herein!«

»Störe ich?«, fragte Alma vorsichtig.

Ulla wusste nicht recht, wie sie sich verhalten sollte. Sie war natürlich wütend auf Alma, aber im Speisesaal hatte diese schließlich nur Andeutungen gemacht, die für Außenstehende nicht zu verstehen waren, und ihr Geheimnis nicht preisgegeben. Es war vermutlich das Beste, gute Miene zum bösen Spiel zu machen, solange die Damen noch im Altenheim wohnten.

»Sie stören überhaupt nicht«, sagte Ulla freundlich. »Nehmen Sie doch Platz. Vielen Dank für die Torte.«

»Wenn etwas Schönes passiert, muss man schließlich feiern. Danke für Ihre Hilfe. Wenn das mit dem Lagerraum nicht gewesen wäre, wäre die Sache vermutlich anders ausgegangen.«

Ulla zuckte zusammen und wollte sich schon verteidigen, aber dafür war es irgendwie zu spät, und jetzt hatten sie die Sache hoffentlich auch hinter sich.

»Dann war da noch dieses Foto«, fuhr Alma fort, »nach dem Sie damals in unserem Zimmer gesucht haben. Hier ist es.« Alma legte den Umschlag auf den Tisch.

Ulla war verlegen. Irgendwie war ihr das Selbstbewusstsein abhandengekommen und von einer nagenden Unruhe ersetzt worden. Dass sie dieser Waschlappen Kjell und ein paar alte Damen um ihr Selbstbewusstsein gebracht hatten, konnte sie nicht akzeptieren. Sie bedankte sich nicht und würdigte auch den Umschlag keines Blickes, sondern sah stattdessen Alma durchdringend an und fragte: »War sonst noch etwas?«

»Nein. Jetzt, glaube ich, ist alles geklärt.« Alma schwankte leicht, als sie sich erhob, und verließ mit einem holden Lächeln das Zimmer.

Hatte die Alte nicht auch nach Schnaps gerochen? Seit die Damen eingezogen waren, hatte es nur Ärger gegeben. Ulla streckte die Hand nach dem Umschlag aus und öffnete ihn vorsichtig. Sie kochte vor Wut, als sie die Aufnahme näher betrachtete: Das dunkelgraue Foto bestand nur aus Schatten und Flecken. Es war vollkommen unmöglich, irgendwelche Personen darauf zu erkennen. Die Alte hatte sie mit einem vollkommen wertlosen Foto erpresst. Man hatte sie betrogen.

Ulla raffte ihre Papiere zusammen und schob sie in die Schreibtischschublade. Dann nahm sie ihre Jacke, knallte die Tür hinter sich zu und verschwand in den Sommerabend. Das Foto lag noch auf dem Schreibtisch, doch der Luftzug, der beim Zuknallen der Tür entstanden war, hatte es umgedreht. Auf die Rückseite hatte Alma mit Druckbuchstaben geschrieben: *Ulla und Kjell im Lagerraum am 13. 6.*

Als die Damen schließlich etwas schwankend ihre Abendtoilette erledigt hatten und in ihren Betten lagen, war die Sherryflasche leer.

»Ich fühle mich beschwipst, Margit.«

»Ich auch«, kicherte Margit. »Wirklich sehr schade, dass wir Assar und Einar nicht auch zu der Torte eingeladen haben.«

»Wir laden sie stattdessen zu Torte ein, wenn wir wieder zu Hause einziehen. Willst du die Freundin von Einar werden, Margit?«

»Natürlich, was glaubst du?« Margit stützte sich auf dem Ellbogen auf und sah Alma verständnislos an.

»So meinte ich das nicht«, meinte Alma beruhigend. »Ich habe darüber nachgedacht, dass ich eigentlich mehr als nur Assars Freundin sein möchte. Jedenfalls habe ich so ein Gefühl, seit er auf der Heimfahrt von Kivik meine Hand gehalten hat.«

»Einar hat zwar nicht meine Hand gehalten, aber ich empfinde das genauso.« Margit lachte.

»Das Glockenspiel muss ich zwar nicht unbedingt sehen, aber trotzdem will ich etwas mehr, als nur mit ihm befreundet sein.«

»Da gibt es sowieso nicht viel zu sehen.«

»Wo?«

»Zwischen den Beinen, was glaubst du?« Dann lachten beide herzlich.

»Kannst du mir verzeihen, Margit, dass ich dir nicht alles erzählt habe?« Margit antwortete nicht sofort, und Alma beugte sich besorgt über die Bettkante. »Kannst du das, Margit?«

»Ich denke nach. Natürlich kann ich das, Alma. Aber du hast mich oft in eine ziemliche Unruhe versetzt. Du hast so geheimnisvoll und immer nur in Halbsätzen geredet.«

»Ich wollte dir eine Freude bereiten, Margit, und außerdem wollte ich dich in diese Erpressungssache nicht reinziehen. Sonst hättest du deinen Rock mit deinem Nagel noch kaputt gerissen.«

»Du hast dich irgendwie verändert, Alma, seit wir hergekommen sind, finde ich. Du hast im Speisesaal so schön gesprochen, fast wie ein Geistlicher.«

»Ach was. Aber irgendwie habe ich auch so ein Gefühl. Ich habe viele neue Menschen kennengelernt, einen Computerkurs besucht, und dass ich mich gegen die Leiterin und den Mann von der Gemeinde durchgesetzt habe, ist natürlich auch schön. Und jetzt noch das mit Assar.«

»Ich muss schon wieder aufs Klo.« Margit kletterte aus dem Bett. »Glaubst du, das liegt am Sherry?«

Alma entgegnete nichts, sondern starrte an die Decke. Bevor sich Margit wieder ins Bett legte, tätschelte sie Alma die Wange.

»Hast du daran gedacht, dass wir einen ganzen Sommer verloren haben?« Alma lächelte wehmütig.

»Bitte, was?«

»Uns bleiben vielleicht nicht mehr so viele Sommer, und jetzt waren wir den ganzen Sommer über nicht in unseren Häusern.«

»Da hast du recht, Alma. Darüber habe ich noch gar nicht nachgedacht, aber wir haben zumindest unseren Spaß gehabt. Wäre das alles nicht passiert, dann hätten wir auch Assar und Einar nicht kennengelernt.«

»Mein Gott, ja«, erwiderte Alma. »Dann war es ja doch gut, dass es so gekommen ist.«

An diesem Abend schliefen sie so abrupt ein, dass sie nicht einmal mehr die Zeit fanden, sich Gute Nacht zu wünschen. Die Kleider lagen auch nicht so ordentlich zusammengefaltet wie sonst auf dem Sofa, und die Pantoffeln standen mitten im Zimmer auf dem Boden.

20

Margit und Alma saßen hinten in Axels Wagen. Der Beifahrersitz war leer, denn es war ihnen wohler, zusammen hinten zu sitzen. Der Spätsommer flatterte an den Seitenfenstern vorbei. Die Kühe lagen satt und zufrieden auf den Weiden und käuten mit leerem Blick wieder.

»Jetzt seid ihr auf dem Weg nach Hause«, meinte Axel und sah sie im Rückspiegel an.

»Seltsames Gefühl, nicht wahr, Alma?«, meinte Margit.

»Aber schön.«

Sie hielten beide ihre Schlüssel fest in der Hand, als hätten sie Angst, jemand könnte sie ihnen wieder wegnehmen. Je näher sie ihren Häusern kamen, desto ernster wurden sie.

»Wie es hier aussieht!«, entsetzte sich Alma, als Axel mit dem Wagen vor ihren Häusern hielt.

»Dass sie die Straße verbreitert und befestigt haben, ist gar nicht schlecht. Die Gemeinde hat versprochen, einen Gärtner zu schicken, und in den Häusern sind sie ja gar nicht gewesen. Ihr braucht euch also keine Sorgen zu machen«, beruhigte sie Axel.

Alma ging als Erstes mit in Margits Haus. Überall standen Umzugskartons herum.

»Wie es hier aussieht!«

»Ich helfe euch heute Abend mit dem Gröbsten. Morgen kommt dann Greta und ist euch beiden behilflich.«

»Gott segne euch«, sagte Margit und war über diesen Ausdruck, der ihr noch nie über die Lippen gekommen war, ebenso verblüfft wie die anderen beiden. Aber es war ihr wirklich aus dem Herzen gesprochen.

»Eine erste Investition«, meinte Axel und reichte ihnen zwei Pakete Kaffee und Filtertüten. »Und es ist nicht die

Packung, die Alma beim Seniorentanz gewonnen hat«, scherzte er.

Als sie einen Rundgang durch Margits Haus gemacht hatten, gingen sie zu Alma hinüber. Der Gartenzwerg und die Gans standen immer noch in der Diele. Alma musste sich sehr beherrschen, um sie nicht zu umarmen.

»Der Garten sieht ja nicht so toll aus, aber immerhin bleibt es dir erspart, ihn winterfest zu machen, Alma«, meinte Axel, der immer versuchte, allem eine positive Seite abzugewinnen.

»Ein Glück, dass es im Altenheim keinen Platz für die Betten gab«, sagte Alma, während sie ihr Bett aufdeckte.

»Wir gehen einen Augenblick zu Margit rüber, dann kann Alma hier in Ruhe etwas Ordnung machen. Ich gebe Bescheid, wenn der Kaffee fertig ist.«

Nachdem Axel und Margit verschwunden waren, ging Alma durchs Haus und sah sich mit ernster Miene um. Axel hatte ihr Telefon, das sie im Gegensatz zu Margit zurückgelassen hatte, schon wieder angemeldet. Wie still und leer es jetzt abends werden würde, wenn sie niemanden mehr hatte, mit dem sie sich unterhalten konnte. Aber sie wohnten ja ganz nah beieinander, das war ein Trost.

Alma kam der Umzug fast wie eine Scheidung vor. Eine Scheidung hatte sie zwar noch nie erlebt, aber sie konnte es sich vorstellen. Margit und sie hatten ein paar Monate lang zusammengewohnt, und die Einsamkeit, die jetzt auf sie zukam, machte ihr Angst. Alma packte die zwei Tüten mit Lebensmitteln, die sie auf dem Weg eingekauft hatte, und den Toilettenbeutel mit den Kopfschmerztabletten aus. Axel hatte schon am Vormittag ein paar Sachen in die Häuser gebracht und bei dieser Gelegenheit auch die Kühlschränke eingeschaltet. Sie brauchte jetzt nur noch alles einzuräumen. Das Brummen des Kühlschranks klang vertraut und verbreitete Gemütlichkeit.

Alma ging in den Garten und versuchte dabei, die Erdhaufen und den Unrat zu übersehen. Sie ging zur Hauswand und schnitt eine schöne rote Rose ab. Als Axel rief, der Kaffee sei fertig, schloss Alma die Tür ab und überquerte die Straße.

»Willkommen daheim, Margit«, sagte Alma und reichte ihr die Rose. Sie umarmten sich, und Axel bekam feuchte Augen.

Um halb elf hatte Alma das Nötigste ausgepackt. Axel war ein paarmal zu ihr rübergekommen und hatte ihr geholfen, schwere Gegenstände hin und her zu tragen. Alma war im Bad gewesen und hatte ein langes, geblümtes Nachthemd angezogen. Bevor sie sich ins Bett legte, ging sie noch einmal in die Küche. Sie schaute zu Margits Haus hinüber und meinte ihren Schatten im Küchenfenster auszumachen. Sie winkte für den Fall, dass ihre Freundin sie sah. Anschließend zog sie das Rollo herunter und ließ sich in ihr Bett fallen. Sie fiel buchstäblich ins Nichts. Die Betten im Heim waren hoch gewesen, und Alma hatte ganz vergessen, wie niedrig ihr eigenes Bett war.

Margit meinte auch, Alma im Küchenfenster entdeckt zu haben. Sie lächelte. Diese Alma! Das Foto hatte Ulla Ström und Kjell Johansson vermutlich vollkommen aus der Fassung gebracht, und das amüsierte sie. Plötzlich beneidete sie ihre Freundin ein bisschen. Früher hatte sie immer die Oberhand gehabt, zumindest war es ihr so vorgekommen, aber jetzt war Alma so tatkräftig und mutig geworden. Ihre Rede beim Tortenessen war hinreißend gewesen. Sie war kein einziges Mal ins Stocken geraten und hatte den Blick kein einziges Mal niedergeschlagen. In einer Hinsicht war sie Alma natürlich überlegen, und zwar, was das Glockenspiel betraf. Alma hatte sie sogar ausgefragt, für den Fall der Fälle …

Bevor Margit die Nachttischlampe ausmachte, roch sie an der Rose, die sie in ein Väschen auf den Nachttisch gestellt hatte. Morgen würde es fast so sein wie immer. Sie hatte Alma zum Vormittagskaffee eingeladen und freute sich bereits darauf.

Vorsichtig öffnete Alma das Gartentor. Sie schaute sorgfältig in beide Richtungen und ging dann über die Straße, die jetzt breiter geworden war und noch keine Spuren der täglichen Gänge der Damen aufwies. Mit dem linken Bein trat sie fest im frischen Kies auf, und ihr ruckartiger, hinkender Gang hatte sich trotz aller anderen Neuerungen nicht verändert. Sie hielt sich an Margits Treppengeländer fest und bemerkte, dass Margit bereits die Fassadenfahne über der Tür aufgehängt hatte. Es war windstill, die Fahne hing schlaff herunter und schlug ihr nicht wie sonst ins Gesicht. Sie öffnete die Tür und rief: »Hallo, Margit, ich bin's.«

»Ich bin in der Küche.«

Und nun saßen sie also wieder beisammen. Margit hatte eine hübsche bestickte Decke auf die graue Tischplatte gelegt. Wie immer stand die Etagere auf dem Tisch. Oben lagen zwei Stücke Weißbrot und unten zwei Scheiben Knäckebrot.

»Jetzt ist alles wieder wie immer.« Alma lächelte.

»Nicht ganz. Als wir zuletzt hier saßen, hatten wir noch keine Männer.«

»Da hast du recht ... und am Samstag kommen sie uns besuchen.«

»Wir hätten warten sollen, bis wir hier etwas mehr aufgeräumt haben.« Margits Blick hatte plötzlich etwas Gehetztes.

»Ach was. Die sollen sich nicht so anstellen.« Alma hatte wieder diese herausfordernde Art. Sie nahm ein Knäckebrot, bestrich es dick mit Butter und legte zwei Scheiben Käse darauf. Dann biss sie ab, kaute lautstark, und ihre Augen glänzten.

»Nicht übel, was?« Margit lachte.

»Allerdings«, erwiderte Alma immer noch kauend.

Axel und Greta erschienen wie versprochen am Tag darauf. Greta hatte die Zimmerpflanzen dabei, und in den Häusern wurde es im Lauf des Tages immer gemütlicher. Christer schaute am Nachmittag vorbei und half mit. Er drehte eine Runde durch den Garten und sah aus, als inspiziere er seinen zukünftigen Besitz. Margit stand zufrieden am Fenster und betrachtete ihn.

Auch Almas Fernseher stand wieder an seinem angestammten Platz, und Margits Telefon war angeschlossen. Abgesehen von den Gärten sah alles aus, als wären sie nie fort gewesen.

Der Sommer neigte sich seinem Ende zu, aber der Samstag war immer noch lau und schön. Sie hatten sich geeinigt, den Kaffee in Margits Garten zu trinken, da dort die Laube noch intakt war. Am Vormittag waren sie mit dem Bus nach Tomelilla gefahren und hatten eine kleine Prinzessinnentorte gekauft. Sie hatten erwogen, auch noch ein Fläschchen Sherry zu erstehen, dann aber darauf verzichtet, weil das ungerecht gewesen wäre, da einer der Herren fahren musste.

Ihre Sommerkleider flatterten im Wind, während die Damen alles vorbereiteten. Alma hatte Zimtschnecken gebacken und Margit einen Rührkuchen. Sie hatten Blumen in ihren Gärten gepflückt und in einer Vase auf den Tisch gestellt. Die Servietten flogen fast weg, und schließlich legten sie sie unter die Kaffeetassen, statt sie wie üblich in die Henkel zu stecken.

»Bist du nervös, Margit?«

»Ein wenig. Wenn sie nur nicht übernachten wollen ... Das glaubst du doch auch nicht, Alma?«, fragte Margit mit panischer Stimme.

»Bist du verrückt? Aber vielleicht ein andermal, man weiß nie, was noch alles passiert.« Alma schien weniger besorgt als erwartungsvoll zu sein.

»Aber das, was wir in der Anzeige geschrieben haben, mit

den ›sirilen Gentlemännern‹?« Margit besaß ein altes Wörterbuch, das sie beim Kreuzworträtsellösen verwendete. Sie hatte das Wort »viril« nachgeschlagen, und die beiden Damen waren etwas entsetzt gewesen, als ihnen klar geworden war, dass es »männlich« oder aber auch »potent« bedeuten konnte. Sie beschlossen, mit Einar und Assar nicht weiter darüber zu sprechen. »Je mehr man im Dreck wühlt, desto mehr stinkt er«, hatte Alma gesagt, und Margit war ganz ihrer Meinung gewesen.

Als sie das Auto hörten, gingen sie beide zur Gartenpforte.

»Du kannst auf der Straße parken«, meinte Margit, nachdem Einar ausgestiegen war und sich umgesehen hatte. »Einfach etwas näher am Rand.«

»Willkommen«, sagten die Damen, als sie endlich die Pforte öffneten. Die Herren trugen bunte, kurzärmelige Hemden und helle Hosen. Dann überreichten sie den Damen Rosensträuße und küssten sie auf die Wangen. Das Rasierwasser kitzelte Alma in der Nase, und sie musste beinahe niesen.

Als Erstes besichtigten sie das Haus von Margit und drehten eine Runde durch den Garten. Dann nahmen sie an der Kaffeetafel Platz. Sie hatten sich darauf geeinigt, dass sie anschließend bei Alma vorbeischauen würden.

»Hier ist es wirklich friedlich. Ich kann gut verstehen, dass euch eure Häuser während eurer Zeit im Altenheim gefehlt haben«, meinte Einar und lehnte sich auf der Gartenbank zurück.

»Ja. Aber es war die Mühe trotzdem wert«, erwiderte Alma fröhlich.

»Was denn für eine Mühe?«, wollte Assar wissen.

»Nichts weiter«, sagte Margit und warf Alma einen strengen Blick zu. Auf ihre Freundin war kein Verlass. Sie sagte manchmal unüberlegte Dinge. Margit begann schon wieder mit dem Fingernagel an ihrem Rock zu kratzen. »Nehmt doch noch Kuchen«, sagte sie dann nervös, um das Thema zu wechseln.

»Jetzt habe ich aber wirklich genug gegessen«, seufzte Assar. »Zwei Zimtschnecken und zwei Stück Kuchen. Man bekommt wirklich nicht jeden Tag was Selbstgebackenes.«

»Etwas Platz wirst du doch noch haben in deinem Magen.« Margit ging ins Haus, um die Torte zu holen.

»Meine Güte«, sagte Einar erstaunt, als die kleine grüne Prinzessinnentorte mit der Rose in der Mitte plötzlich auf dem Tisch stand. »Ihr dürft uns nicht so verwöhnen, sonst werdet ihr uns vielleicht nie mehr los!«

»Das wollen wir auch nicht«, sagte Alma und wischte sich mit ihrer Serviette über den Mund.

»Na, dann hol mal die Taschen mit den Schlafanzügen aus dem Auto, Assar!«

Margit fiel die Kuchengabel auf den Rasen, und sie war so fassungslos, dass sie ganz vergaß, sie wieder aufzuheben. Alma riss die Augen auf, und ihre Unruhe steigerte sich im gleichen Maße wie der Marzipangeschmack in ihrem Mund.

»Richtig, wenn man schon ›siril‹ in der Anzeige schreibt, dann muss man sich auch mit den Konsequenzen abfinden«, scherzte Einar und zwinkerte Assar zu. »Wir müssen schließlich euren Wünschen gerecht werden.«

Margit und Alma wurden plötzlich nervös. Es kam ihnen so vor, als wäre die Sonne plötzlich hinter einer Wolke verschwunden.

»Vielen Dank für den Kaffee, aber jetzt müssen wir uns endlich auch einmal ansehen, wie es bei Alma aussieht.« Assar erhob sich und half Margit beim Abräumen. »Viril kann ja auch ›stark‹ bedeuten, das können wir ja jetzt zumindest unter Beweis stellen«, meinte Assar, als er die Torte hochhob. Alle lachten. Margit und Alma erst etwas verlegen, aber nach einer Weile klang das Lachen dann echt und entspannt.

»Das mit den Schlafanzügen war nur ein Witz«, meinte Assar etwas betreten.

Nachdem sie sich in Almas Haus umgesehen hatten, gingen sie in den Garten, obwohl dort noch eine ziemliche Unordnung herrschte.

»Was für ein süßer Gartenzwerg!«, fand Assar. »Da brauchst du mich ja vielleicht gar nicht«, sagte er und ergriff Almas Hand.

»Ich begleite derweil Margit in ihr Häuschen«, verkündete Einar. »Ihr wollt ja vielleicht auch ein Weilchen allein sein?« Er zwinkerte Assar zu, nahm Margit bei der Hand, und sie überquerten rasch die Straße. Margit drehte sich noch ein paarmal um und sah Alma an, aber die winkte fröhlich und sagte: »Ich helfe dir später beim Spülen, Margit.«

Sie hielt immer noch Assars Hand, als sie die Küchentreppe hochgingen. Als sie die Tür öffnete, ertönte aus dem vertrauten Lautsprecher: »Gustav neununddreißig. Drei neun.«

Danksagung

Ein großes Dankeschön geht an meine Lektorin Lena Sanfridsson. Du warst mir eine unschätzbare Hilfe und Inspirationsquelle. Wegen des Zeitdrucks mussten wir uns richtig ins Zeug legen. »Das kriegen wir schon hin«, hast du immer gesagt, und du hast recht behalten. Dafür danke ich dir sehr. Es ist wunderbar, dass du genauso verrückt bist wie ich.

Außerdem danke ich meinen Verlegerinnen Kerstin Aronsson und Mia Strömland und allen anderen im Verlag Kabusa Böcker. Danke, dass ihr an mich glaubt.

Katarina Mazetti

Der Kerl vom Land

Eine Liebesgeschichte. Aus dem Schwedischen von Annika Krummacher. 202 Seiten. Piper Taschenbuch

Zwischen Desirée und Benny funkt es, und zwar ausgerechnet auf dem Friedhof. Nach einigen Wochen voller Leidenschaft schiebt sich der Alltag störend dazwischen – und die gegenseitigen Erwartungen: die Bibliothekarin und der Landwirt leben in zwei völlig unterschiedlichen Welten. Benny braucht eine handfeste Frau, die ihm auf dem Hof zur Seite steht, und Desirée interessiert sich vor allem für Literatur und Theater. Voller Situationskomik erzählt Katarina Mazetti von einer ganz und gar ungewöhnlichen Liebe.

»Eine sehr komische und gleichzeitig sehr tragische Geschichte, mit viel Humor und Feingefühl erzählt. Ein Buch, das Mut zum Außergewöhnlichen macht.«
Westdeutscher Rundfunk

05/1432/03/L

Jette Kaarsbøl

Das Versprechen der Ehe

Roman. Aus dem Dänischen von Christel Hildebrandt. 560 Seiten Piper Taschenbuch

Die Zukunft der jungen Frederikke steht fest: Sie wird den Theologiestudenten Christian heiraten und Pfarrfrau in der dänischen Provinz werden. Doch dann lernt sie den charmanten Arzt Frederik kennen und löst ihre Verlobung mit Christian – im 19. Jahrhundert ein gesellschaftlicher Skandal, der Frederikke jedoch nicht von ihrem Weg abbringen kann. Jette Kaarsbøl erzählt die dramatische Geschichte einer jungen Frau zwischen Konvention, der Sehnsucht nach Freiheit und der Suche nach persönlichem Glück.

»Die Dänin Jette Kaarsbøl erweist sich in ihrem ersten Roman als ein fulminantes Erzähltalent, dem man schier lesesüchtig auf der Zeitreise folgt.«
Nordis

05/2207/02/R